读诗

危险的梦话

2017年　第三卷（总第32卷）

主编：潘洗尘

编委：叶永青　宋琳　赵野　树才　莫非　耿占春

桑克　雷平阳　潘洗尘（以姓氏笔画为序）

长江出版传媒

长江文艺出版社

图书在版编目（ＣＩＰ）数据

读诗·危险的梦话/潘洗尘主编. -- 武汉：长江
文艺出版社，2017.10
ISBN 978-7-5354-8592-2

Ⅰ.①读… Ⅱ.①潘… Ⅲ.①诗集－中国－当代
Ⅳ.①I227

中国版本图书馆CIP数据核字(2017)第235929号

责任编辑：沉 河　　　　　　　责任校对：陈 琪
封面设计：天问文化传播机构　　责任印制：邱 莉　王光兴

出版： 长江出版传媒　 长江文艺出版社

地址：武汉市雄楚大街268号　　邮编：430070
发行：长江文艺出版社
电话：027—87679360
http://www.cjlap.com
印刷：哈尔滨经典印业有限公司

开本：720毫米×1020毫米　　1/16　　印张：20.25　插页：5页
版次：2017年10月第1版　　　2017年10月第1次印刷
行数：10689行

定价：39.00元

目录

映像

<

封面诗人　马松　张执浩

驻刊艺术家　秦玉芬

无常之美（24首）

——与二十四节气共舞

马松

春生

立春：与红梅相见甚欢

眨眼间，红梅出墙，与我相见甚欢。

曾经翻手为冰，覆手为雪，今天，只听身体里发芽的天籁。

每一根毫毛都在迎风芭蕾，她们的脚尖起伏不定，和星空相互仰望。

必须向春风作揖，恭喜恭喜；
从此以后，挽起袖子跟春天混；

雨水：有一种春望叫倒春寒

雨水到来，春风坐怀不乱，有一种春望叫倒春寒。

爱我的人啊，正在天上化雨，
而我匍匐在地，同万物一起返青，甘心被浇灌。

空气妖娆，连内心的阴影也烟视媚行；
今生今世，为雨为水，皆大欢喜。

惊蛰：谁与春雷共缱绻

当春雷滚入乌云的洞房，艳阳颤抖，桃花泪流满面；
天上人间，终于等来与春雷缱绻。

妖精们也从梦中出土，
春风飘过，她们或在云边采桑，供皇帝远眺，
或成涟漪，颠簸在水面上的桃花运。

种瓜得芬，种豆得芳，总归美好。

春分：没有一种真理比得上春色无边

每当春分一到，时光就开始要命，
夜晚不像夜晚，一看就是春宵。

在我周围，从没有一朵花敢在春天说假话，
她们从一颗颗问号长成蓓蕾，长成花开，那飘荡在手心的春雷，
直到惊若天人，从来一丝不挂。

如果这个世上还有真理，那一定是春色无边。

难得今天，昼夜一样长，
梦里的春耕和梦外一模一样，

欢喜啊，春天还没有花完，春天还有一半，还有好多场落花的盛宴。

清明：我们都是春天的信物

今天，草木处处媚眼，春光横行霸道，一切都像真的一样；
心怀梦想的人啊，又开始要死要活，像海里夜航的盐，
眼中一滴滴的惊涛骇浪，眨眼也望不到边。

而所有忘不掉的事，转眼就长成斜风细雨，
配上应召而来的布谷鸟，咕咕咕地欣欣向荣。

我知道，只要是美，肯定今不如昔，
花一想你就成故人，
我们都是故人的花信，以春天的名义出生入死。

英雄只在春天落草，被花开花落招安；

乘春光肥美，
我们要和地下的亲人、镜中的自己互相祭奠，
在生死的正反两面踏青。

谷雨：我听见她的声音骑在雪山之巅

还有十五天，
还有十五天就要和春天一别两宽。

白天舍不得黑夜，花也舍不得蜜蜂，
花被蜜蜂采哭了，
万水爱不够的还是千山。

我看见她在星辰上牧羊，举起闪电的羊鞭；
我听见她的声音骑在雪山之巅，
她打马袅袅，足迹白云朵朵，
只有蓝天才能一眼望穿。

我和她都是光线，相拥在时光的针眼前，
穿过去是骆驼，穿不过去就是沧海桑田。

雨生百谷，谁生我心，秧苗初插，将就舍离。

夏长

立夏：看春天远成飞鸟，飞鸟远成心跳

送春之日，阳光四处穿针引线；
相爱的人们飞舞在空中，仿佛秋千。

每一阵吹过的风，都是耳边风；
刚刚梦醒的风，曾经也是相逢。

一切都是相依为命，
春天远成飞鸟，
飞鸟远成心跳，
山水暗香夺人。

从此，
青草任性；
内心怒放，
目送绿油油的声音，越来越轻，越来越好听。

樱桃、青梅与新麦，
旧盟都在，温故知新。

小满：星光开始灌浆

今逢小满，
星光开始灌浆，
内心长出麦芒。

万物垂头，迎风发抖。

青梅将熟未熟，等待被英雄含在舌尖的时候。

小满时节，月亮如戏，
我于无人处暗喜。

我的翅膀"嗡嘛尼呗美吽"。

芒种：我爱的人身上飘出新麦之香

芒种来临，土地彻夜歌唱，
我爱的人身上飘出新麦之香。

一年里，趁此时收割新娘，插秧。
一生中，唯有想起来就很美的东西不能放过！
比如爱，比如麦粒的模样。

爱就是农忙，虽将劳燕分飞，
却总飞在高潮时光，忘了相忘。

今天，麦芒和针尖相视一笑，手牵手掠过苍茫。

夏至：宜重逢，把缱绻一直进行到云端

一年只有今天，
白昼最长，夜晚最短，

宜重逢，把缱绻一直进行到云端。

然后别离，正好把闪电从心头挖出来泡酒，
喝完这场闪电酒，就看小鹿垂头，解角，泪珠在她的眼里尖叫

恶月来临，
里外烈日炎炎，
唯有口服雷阵雨才能一滴入魂。

"以香草挂门，使千鬼不窥其户"

夏至，爱情发出蝉鸣之音，
半夏也半推半就，应运而生。

小暑：宜躲在镜子里乘凉

这是织女为牵牛摇扇子的节气，
有谁躺在床上，正严肃地想你。

天天都很热，我们只有躲在自己的影子里乘凉，
与镜子相依为命；

还不到最热的时候，还没到想你想不开的时候；

小暑时节，蟋蟀面壁修行，雄鹰把爪印射向天空，爱不够才叫飞翔。

大暑：雷雨娇艳，闪电碧连天

大暑来临，
每一条路都淌着虚汗，
脚印首先在身体里泛滥；

总有一些日子要熬成盐，

才觉雷雨娇艳，闪电碧连天；

大暑，
萤火虫打着灯笼，
正在找离秋天最近的那条道。

宜和相爱的姑娘蒸蒸日上。

秋收

立秋：陪秋老虎立地成佛

立秋驾到，秋风送爽，哈达挂满心头；
顶礼亲爱的秋老虎；

可以贪爱，不能贪凉；粮满仓后，再弯腰收割无情；

听见立秋嫣然一笑，树叶落地为安；

"凉风至""白露降""寒蝉鸣"皆不可方物，
宜携良家浮一大白。

处暑：有一种新娘叫"新凉"

今日处暑，粮食熟了，泥巴们弹冠相庆；

新娘从天而降，与"新凉"一个名儿的新娘；

那些颠三倒四的良辰，被风亲得半死的秋香，
我必须感恩漫天遍野的萧杀。

尤物降临，最差的也会横陈枝头，人间夫复何求。

白露：不能饶恕美的日子

今天白露，鸿雁破云而来，仿佛一朵朵露水，正被秋风一口吹向江南；

有一些东西丰收，有一些事物白茫茫一片，
此时我们内心送爽，外表金黄；

从不曾饶过美，美也从不饶人，白露，简直不能饶恕美的日子；

白露节气，我们双翅入鞘，美如白霜。

秋分：与花平分秋色

今日，我要与花平分秋色，一灿一烂；

弯弓射走燕子，转身又射走风声，
今日一过，夜长梦多；

让落叶睡吧，从绿睡到金黄，别叫醒这些孤儿，她们不知何时回到树上。

秋分时节，鸡蛋可以立在桌上，秋色可以含在舌尖；

雷电终于收官，江河正在我眼里重整杯盘。

寒露：再见，亲爱的秋高气爽

今日寒露，眼看一颗颗光芒自草木之唇冉冉升起；
就像情深意长，闻上去满满的霜香；
寒露时节，目送鸿雁化身人字，扶老携幼南去；
又见鸟雀隐姓埋名，入海沦为蛤蜊。

菊花也应招而来，欢喜过后山高水长；

已与桂花结缘，来年相见，亲爱的秋高气爽。

霜降：向无情的美投降

从今开始，风磨刀霍霍，霜摇身为剑，菊花铩羽而去；

树木弯腰，抖落一地皱纹，一切为了凋谢。

秋天的末路上，
万物都在向无情的美投降。

霜降时节，
要和相爱的一切熬夜，把寒风捂暖。

冬藏

立冬：给身体里的红泥小火炉添火

今天立冬，所有的旧爱展翅渐远，暴风雪也打马来到眼前；

在天空冷冷的怀抱里，
我听着太阳灰蒙蒙的心跳，目送飞鸟擦破云边；
每一声尖叫，都是一次完美的收官。

她的远遁，正好让雪下在内心，指引我在人间穿针引线。

立冬了，风声必须用大碗喝下，
一颗心必须要用雪花来打补丁；
看一双纤纤素手，往身体里的红泥小火炉煽风点火。

立冬时节，雨夹雪，双腿裁剪西北风，好一个"暖"字了得。

小雪：与妖精围炉夜话

今天小雪，
预报有一朵朵小妖精从天而降。

小雪时节，
躲进内心围炉夜话，
珠穆朗玛峰就会雪崩，往事潺潺而下。

鲜花已逝，南方可怜，
北风好听，落叶歌舞升平。

从今往后，双瞳飘雪，枕戈待旦。

在梦中，看见春晓素颜的样子。

大雪：雪来雪去，好像梦在心上拉锯

今天大雪，活在宋朝的女子开始抽刀断水，
青山踮起脚，目送一条绿水从腰间解下，自脚下蜿蜒而去。

山在攀登，山要登山，山一步一个脚印，登到山顶看见寸草不生。

那些山上的野浆果啊，被夜色爱得一塌糊涂。

我们活得像一个深渊，每天相视一笑，举杯同庆。

冬至：最适合躲在内心取长补短

冬至，我们的毛孔里星光摇曳。

今天，暴风雪开始怀春，她将怀上自然的龙种。

今日白天最短，夜晚最长，最适合躲在内心取长补短。

冬至到来，我们走过的路都要被雪贴上封条；
脚印纷飞的人，已经被北风吹到一年的终点和起点。

天上有什么尤物在轻轻磨牙，心头就有些东西应声而碎。

小寒：还未仗剑走遍天涯，扬眉早已雪花横存

小寒来了，还未仗剑走遍天涯，扬眉早已雪花横存。

残冬降临，星光正从她的毛孔里悄悄长出来。

这个季节，最好喝的酒叫西北风，这是喝西北风最好的时候；

身怀大酒，山水各怀异想，一别两宽。

小寒这天，我看见大雁准备买票返回北方的故乡；
再往更远瞭望，喜鹊正在筑巢，野鸡也开始上钟了。

大寒：如果是美，就必须冷到彻骨

好冷的日子，连寒风也躲进骨子里，蜷缩成一团，像狗日的如歌的行板；

如果是美，就必须冷到彻骨，
就是可以揉进眼里的沙子，与热泪一起滚滚；

我看见春大的急先锋，所有叫种子的军队在地下锦衣夜行；
想死的人摇曳他们的双腿间，说自己还有十五天就要变成迎春花。

我听见大地上的苍茫对我嫣然一笑，
还有十五天，我们还可以交颈而眠。

危险的梦话（22首）

张执浩

写诗是……

写诗是干一件你从来没有干过的活
工具是现成的，你以前都见过
写诗是小儿初见棺木，他不知道
这么笨拙的木头有什么用
女孩子们在大榕树下荡秋千
女人们把毛线缠绕在两膝之间
写诗是你一个人爬上跷跷板
那一端坐着一个看不见的大家伙
写诗是囚犯放风的时间到了
天地一窟窿，烈日当头照
写诗是五岁那年我随我哥哥去抓乌龟
他用一根铁钩从泥洞里掏出了一团蛇
我至今还记得我的尖叫声

写诗是记忆里的尖叫和回忆时的心跳
2017

春雷3号

男人们排队站在小便器前
轮流着小便
终于轮到我了
一个小孩在我身后催促
他甚至把脑袋伸到了我的前面
我的尿意戛然而止
但我并不想放弃
这是在高速公路休息区

我眯上眼睛想象着原野上
迎风而尿的少年睁大眼睛望着
正在天上翻卷的乌云
暴雨将至
终于轮到我献上甘霖
安静的洗手间内
隐忍的雷声只有我一个人听见了
2017

补丁颂

我有一条穿过的裤子
堆放在记忆的抽屉里
上面落满了各种形状的补丁
那也是我长兄穿过的裤子
属于我的圆形叠加在他的方形上
但仍然有漏洞，仍然有风
从那里吹到了这里
我有一根针还有一根线
我有一块布片，来自于另外
一条裤子，一条无形的裤子
它的颜色可以随心所欲
母亲把顶针套在指头上时
我已经为她穿好了针线
我曾是她殷勤的小儿子
不像现在，只能愧疚地坐在远处
怅望着清明这块补丁
椭圆形的天空上贴着菱形的云
长方形的大地上有你见过的斑斓和褴褛
我把顶针取下来，与戒指放在一起
贫穷和幸福留下的箍痕
看上去多么相似
2017

诗歌中的马桑木

我曾在一首诗歌里用马桑木打过一口棺材
用来盛装我说过的梦话
去年今日，过三峡
陡峭的岩壁上停搁着漆黑的悬棺
当地人告诉我：它们很多是马桑木
在没有大坝的年代
悬棺如梦一般难以企及
说梦话的人有着死者复活的表情
路过这里的江水也比其他地方的慌张
2017

张德清

我的父亲从来不对我讲述他的父亲
那个"历史不清楚"的男人
害得他一次次丧失了"上进"的可能
从15岁到35岁。现在他75岁了
我的父亲有一天神秘地对我说
他的父亲并没有死：
"越狱了，去了台湾。"
见我满脸狐疑，父亲也欲言又止起来
据我所知，那个会讲日语的乡村秀才
死不见尸，衣冠冢里只埋了
一根拐杖和一顶帽子
而这两样遗物还是父亲的养母
迈着三寸金莲走了五十里路
从沙洋监狱认领回来的
父亲把这桩秘密在心里埋藏了大半辈子
临别之际，他喃喃着说：你查查吧
哦父亲，我已经查过了——
人间有无数个"张德清"
最接近你需要的那个人出自于

一篇小学生的作文，他写道：
"林荫小道两旁开满了纯白的玉兰花
我们在烈士墓园里庄严宣誓……"
2017

左对齐

一首诗的右边是一大块空地
当你在左边写下第一个字
脑海里立刻浮现出一个栽秧的人
滴水的手指上带着春泥
他将在后退中前进
一首诗的右边像弯曲的田埂
你走在参差不齐的小道上
你的脚踩进了你父亲的脚印
你曾无数次设想过这首诗的结局
而每当回到左边
总有一种意犹未尽的感觉
一首诗的左边是一个久未归家的人
刚刚回家又要离开的那一刻
他一只脚已经迈出了门槛
另外一只还在屋内
那一刻曾在他内心里上演过无数次
2017

危险的梦话

林东林一大早告诉我
昨晚我说梦话了
我担心梦话的内容
但他说没听清我说了什么
这是不是意味着

他仍然不是我期待中的
那个危险的听众
2017

这棵树上结苦果

这棵树早晚会结满苦果
我知道，但我不知道
这些果子究竟有多苦
我们栽树的时候曾见过
一只从来没有见过的鸟
在旁边的树上单调地鸣叫
我们培土，浇水，眼瞅着
这棵树越来越醒目
开花了，它的花期更长
结果了，它的果实更大
躲雨的人在树下遇见了哭泣的人
哭泣的人捂住脸在雨中狂跑
2017

秋浦河涨水了

我曾经来过秋浦河
那是在唐朝天宝年间
我曾在秋浦树下目测过
对岸的秋浦花
也曾在秋浦桥头
唱过秋浦歌
我跟樵夫回过家
也跟渔夫回过家
我的家在上游的上游
我这样漂泊仅仅是因为

我心里有一叶扁舟
它爱过清澈，也爱上了浑浊
2017

过安庆，遥想去年今日

城外山丘上的纸绢花开了
你一朵，我一朵
你亲近粉红，我偏爱素白
想起去年的这个时候
我正在巴东，陡峭的江崖
山连着山，坟墓紧邻坟墓
你一会儿觉得天宽地阔
一会儿又觉得人间逼仄
没有留意路边的树芽
已经悄然填满了同一片虚空
2017

淅淅沥沥

外面在下雨
小学生在屋里造句
妈妈在屋檐下摘菠菜
爸爸像风一样冲进家门
外面在下雨
中学生背上有瘀青
母亲躲在灶门前抹眼泪
父亲抄起棒槌冲出屋去
外面在下雨
毛毛雨落在毛毛雨上
每一滴都一样大小
它们从天而降，销声匿迹

造句的人拿起笔又放下笔
他似乎在寻找一件更顺手的工具
不是雨披，不是伞或斗笠
造句的人看着他造出的句子
仿佛看着一具尸体——
外面在下雨
妈妈爸爸哭干了泪水
母亲父亲继续哭泣
2017

吹气球

在气球爆炸之前
你不能确定它能被吹多大
在气球爆炸以后
你也不知道它究竟被吹了多大
你一边吹一边抚摸
这个离你越来越近的膨胀物
起初它像什么
后来它像什么
在气球爆炸前后
一只气球就这样在想象中膨胀着
你不能确定最后一口气
将在何时终止，你不能确定
一个人由满面通红到一脸茫然
这中间都经历过什么
2017

观察

我在镜子里看见我的时候
花旦也出现在了镜子中

它在观察我

我情绪低落时，它在一旁
悻悻的：望着我却不好意思直视我
我也有走投无路的时候
像它一样在人缝间穿插
小心躲避各种践踏
在相互比对中我们相互说服
从它眼里看到的往往是我缺少的
但这并不足以填补我充盈我
一条狗总在观察
它让你害怕。还是它
让你意识到仅有害怕是不够的
我在键盘上敲打这些字的时候
花旦仍在一旁观察我
似乎一无所知
似乎无所不晓
2017

雪花膏

两个少年放完鞭炮
站在旷野上面对面哈气
白雪大地上唯有树枝是黑色的
而太阳是酡红的
阳光下的鞭炮声太沉闷
两个少年彼此都不满意
他们追逐着朝小卖部跑去
远远就闻到了一股味道
那是从柜台后面的女人身上
飘散过来的雪花膏的香味
很多年后他们在一起回忆仿佛
在检视一只盛过雪花的空瓶子
2017

淌水过河的人

一生中我淌过的河流并没有几条
但这样的场景时常浮现在脑海中
仿佛每次出门都必须那样——
弯腰，脱鞋，挽起裤腿
拎着鞋子踩着卵石朝对岸走
——一生中我都在过那一条河
有时候我站在河道中央左顾右盼
上游的浪花一朵朵开了
下游的漩涡不紧不慢地旋转着
有时候看见对岸来了一个人
他的姿势和我大同小异
他沉默着经过我的身边
河水的喧哗声越来越大了
而我喜欢先将鞋子扔上对岸
2017

雏鸟举着喙

有时候我走路像是在飘
路过小花园我听见
一只鸟在背后叫我
我扶着栅栏在林子里找了半天
并没有看见是谁在叫
有时候我走路像是在逃
四周荒无人烟
空气中似乎有手推搡我
豌豆倒伏了一大片
麦子倒伏了一大片
有时候我就这样甩开膀子走
目标在前方一再改变
我会在途中一再想起
临行前的那只鸟巢

那里面有五只雏鸟
光溜溜的皮肤
一览无余的肠胃
它们高举着嫩黄的喙
催我快飞，快飞
2017

白芝麻，黑芝麻

白芝麻比黑芝麻香
黑芝麻比白芝麻有营养
当你把它们拌在一起时
为什么总是想
把黑芝麻从白芝麻里挑出来
把白芝麻从黑芝麻中捡出去
2017

你把淘米水倒哪儿去了

我在厨房里忙碌的时候
我的岳母也在我身边忙碌着
我丢什么，她就捡什么
我在砧板上切彩椒和姜丝
她在盥洗池边擦洗杯盘
越洗杯盘越多
抹布也越来越多
我希望她出去晒太阳
我的岳父正在阳台上
给几盆兰草、芦荟浇水
春天来了，灰背鸟绕着屋檐飞
杜鹃花边开边落
我希望在我开始炒菜的时候

厨房里只有我一个人
而当我关掉炉火的时候
餐桌旁已经各就各位
油锅已经滋滋作响了
水龙头仍然在滴水
我的岳母还在那里嘀咕：
"你把淘米水倒哪儿去了？"
2017

变压器

每一台变压器都能瞬间把我带回过去
每一台蹲在栅栏中的变压器
都无法解释那个叫卢良兵的人
有怎样的好奇心，是怎样翻跃过去的
1971年，五岁的卢良兵着火了
这是我有生之年看见的唯一燃烧过的人
我们在距离变压器不远的堰塘里钓鱼
高压线穿过我们的头顶
几只飞累了的候鸟站在我们头顶上
当我们扔下鱼竿朝那团火球跑去时
它们惊叫着朝南方飞走了
2017

折叠床纪事

我在折叠床上做过一生中最美好的梦
我在那个梦里清晰地看见过幸福
不过是一张更大更结实的床
天亮后，他还能幸福地睡着
没有来往的脚步声惊扰他
他还能幸福地睡着像死了一般

那时候，我以为
幸福的人都不必像我这样
把身体折叠着，紧贴着死亡
2017

哎呀呀

花旦的最后时光
是在我脑海里度过的
"哎呀呀，哎呀呀……"
连续三夜两天，它
一直这样叫唤着
从它死前到它死后
从埋葬它的那棵枇杷树底下
直到我合眼的每个瞬间
已经不是一条狗的叫声了
"哎呀呀，哎呀呀……"
你听，这声音多像我在哀鸣
多么像我对人世的爱
在无以言表之后转而用呻吟
来修复和呈示
"哎呀呀，哎呀呀……"
昨晚我终于用完了听力
睡了一个完整的觉
而花旦似乎也穷尽了爱意
2017

给花旦找墓地

这是一首迟到的诗
一首想写却迟迟不敢动笔的诗
这是一首早有预谋的诗

我预料过你的死但没有料到
你死后这么久还栩栩如生
枇杷树没有结枇杷
你躺在树下
这是一首强忍着泪水的诗
直到临死你水汪汪的眼睛
还在看我，还在看我
怎样把没有你的日子过到底
2017

在 Manasota Key 面对大海（6首）

雪迪

回音

两片像帆一样的布
使那个姑娘
在烈日中走动时
全身起伏。青春
是掩盖沙石的潮水
是涨潮时，一浪一浪
向前的水；逼迫望水的人
退后；把那些
在深处的碎裂物，太轻的
草，抛甩在岸上
召引长喙的水鸟，愉悦
那些在水里捡贝的人
他们弓着身子，和退潮的水

抢圆润的小物品；像这样的美
和我们的肉体，抢时间

这样的美，连灵感
都不是自动光临的
字掉出来，音成为乐
诗知道怎样使肉体
充盈神性；人就有可能
变得美好；最好的
发光。我们感觉得到
无边无际的祝福，在我们疲顿时
帮助我们；像一只白鹳
在飞行时骤然转向，伫立在水边
云层使落日瑰丽、壮观
傍晚的海滩上，更多

朝向落日默默无语的人

撒网的人，在大海暗下去前
想在网里看见什么
整个晚上，我尽心竭力
想为47岁的生命留住什么

而异。大风起
海水横流，苍天多色
人群一股股，随
滚动的黄沙急走
望海的人，独自
站在雨水里；水冷雨暖

海岛的暴雨

大风起，海水横流
那儿，黑鹳打开两翼
我看见风向；看见
一哩一哩移动的风
水面比水更抢眼，风来时
更动感情。此时柔顺
远处就有一卷卷，覆盖百哩
匆匆滚动着打开的丝绸
离乡太久的人，此刻望水
唐朝就在那里；深处
美人无数。此时暴躁
近处就有城墙崩塌，人群
疾走；白鸟黑鸟长唳
混淆着，四面飞翔；地下
震响着无数蒙冤的人
击擂的鼓声，雨急时
重情的人可以听见

重情的人，是不改国籍的人
远离亵渎感情的地带
尊敬古人；洁身，自爱
不能违背心意地活
从此在异地。因异
而到它地；因地
离开的和借居的地

海滩上的鼓手

大海在风中退潮
水退一步，浪向前涌二尺
浪涛使风向上，一寸
一寸地弯着，然后
像寻短见的人，砸下来
那声音里含着更多声音
听上去是空的；使心
难受；离水太近的天空
显得多么苍白。一位
鬓发斑白的人，独立
水中，朝着海浪击鼓

深色的水草乱摊在岸上
黑鹳逆风飞行，逗留
在浪涛上，突然插入
一个正在跃起的浪头里
大风使水现出水型；海涛
令风震耳欲聋，双双
带着霸气。击鼓人
双手向下落着，鼓声
使天空辽远，落日变红
大海在汹涌的白浪里
向后退，裸露的沙地
与皮鼓共同闪着金光
鼓声，使沙滩岑寂，深海起雾

大雾使风向骤转，海水
踯躅，更多的浪迎面而来

击鼓人，在风中击鼓
向着大海。夕阳向西
红霞和弄风的白鹳向南
翻滚的浪涛挟着夜气向东
客居人瞩望大水，向北

在 Manasota Key 面对大海

白沙滩，绿蒿草；那只
灰鹳，总是站在一幢
临水的木板翘起的屋顶上
七月和八月之间的暴雨
惹得大海动怒。深水的
心胸突然变得狭窄
把更多的水向外推
水在推搡中形成巨浪
比小心眼的人拧，一排
一排，吼叫着扑到岸上

岸上聚集着坏脾气的人群
黑色的鱼鹰混在白鹳之间
树的声音最低；然后
那些背部黑暗的蜥蜴
　在无人的地方乱窜
使海边的房子更空寂
水在裂开时发出巨响
劲风扩大水的裂痕
伤着的是躲不开的岸
被人和楼群固定在这儿
带着垃圾；被自爱的大海
整日抱怨。聆听的人

终日听见四处的哀叹声

我们的声音，和海水
自然的声音混在一起
使大自然生病，到处
都被污染了。我们想法子
使那些根本不想的圣物
被玷污。大川成为小河
小河干涸。秃地使野兽绝迹
庄稼人向城里走，集体地
活在一起；活得疲惫
活得拥挤。当水往高处流
那是洪水；肉体就是船
干净的就是浮现在水面的

是看得见的。浪涛相互推着
太阳炫耀。风带水声
灰鹳站在临水的
不带人气的屋顶上
白鹳在灿烂的水面上飞
小得如水鸟；椰子
在涛声中掉落，白细的沙子
出声似银。观海人
听见巨浪无声；窥到
天道有其形

连接

1
起风了；没有阳光
水不能单独托住云层
早先分散的云，如一拨儿
打群架的人聚拢
深海带着杀气
雷在乌云下面跳着

岸变得晦涩。沙子
被风撮起来，在岸上乱撒
那些凭水气和气流捕鱼的灰鹳
迷惑地向着急促的浪头尖叫

此时是 6 点，傍晚岛上常有的景象
海湾在日落前，莫名其妙地变脸
也许是太多钓鱼的人，伤了水气
某人长时间地在烈日下读书
专注唤醒了储藏在某片
水域上方的记忆；那些消失的
返回了，找不到身体
望不到他们早先的女人
不记得出了什么事
于是暴雨骤降，夹着似雷的
吼叫；沙子裹住
所有在岸上能动的物体

随后是落日，用他的神力
把云扯成一条条的
一些云伤着了，带着血丝
一些仍闷闷不乐，但恰如
中国古代的美女，不开心时
也那么好看；渔夫返回
把网向泛着落日金辉的水面甩
他均匀地转身，扬手
美和赞美就这样诞生
孤独的散步者，使海岸线
向深处延伸；孩子们
与浪涛、阳光、沙子
和谐地在一起

夜带着湿气和浓重的咸味
跟着落日；随后就是黑
黑暗是最后一个，是锁门人
那些带着性欲的人

总被锁在某地的里面

2
我住在海边的白房子里
[68 年前，在房子里
全是裸体的人。屋志记载
我写这节诗献上对先人和
旧日的习俗的敬意。]
玻璃窗上全是海
晚上，拧亮灯，就是涛声
星星结群，在水上更亮
夜不移动；动的是流星
动的是我，还动心
动情。想没离开你的日子
那些日子因为你的美
而美好；爱不摇来晃去
爱入心，就往下沉
然后很稳重的
很固执地生长。现在
我傍水，读书；写长诗
被灿烂的阳光拍黑

每天，在爱中，像好久
没换过的水，摇来荡去
是对你美妙身体的渴望
当我在金沙子上看见那些白鹳
雅致地，脖子在热风中弯着
我就记起那对又小又白的乳房
爱人的抒情的双乳，饱满
但不夸张；像早餐时倾听的
轻松音乐；雨里打开的伞
乳牛在暮色里的叫声

像那幅海淫的意大利油画
那对膨胀的乳头，被轻轻

捏着，它们在我的指尖中
喘息。白桦林中的鸟
不停地啼叫；帆在强劲的海风里
鼓着；旭日一点点从雾中升起

也是一场暴雨后的落日
呈现淡红色，火红色
近水时刻的暗红色

海豚从水里浮出，又隐入
脊背闪亮；暖水中的岸
更有人气；天空
使远处的水弯下去

在异国的唯美的人，单独
观赏落日，然后是彩虹
弯弯的，硕长的，高贵的
古典的；那是爱人在爱中
弯曲的身子，像失传的
中国人细雕玉器的手艺
Coltrane 吹的萨克斯风曲子
河流天然地沿地势转弯

丘陵凸起，祖先就在那里
开始把香火向下传
信命，拜神，真干活
麦芒金灿灿的
在被庄稼人精心呵护的
那块麦地里；天堂的门
在一阵高过一阵的赞美歌声中
打开着；从那里开始
全是光，无限温暖
一切都是无比熟悉的
感动的；是在振荡里的感情

爱生长；爱吞吃光

爱成长在振荡里
在感恩中，在孤独的时刻
当一个人，发现一个方法
可以连接另一个人

3

星座连着沙子；幼龟凭海的反光
向那个液体的世界爬；在那儿
它们比人活得长久。那儿是软的
稠密的，透明的；是另一种语言

我赤身躺在海滩上
看星，灿烂的星；流星一闪即逝
整夜，听着涛声

领悟

裂
刚开始是意识体验到晕眩
曾经能做的模糊了
身体一截一截地变慢
慢到操作者感到恐惧
那么多的不能
理解的人。一切都很快
很具体的恐怖。当身体
和意识分离，仅剩下意识
和速度，和黑暗里的弯道
和从后面来的很多人
在黑暗中显得很亮的光
第一次感到，那么多光
也可以使一个虚弱的人
感到恐怖。一切开始于爱
爱是许诺者，保证

在爱中的人安全
具有献身精神的人
要保持高度的注意力
要承受他人的恐惧

当身体比平时慢
意识更锐利，更鲜艳
唯一能依靠的，就是信念
智慧能使弯道变得直一些
不能使黑暗里的
距离缩短。那时
爱中的人，完全依靠爱
一个出口接着一个出口
最后返回家园

听我们最爱听的歌曲
想起天黑之前
我们祝贺抵达时的样子
身体发凉之前的状态
我们跟着我们的感觉
很平常，也没有恐惧
我们感到在里面的光
相爱着，远道旅行
当光从后面
显得具进攻性
连身体里面都是黑的
在意识里是没完没了的弯道
心怀叵测的旅行者
在右边，靠我们很近的行走
说些我们最困难时
会说的那些话
感受到我们在一起的原因
两个变慢的身体在一起
就坚强一些；就从
当地的单行道上
返回大路。不仅仅是理解

是承受，代替另一个体验
一切都是可能的
当一个人，保证
对爱许下的诺言

复
为了还愿。当你使身体
变得很慢，长喙的鸟
低低地贴着湿沙子飞
海浪在潜意识里
一层一层地向前涌
白色是你唯一看见的颜色
那里的护路人说，往里走
这是回家的方向。还愿
在到这里之前，我们
没干完的，干糟了的
也许真爱过，被爱得
很深，使我们
在那时变得暴躁
使此时居住的地带
多雨；风总是卷起尘沙
狐狸，还有短腿的狼
在多树的镇子里
追捕女人们宠爱的家猫

那也是学习的过程
失去那些刚开始喜爱的
懂得的，哀伤和
怨愤，还有我们已深深
陷入的，不仅仅是和人
也和物。磨得漂亮的木头
羽毛弯成很美的角度
那些令我们大哭一场的东西
朋友和亲人，由于他们
那些人开始仇恨

在美的后面，应该是更美的
理解的后面，是更多理解
然后是顿悟。一个人的顿悟
是在云和云之间的落日
观景人赞赏云层的瑰丽
那也是我们
在日常生活中的迷惑
我们一次一次地返回
学习爱，体验那些困惑的
成为美的，价值无比的
然后观景人叠起椅子
在暮色中消逝

完成没有完成的，走的
离家近了一些
在具体的、充满细节的事件中
懂得什么是爱；责任
是逼真的、客观的疼痛
一些坏念头，使回家的路
变得长了些，并且多回来一次
澄清后果；看见更多的自然景致
看见更多的人，糟踏自然
他们的脸一片模糊
他们将吃好几碴苦，受好几碴罪
这是中国老一辈人的说法

为了用具体的感觉
认知抽象的能
他驱使浪涛
向有人的地带靠近
使山豹在躁热里往低处走
使山一寸一寸长高，然后
在大地震里塌陷
一个婴孩，哭叫着诞生
那个母亲流了许多血
然后是女儿的，然后

是从我们称为"心"的地点
一切都是为了懂得爱
给予爱。一切仅仅是开始

合
那里是我们最终要去的地方
不再回来。许多生
一截一截连上的回家的路
有时是在岔道上；有时
纯粹是向下沉。在暗处
在我们还不知怎样看见的地方
我们始终被保护着
被象征性地指引
和异性一起的日子里
一层一层地了解自身
一次爱是一个角度
足够的角度，形成圆
那时我们知道怎样离开身体
使身体仅是一支锚
抛在人海；思想带着白光飞翔
拜访其它的思想；使花
在某个瞬间，比其它时刻鲜艳
某个地带，比众多的其它地方
更具有人性

那时我们经过做人，也许
别的什么，将具体的疼
饥饿；涉过一条河时的寒冷
沮丧，仇恨；濒死的不同的
情景；我们同意回来
渐渐地，体验到爱
然后身体不好使了
我们接近完整地意识自己
一个非常独立的"一个"
这儿还有那一个，那一个

全为对方存在
对方因为对方存在
圆的外面是更大的圆
更大的圆；持续下去
如同我们在一个雨天离开
在某个节日返回。我们
把最难忘的片断连在一起
"能"出现；爱在最后一世
是安静的，不强求表现的
是所有美好事物最后完成时
伴随的那种深深的宁静
思想被提炼成形，是球状的
我们经过做人，还有别的
就是为了把思想从无数世中
提取出来。用具体的肉身感觉
经历转换的过程。从暗到亮
从焦躁到宁静；从人到自然
到人。精神离开他需要的
最后一具肉体，那是大爱
是纯粹的能，耀眼，似光
有缘、有福分的人
感觉他的颤动，在热和光中
然后他升入比最后一次来时
要远、要高的地方
只有爱，能使我们持续
一次比一次睿智；无尽地
施善。只有爱是具体的
能领着我们，走过穿透
无数生、众生的那条通道
越走越亮，就越真实
美就在其中

草和杂草（14首）

严力

那天

那天想到了几句可以用于
Google广告语的话：
不在Google网页里的远方
也要到Google 里去搜索
只有那里才最接近远方

体外的声音说
这是可以变现的创意
但体内的说
这是一首诗刚开始的两行
其他为了上Google而翻墙的
若干行
肯定被雾霾拖了后腿

那天我想到了另一首的开始两行：
为失足润色是终极业务
其他的业务都容易失足

之后
我就润色不下去了
2017.5

诗意招聘广告

诗意招聘广告说
成为专业的文明人
比成为其他专业的名家更困惑

如有兴趣
请打电话800-1234567
查听录音：

既然你写过多年的诗
那么就肯定知道
哪怕一个微小的行为
就能把你所写的改得面目全非
所以没有一种选择是一劳永逸的
诗写好后就要不断地
一天几次地朗诵自己

听完录音后果然有了困惑：
写诗给了我
从家里回家的感觉
但为何还会时常被
锁在家里的门外
2017.5

好眼光

她勤奋好学
十八岁从叙利亚考上了
全额奖学金的剑桥大学
并且眼光极佳地选择了
几年后西方社会最紧缺的专业
她远在英国就看出了
川普的反移民倾向
但又在投票前就判断他会当选
她的眼光一定也能
看出几年后的朝鲜
有没有可能
在国际社会里就业

我之所以说起这件事情
其实是我急切地想让自己
也具有那样的好眼光
能不断提前地
写出果然会发生的诗
2017.4

我的人生也就这么三天

前天
我去了几个好诗的出处
那里不再有人生活
而且参观时必须
购买门票

昨天
有人在微信上
把"文革"的震撼修缮一新
但新的震撼
又把没修缮的部分震掉了

而今天
日常在回答生活问题时
把问题都变成了物质
余下来翻来覆去的价格问题
2017.4

真

真善美的真
不是把人化妆成非人
真善美的真

不是创新的结果
凡发明都已失真
真善美的真
不包括善恶与美丑
因此
生活无法对称
2017.4

审美就像突然中彩的看家狗
返回在自身修养的途中了
相比我的室内装饰
因为每次都被劣质材料欺骗了
这让修养在三岁时
就学会了骂人
2017.3

约会

翻阅记事本
发现两个星期前的一个约会
被我完全忘掉了
于是马上打电话过去
对方说
啊呀
你不来电话的话
我也彻底忘掉了

可我还是觉得
能被我们同时忘掉的约会
肯定有个第三者
2017.2

合作

遇到了成为镜子之后的水银
它说当时想看看自己的模样
就与人类合作做成了镜子
结果无法在镜子里找到自己
此话很有道理
我与社会合作成为了诗人
结果发现了许多他人的冤屈
却没发现自己的甜蜜
2017.2

草和杂草

也许你也和我一样
很久以来都分不清
草和杂草
但昨天遇到的那个政治家
用很不屑的口气点拨了我:
这就像流民和民众
几根草是杂草
连成一片就是草地
2017.3

无题

没养过看家狗
但知道看家狗的家
注重财富的安全感
我还认为自身修养
更是宝贵的家之内涵
所以我的财富还没开始积累时

昂

昂起头
不一定是动用了良知
也不一定是激昂的悲叹
可能仅仅是
把吐痰的冲动咽下去
也可以是为了再次昂起
咽下第二口冲动
这就像好天气不一定
非要抱怨社会的不公
可是
当你数点钞票时
其他的昂
则一定会
情不自禁地低头观望
2017.3

喜欢阅读

阅读让我
对平面上的言行上瘾
那些想象和编撰的能力
造就了我们上千年来
在纸张上搬运文明
那些被记载下来的强势者
在道德沦陷的章节里
购置了许多房产
而今年教科书里的学区房
还升值了十几页
尽管如此
我还是喜欢阅读
2017.3

虚拟生活

1970年我十六岁
惨烈的家庭变故告诉我
尽管我的身体结构
是父母设置的
但他人有强大的改装权
在那之后的很多年
我被分配到内心想法的
阵地上去扫雷
在没发现任何地雷的情况下
学会了在小组会上
报告了假想的
自我引爆的生存伎俩
还就此走上了
经常得奖的虚拟生活
2017.1

等待

不知道该对受难者说什么
他们叹出的粗气也已打了死结
而历史经常要等待一场正确的哭泣
才能测出眼泪的质量
至于能否在法庭指认元凶
还要看雨伞是否对晴天彻底放心
2017.1

没有回头路

先是从乡下跑到大都市
现代感十足地奋斗了十几年

发现领子洗得再白也就是为了
几十平方米的栖身场所
还发现
有了灯红酒绿的陪伴
就能更快地
耗尽身体的能源

于是就转而崇尚绿色回归
在每一个假期带着怀旧的全家
穿过拥挤不堪的高速公路
跑到虫草山石的故乡去古典几天
但这群无法在老树上搭窝的
电子喜鹊
回城后向朋友们报喜时
甚至找不到一个飞翔的词
2017

虚构的情感也可以灼热异常（15首）

巫昂

暮年

水草长成芦苇的速度
一定比以往慢很多
你走路的速度一定
像被缓期徒刑的罪犯
我们在地球
某个位置上重合的可能性
逐渐地近乎零
你好，朋友
我们后会有期
2017.5.9

风信子

我在那块地里种下过风信子
就像紫红色的鸡冠花一样
一只大狗在里面刨过一个巨大的坑
足以埋下三只小狗
它没有自杀或者谋杀其他狗
它也没能刨出风信子的球茎
夏天之后，所有的东西都悄无声息地
晒干了，风化了
一块地不是狗
也不懂人情世故
2017.5.8

世界的边界

世界的边界从我开始
离开我，一切都是悬崖
堕入黑洞是分分钟的事情
我的边界从健忘开始
忘掉的东西放在网兜里
挂在自行车的车把上
我以为那阵风每年四月都会刮一遍
其实不然，在北京的时候它坚持刮
到了深圳就不好说了
你我的边界
在交谈中消失
也在交谈中重现
2017.5.8

冰水沁在冰袋里

你形容我
冰水沁在冰袋里
漫长的时间内
只有零下二十五度可以左右我
杨树林已经落光了叶子
你也失去了全部的耐心
一颗冰蛋怎么可能有热烈的蛋黄
死也不能让它复活
漫长的时间内
你思慕一个人的生理机能已逐渐残败
我看到你蹲在地上收拾
一根铁丝
想把它融化
也想把它丢弃
2017.5.10

催眠

活下去，要学会催眠
于己于他
冰山和山川之间
我选择冰山
冷带来深度的静
你不容易占有冰山
你只能在它身上抠下来一点儿
你以为是全部的东西
2017.5.11

隐居者

隐居者住在任何地方
高的、低的楼房
随时随地可能被戳穿隐居的身份
为什么你还在吃饭
喝下2.8升的水
自己走上屋顶
极目远望飞机从机场起飞
冰箱里没有任何一瓶酒
谁也不想地沉沉睡去
隐居者替代弱者
完成了所有的自杀
2017.5.11

屈指可数

大风把一只皮球挂到院子里
这样的机会屈指可数
你我相识且站在一个电梯里

边上是所有浑身冒着汗臭的男人们
在这时代，屈指可数
你禁欲我禁欲
互不干涉，拆除了所有的窃听器
在夕阳的渲染下
一辆路过的公交车金碧辉煌
下班回家的人们
死过，死过，只剩一口气
你邀我去喝一杯
2017.5.11

虚构的情感也可以灼热异常

我的爱
差不多只剩一平方厘米的蛋壳
但是，如题
2017.5.11

眼镜

你丢失了一副眼镜
失魂落魄好两天
你来找我占卜我说我不会
但我估计它在一个黑色的电器上面
你在冬天的黑色外套口袋里找到了它
在黑色的环境里
眼镜会发出微茫的光
它的亮度不足以刺痛谁的眼睛
你戴上它去干活儿
你的样子
像是提前进入了冬天
2017.5.12

构思

从外边露台跑回房间
赤着脚
打算上床睡觉
他鼓励我：不用洗脚了
用床单做擦脚布
两个人赤身裸体地叠在一起
他鼓励我：可以不考虑四邻的感受
我在他的一再鼓励下
步入深深的海底
仰视天际
载客的、独行的飞行器穿梭其间
沉重的海水压在身下
从五十米的水底
发出一声绵长而深切的叫喊
我怀疑没有任何人能听到
2017.5.12

生肉

我从自己身上切割下一块生肉
递给你，请你点上煤气炉
架上锅子煎一煎
肉的脂肪有点儿重
煎的过程中
油烟不小
你一边听着来来往往的车声
一边照看炉火
把火调小，文火更好
你问我喜欢生一点儿熟一点儿
我忍着剧痛说都行
我们要分食完这块肉
你说你喜欢我脸色苍白的样子

像是刚从超市回来

2017.5.12

母亲与妈妈

从今年开始
我们养成了新习惯
告别的时候拥抱一会儿
你在我怀中像个刚上小学的孩子
我尽量多地大声地说我爱你
这也许源自内心更深的恐惧
七十三岁了
你还像三十岁那年一样爱我
我们无话不谈，像一对老朋友
你的基因在我体内熊熊燃烧
像永不熄灭的火盆
因为你啊，我获得这世间所有的善与信念
他们说我人不错
也懂得容让
这是你的默认设置
像你一样，余生我只想给予给予给予
却在大早上向你索要一碗粥
在餐桌旁
我们互道早安
妈妈，母亲这个词
应该颁给你一枚荣誉勋章

2017.5.14

多多

临别的倒计时
我们有了几张合影

人们总说你长得像我
我在想，跟一个怎样的男人
才能生出个你来

必须比我白
五官不是被炸弹炸到四分五裂
紧凑、安静、无事不生非
他会在怎样的枕边
环抱着我
交代道：如果是个女儿
就叫多多，多余的多

你帮我集齐了所有的美
用最简单的方式
深夜我坐在马桶上写这首诗
像是腹中怀着你
外面的天气和排风扇一样清澈
那罕有的
那无以匹敌的

我们一起做了那么多古怪、好玩的事
你对这一次的母亲还满意吗？
要不要改写部分代码
我该不该把温柔二字换成一匹马
一顿备用的草料
预付给你

你的父亲他说：
春天爱什么时候来什么时候来
他还说：任何失散多年的
总会再度相见
我也十分同意

2017.5.17

旅馆

这两三个月
旅馆的气味替代了家的
在各种白白的枕头、床单上醒来
闻到不知道是哪个城镇的窗外飘来的早餐
水龙头里流出来的
有时是水

房卡里储存了
所有住客的闲聊、尖叫和吵闹
在电梯里与人为善
在空无一人的电梯里
面对自己的一团糟

收拾行李收拾烂摊子
为三千公里外的生活买单
确认下一站是不是有人
车门一开常常面对荒草丛生的场面

能够见到你的那一站
别有深意
你身上带有上帝赋予的徽章
但我无暇回味
该拿身上这些余温怎么办?
瞬间零下一度
也许我去往的地方
不再需要任何温度和情感

白色的旗子挂在火车站广场
而我开始打听列车的去向
2017.5.20

罪人笔录

我热爱活着
胜过活了一半半途而废
洗滚烫的热水澡
并借机融化成一摊西红柿酱
沿着防臭地漏冲下去

我喜欢在暧昧不明的灯管下找开关
胜过打开天窗说亮话
我热爱你悲切地看着我
胜过一句话已度过一生

可以一起做的事
大部分不如一个人完成
在你的城市我黎明即起
一个有罪的人理当早早离开床铺
2017.5.21

群山在望（10首）

阿翔

我和你传奇

记忆行至终点，回到自身的乔装，
好比夏天过去之前，看不出它的绵延不绝。

人和现实难以忍受彼此折磨，
必定会在我和你中间区别出疾病的面积，
不像在别处，莫过于泛指的一首诗
将饶舌的喧哗减少到日常背后。

最安静的，不一定是附近的果子，
此刻有经验的，不一定能捕捉独角鲸的灵魂。
相当于我们的深海，可能比不上
我和你互相试探孤独。所以任何时候，
舌尖比干柴上的火还暧昧，看上去

一半明亮得微妙，以及另一半
沉入梦境，如同鸿沟的缩影。

生活在生活之外，但不及我用死者
打量没有窗户的房间，你还要提防
风吹草动，灰烬自有办法
瞒过物证。不说欢愉，不说原因，
秘密仿佛有很多，显示出我们留给时间
为数不多的紧迫感，以火车的速度
洞穿隧道内黑黝黝的国家。

我们每个环节配合得连刀片插不进，
仅次于我们的骨骼完美于看不见的世界。

午夜篝火计划

你一定喜欢陌生的篝火，
它忠实于午夜的典故。你未必知道
典故有可能来自不可重见天日的
巨大的寂静。比如，沿音乐
按住火源，它还原为冰冷的木柴；
但不保证升起时，它会用赞美
为黑暗远道而来的寂静围绕。
没准就是，你比我们忠实于啤酒，
讲究的是单独的意义，你在
我们之外，精通对午夜
引用技术，换句话，你和篝火之间
有一个新鲜的深度。骑在
篝火之上，至少你还能追上陌生的肺腑，
涉及舞蹈，是天赋租用了与我们
有关的体面：美本身是一个
午夜的极限，属于神秘的气浪。
相似的东西太多了，可以断定是
很有天赋的形状，仿佛世界
仅限于你的小圈子，潜伏到黑暗中的
心脏。有时，枝繁叶茂的远方，
给阴暗不定的脸庞带来悬念的暗示，
你会发现渺小不过是渺小的深度，
就好像你添加着更多的木柴，
火在狂欢中丝毫不会变得更高。

人在罗浮山计划

有时候天气的蔚蓝似乎不因
白云而察觉出移动的痕迹。
也不用说你比秋日的背景还熟路轻辙，
它本身的细节整齐而有序，适宜
草本偏向于南方的深邃。

听凭枯叶从我们的时间而落，
其实更需要人生修道。也有时候，
飞瀑撕开绿荫的阴影，显得
有些曲折，峰峦和洞溪
又一次突出比天空高远的眺望。

像是世事来自遥远。泛指的路线
总有一个比蜗牛漫长的爬行
还漫长的借口。但事实上——
人在风景才能得以回到自身，
造就了独具一格的互补之美。

正如这里水量充沛，并不限于
会长出风声里的果实。这没什么奇怪，
偶尔引用白云的有迹可循，
你无法想象我用死者的时间
换取比无枝可依更陌生的信赖。

更多时候，罗山和浮山
在我们有限的谈论中合而为一，
仿佛不曾存在过分裂。或者这么说吧，
要理解这一点最好的方式是，
我们曾以万籁的方式错过万籁俱寂。

（再给程祖晗）

留仙洞的碧蓝计划

（给徐东）

碧蓝未必只有天气才能体现，
比起唯美，还延伸至自然的律动，
就好像我们积极的参与，
就构成此地的不对称。即使
和早市相比，碧蓝它是最好的

借鉴，甚至放大它的本色，
以至于我们不得不寻找留仙洞
另外的来历。仿佛你稍一沾边，
就更有了接近栅栏后面假象的机会，
似乎每个人是此地的潜行者。

风的迟钝远远不如风的政治，
专拣我们的趣味以避开最后的重量。
但此地无洞，哪里还能顾得上
传说中的留仙，好像围绕我们的
碧蓝，从未进入以往的启示录。

仅剩地名出于目的地需要。这就
牵扯到顾名思义，你很少会想，
我们的早晨和碧蓝的早晨有什么区别，
它们看上去同样很新鲜，像是被鸟鸣
唤醒，渗透到我们辽远的最深处。

低于雾霾计划

（赠凌越）

也许你面对的，理想国不一定
是具有我们的理想。雾霾的尽头，
不一定是呼吸的绵延。风景给我们
上了生动的一课，怎么说也得看
陷阱的弥漫还能有多久，就像是
一个妄议，蔚蓝打着我们的边界之名，
才是不肯露出漏洞呢。最终的

暮色，媲美于这天气反复的堵塞，
仿佛可以服从大自然的战阵。
低于此刻，或许并不完全出于
我们习惯中的后遗症，就连原有的

观念去掉修辞，也是在所难免；
譬如说，你可能没听错，理想国必然
有你的影子，比其中的幸运

还酣畅，好像参照过本地的奥秘。
需要新的耐心去见证一下，
这关乎到我们的蔚蓝史。低于雾霾，
意味着铁证如山，在你旁边的酩酊中，
纠正了对生活的态度。经历无数次
飞行，漏洞通过遥远逐赶着漏洞，
一首诗通过我们逐赶着一首诗。

夜谈乘以啤酒计划

（赠康城）

和你谈论到"写作的有效性"，
语境下充满着我们对声音的迟钝。

看上去更像是我们身上的深渊，
但从未深过啤酒的深渊。

它不同于见证历史的改变，
所有问题原本比旁观可以避免。

这就涉及到诗，其渗透能力
堪比神秘的忠诚，纠正"本地的技艺"。

如果你不介意更多的声音，
我倾向于一种不断更新的"虚无"，

再乘以啤酒仿佛小于强烈的预感，
甚至可以追溯到明净的部分。

这确实有点惊人，我们的谈论

在夜间至少不会逊于"心灵的力量"。

很明显，唯有啤酒没有辜负过
啤酒的泡沫。但我们的沉默

远远不及我们的眼光，稍一掂量，
天赋突出人生的倔强劲，始终点缀

一种"诗的平等"，如同你不会
想到设法弥补孤独的现实。或者，

我们是啤酒的灵魂出窍，正因为
这样，才以泡沫介入时间的深渊。

1912年启示传奇

仿佛永远是这样，木樨不会
浮动熟悉的桂花，二月的太平北路，
不仅没有输给现实中的现场，
还醒目于1912年在我们之间传递
那陌生的街道幽深。刚刚下过的雪，
包含比守望还幸运的意思，好像
裹着一种人性的挽留，更接近于
1912年延续的可能。很显然，
它是我们置身的坐标，比如，坐在
茶客老栈里，对下午的光阴作出
必然的反应，以至于1912年的
完美，反而看上去更像时间的穿越。
假如是这样，这就意味着我穿越了我，
你穿越了你，仿佛我们从未误会过
它如此的永恒。又比如，在它的
一个瞬间中，遥远的方言夹杂怀旧
氛围如烟雾弥漫试探着我们。也只有
在安静的时候，我们才是它的时间。同样，
你也许会赞同一首诗，仍然可用于它的

记忆有效性。不论你如何接近它，
还是我如何远离它，在它所坚持的
面目下，一首诗的1912，隐秘得好像
它的遗迹掩盖了它的废墟。

（给黄梵，兼致梁雪波）

白雁坑山中计划

我中过白云的陷阱。
如果再耐心一点，我还会再中
寒流的漩涡，就好像诗的砝码帮助我
从田园的记忆中夺回浩渺。

一时看不出白雁给我们生活
留下了坑，但是没关系，
身边的古道就是唯一例外，这本身
足够我不必顾虑私人时间。

香榧的成熟中有更多的果实，
听起来好像时间还有别的神秘启示。
无边的现实中也只有琴声显得
雾气缭绕，似乎残留古老的运气。

远处，群山融入蔚蓝的波浪，
隔着蜿蜒再一次置于盘旋的悬浮感。
有时，冬天仅凭原始的秘诀
熬过深渊，像是回敬湍急的分流。

在那里，我中过诗的陷阱，
也中过现场的埋伏。不必吃惊，
诗既是我们的奇迹，也是我们过于
迷信的接纳，从未错过群山的节日。

胡桃里另一种可能计划

比现场还喧嚣。能让诗
停下来的东西几乎没有，这种事
需要一点偶然性，即使时间

被抽去分寸，孤独被抽去影像，
才有另一种可能：我们的现实
变得比碧蓝还清晰，完全绕开了

真假的双重生活。从一开始，
在诗的一部分中，游仙向事物敞开，
一点都不在乎你的修辞，

这让人有些不适，甚至事实
要小于真相的阴影，就像戏剧被抽去静物，
反而还要小于刚刚跻身于

午后的小历史。假设完美需要
澄清，或许不会有盖过我们的声音
的收官，这可不同于别的结局。

直到你辨认出诗的原型，
由此把世界加深到神秘的途径。
很可能，最大的陷阱来自你对环境

有特殊的敏感，比南方还隐喻，
对你而言，在仅次于心灵的地方
仿佛白云的深邃显得比上帝还神圣。

（赠蒋浩）

反雾霾写作计划

"在黑暗中服务于星象"，

我有些迟疑，继而删除无关
紧要的句子，就像时间剥去
时间的外壳，露出异乡的口罩，
借助不在场的机会，我写下：
"在雾霾中服务于未完成的吞噬"。
是的，在虚假的广场是不会有诗，
只有沉默，以及崩溃的宽恕。
但是诗，从不曾迷失于此，
它有底牌可言，但不意味着它有权
向死亡发言。这让人多少有点沮丧，
"那么多的口罩反复测试
不稳定的窒息"，再进一步，
"即使在如此低的能见度，沉默
还是能认出诗的羞耻感，大过我们
所有的沉沦，甚于回归到
事实"。是的，通过一首诗
我被隔离到籍贯的异地，
还有迷茫的建筑。我几乎不能
再谈别的，服从内心何其难，
需要交出自由，才能触及
庞然大物的附体术，仿佛因为
现实的意义，对应着未来的阴影。
"比起对立面竖起的黑色盾牌，
更多的命运被强硬驱逐……"
也许我这么看，口罩即我们
残留的一点共同语言，它排斥着
遥远的距离，像一次唾弃。
"必要时给诗戴上口罩以示
沉默"，所以，我并不惊异于
时间的污渍不断洗刷着的
有时是天空的污渍，不这么看，
怎么能理解"一首诗在黎明
和暮色之间，替沉重的呼吸，
最后选择了绝对的深渊……"

火车跑着跑着天就亮了（9首）

陈年喜

火车跑着跑着天就亮了

火车跑着跑着天就亮了
一些人离家越来越近
一些人离家越来越远
窗外一闪而过的男人　女人和孩子
这些早起的人　苦命的人
晨风掀动他们的头发和衣角
掀动他们庸常的生活

我喜欢这样的景象
从小小的隔着晨曦的窗口
看见微小的命运
没有什么能让生活停下来
那些低低的诉说　包涵的巨大秘密

随风撒向高高的天空

我愿意一生看见这些：
白杨树把村庄分开
木栅上晾着花衫和头巾
方言连接着草薢
土地贫寒　辽远　宽容
没有迫迁和失所
而我独自承受奔波和孤独
没有一日安宁

像一列火车
在缭乱的世事里
匆忙而过

铡美案

离火车开动还早
一个人斜倚在北京西站
坐椅光滑得像公主
候车室是漂泊者的驸马府
耳朵一遍遍听见一个人细说端的
曾记得端午日烈阳似火
你与我老槐树下把亲事提

其实在此前你有过前好
我也有过心仪
在此前　他（她）手秉青灯
都曾千里寻夫（妻）
为什么这些年我们都拒绝与之相认
还把他（她）欺
除了活着没有什么正理

开封府那时打坐过包龙图
如今的开封府打坐着狐狸
狗头铡铡过皇亲国戚
后来在牲口棚里铡过草料
多少年里它已无可用
被我借来
把诗歌里的美学铡去

只有一场大雪完成身体的睡眠

整整三个年头了
从不曾有过一日早息
九点上床　零点熄灯
凌晨三点身体铺平
一场接一场的噩梦
又将它一再卷起

落在一个人身体里的雪
从来不被别的身体看见
有一年在秦岭深处
一场大雪从山顶落下
落满我的骨头
从此　再也没有融化

在这个睡眠已死的年代
只有一场大雪
完成身体的睡眠
那崭新的故人
给我们捎来乌鸦的口信
而口信的内容
一百条消逝的大河也无力公开

过盘锦

2017年1月9日　过盘锦
大风阵阵吹过红海滩
秋天的稻茬还留在原地
秋天打下的稻米已经摆上盛宴
盘锦北站人群混沌　心思一目了然
远处逶迤的群峰正在成为旅游区
几座崭新的庙宇使山河更加衰败

多少年来　我们对地理的理解
一直停留于山水
其实山水并无新意　比如盘锦
有什么能比落在其上的一场大雪
更有意思呢
它落在百尺高楼　也落在穷人的院子
使一条大河的美德在大雪之下
重被提起

而一群麻雀借一片背阴的雪地
绘画出万物共同的晚景

昔日的渤海国显德府
今天的石油之城
我查遍百度和谷歌
历史的记录仅有寥寥数笔
孔子说　逝者如斯夫　不舍昼夜
包括汹涌的大海
没有什么不是风烟过客
唯有古月还在夜夜照今人
照沉舟侧畔短暂的欢爱
动车追逐着wifi
将时间送向一个更加破碎的远方

事实上　地理和地理并无区别
地理上发生的一切都大同小异
无非是
人在地理上活着　又在地理里自绝
无非是
帝王巡游天下　并把天下送与他人
诗歌是酒徒打出的饱嗝
汉语城头变换兽语的大王白旗
其实　无论南方还是北方
绍兴还是盘锦
江山都是一把铁尺
测量白骨的尺寸

在柯伊特塔哥伦布像前

得志的人　我实在无由
对你生出太多的敬意
拍下一张照片以示来过
就匆匆下山了

向下的路陡峭　蜿蜒
它通向大海也通向绝境

站在柯伊特塔
大理石砌就的高高顶端
再没有比旧金山更好的山河
这片土地上曾鲜花流淌
如今它被资本和繁华笼罩
金门大桥车轮浩荡　它们
将抵达哪里　它奔向欲望的天边
绕开寺庙和黄金的教堂

就此别过了
克里斯托弗　哥伦布
发现新大陆和财富的意大利人
和你一样　沿着一条条自凿的巷道
我发现过金　银　铜　铁
在发现的尽头最后发现了坟墓

金色海鸟在我的头顶
做过片刻停留和盘旋
飞向奥克兰海湾

华尔街

我来到的时候
华尔街一天的风暴已经消散
一只金牛立在当街
无比硕大　像臃肿的资本
许多人围着拍照
他们内心的肿块
通过手机一千五百万的像素
显得更加清晰

纽约的初冬已显出寒意
灯光让空气变得黏稠
在寻找中餐馆的漫长途中
我突然看见了洪流
它滚滚若海水呼啸而来
滚滚洪流中　爱情正在结束
美丽的少女掷出长矛
而落日巨大从西方升起

在西北的秦岭南坡
我有过四十年的生活
二十年前秦岭被一条隧道拦腰打穿
一些物质和欲望　一些命运和死亡
从这头轻易地搬运到那头
其实华尔街的意义也不过如此
在人们去往未知之地的路上
又快捷了一程

比于华尔街的辉煌
我更爱下榻屋的一张木床
这张承担过无数疲惫的床头
被睡眠擦得锃亮
露出好看的木质
沿着木纹的纹理　我们将遇到
一些早年的事情

大海宁静

半夜醒来　再也难以入睡
窗外传来轮渡的汽笛声
再次提醒　你身在何处
却并不指明你将何往

黑暗中　一些事物闪闪发光

而另一些是那么静寂
半生里　你一直在它们中间行走
被它们中的一些绊倒
又被一些扶起

你爱过的江山已经老了
而人群依旧年轻
那些微小的人　奔跑的人
他们纸糊的自由
低莎草的愤怒
被风吹上瓦蓝瓦蓝的天空

在遥远的北方
朔风和大雪正漫过天涯
哦　天光微亮　晨曦寒冷
大海有宁静
你有铁制的毛衣

唐人街

唐人街早已没有了唐人
陌生者的街巷今天走过我们
街树正落下叶子
像我这一年的过错
所剩已经不多

在一个转角
巨大的牌楼上书着:廉耻
这人间早已遗弃之物
与一群褐色的鸽子
在高高的大理石上栖息

我有一位要好的朋友
在一些年头里　我一直叫她唐人

我有时候想起她
有时候又把她遗忘

杯子

这茶杯已随我老旧
再也无力抵挡水的失形

蓄满水我看见父亲的脸
喝完水我掂到母亲的轻

杯子外面有一群人
杯子里面有另一群人

毛尖换成普洱
世事并未转身

杯子蓄积了太多的疼痛
落地时它喊出了它们

给菩萨的献诗（10首）

王东东

自《圣经》的一页

我醒来，倚在床被上，
右手被一本书压得麻木，
它为何没有滑到床下？
风好奇地进来，自窗户

又悄悄踅到另一个房间，
去翻阅那些受到冷遇的书。
而后一转身来到阳台
在那里停留，大方张望。

我的灵魂没有在白日
和太阳嬉戏，撇弃了云海
抑或上升到群星之间

徒劳寻找黑暗的故国。

一位女子在远方想念我。她
本想要从我身上取走一样东西
但看到我在睡觉，索性作罢。
现在她正因她的正直懊悔不已。

我是否梦到了天国的容颜？
当我返回，手里没有玫瑰，
而只有一本书作为物证。
孩子们在楼下对一只皮球叫嚷。

我没有遭遇刀兵水火
瘟疫窃贼，应该感谢
当我睡着时，神也在这里

像风一样走动，看护着我。

出走

一大清早，楼上就开始敲打
这样的装修善意停停，
持续了半个多月。有时在整栋楼
不规则流动，仿佛作曲家的音符

在门楣贴上改造世界的诺言，
让新时代的穴居动物羞愧不已。
哪怕这天适合在家中听雨
也要搅扰他的清梦，他的睡眠。

让他用床被覆盖住全部风景，
仿佛那儿会跳出一个真理。
穿越大街小巷，抑或沿着海滩
远行都像一种轻微的致幻剂

让人虚脱，成为记忆的侏儒。
但在旅行时，别忘了手拿
冒着热气的茶杯，珍视灵感
否则只有到便利店买矿泉水

或者令人憎恨的可口可乐
仿佛那是花蛇无毒的汁液。
通常你呷一口茶，望着窗外
而没有意识到有多么奢侈。

现身说法天性中的慵懒，
身为学院中人受保护的慵懒。
不屑于那些噪音，也要在雨天出门
合上雨伞仿佛降服一个妖魔的悖论。

在办公室续写惊世的论文
构思精妙，以致难以完成。
这里没有例行公事，除了
改卷，偶尔要凑成及格分。

我已经成为教师，一个
偶尔收取利息的知识官僚
浑身散发着教师的气味
在所有空间中最依赖教室。

当后人来到了遗弃的地球
在清晨敲打，卸下隔层
虽然难以找到我，也许会重新
发现穴居人的壁画，我的涂鸦。

梦歌

我躲在一个国家的角落里避暑
还好，它有少许荫凉可以栖身。
虽然只是危坐，也会静悄悄流汗
仿佛一种灌溉大地的虚无的劳动

当然不被承认。不需要行政命令，
风也会吹拂，芭蕉也会向你摇动芭蕉扇。
黄昏降临，不要为不认识一二星辰而羞愧
放心吧，那些偏移的星星也不认识你。

我望着窗外，而明白：人最终拥有的
不过是一个窗口，以真正拥有尘世——
既可以看到地狱，也可以看到天堂
一棵正对着窗口的槐树就是边界。

当灾难降临恐龙的国度，我愿守着
一亩良田，蜥蜴一般趴在光秃秃的田埂边

当恐龙慌乱地奔跑，小心不要
被它们踩到，小心风云卷走太阳。

我已遗忘了这个国家，我也不值得
这个国家记起：那准没什么好事。
仿佛在民国之前，不，是在黑暗时代
靠蛮力和勇敢，我们猎食低贱的部落。

克制着那古老的傲慢、虚幻的名字
和真实的爱：中国，为何中原有一只鹿？

而本地人看似愚鲁却和外星智慧相连
玩弄着飞碟。何时我终于领悟幸福
莫过于进入一个女人的梦，被她在清晨无端
梦到
当她怀孕的眼神看到了我的后代，一个英雄
的种族。

给菩萨的献诗

当菩萨低头，对我开口说话
我如何对答而不显得痴傻？
仿若天穹轰然裂开一个阙口
伸出霹雳的爪子，将我紧抓。

盲目于观看，否则世人
又该如何承受沉默的菩萨？
用眼光敬拜吧，犹如后世
情种大胆地盯着画中人

她看似娇小，却隐藏着宏大
每次被看都仿佛再一次出生
她的脸也由小变大，由短变长
在那永恒的三小时中完成汉化。

你低头时，飘逸的秀骨清像
映出魏晋南北朝的菩萨造像。
你抬头眼望远方，广额丰颐
又浮现出了丰满圆润的盛唐。

当你回到我们的时代，哪怕
你急匆匆的一瞥也宁静安详
我愿饮尽你黑夜的泪水，如甘露
并珍藏你偶尔转身的悲伤。

故居

你走来，哦，就像初升的太阳
照耀世界和我。鸟儿鸣叫起来。
我终于入睡，在你荫凉的庇佑下
在你头发的光亮强烈的爱抚下

你的形象在我身边，却又遥不可及
仿佛幸福的天堂，漂浮在床的上方
仿佛你擎着一朵玫瑰，保留着记忆
仿佛吸收了我的睡眠的南国的榕树

那鞋的洞口，犹如我呆滞的双眼
渴望你弯凤的赤足插入你的身影
而你的面容永远嫁给了怀春的镜子
如清新的朝阳温暖叮咛嘱咐的泉水

没有你，花木虫鱼该是多么寂寞
正从我的身体里长出，遮蔽庭院
这个夏天，我生命的精华陷入了忧郁
你带来秋天，让我全身如石榴般绽裂

你吃我的心，嘴唇欢乐而鲜红

你，生命的精华，没有你见证
我生命的精华又该向何方流泻？
让庭院充满孩童般的欢声笑语

弹奏吧，我的灵魂就在你洒下的琴音里
看蝴蝶飞过灾异的大海，世纪的花园
看燕子从秦砖汉瓦的裂缝飞到现在
你十一岁时的手指已对我如此熟稔。

雨中

在雨中看见一个房间，一个女人
漂浮在空中，推动着地球
她旋舞的裸体，带着道德的诱惑。

在雨中感到救赎的气味，落在我的头发
如一个神，让我自由穿越暴雨和微雨中的城市
我可以默识那在雨中的山坡浮现的幸福的碑
　铭。

多么令人羞愧的情热！
天空缀满星辰，
也不会让我的头顶感到压力。

在雨中，多么令人羡慕
就像上帝在写作，或凡庸的异教徒
与神的婚姻，神的女儿在雨中奔跑……

仓央嘉措

分别来自于那一天，那一天
又让分别的一切在路边重逢

他先是显现为死，骗过世界
接着又遗下语言的蝉蜕重生

他也成为了总是逃遁的精义
他的人生就像菩提树的果子
熟透后，从经书潇洒脱落
只在需要他的人面前现身

从此他可以自由显现为世界
也可以让世界显现为自己
忍受着长生不老，哪怕只为了
去显现，或者亲见世界的显现

在印度他看到一座移动的雪山
就近看却是大象，不断吃着
各方的古莎草，在它转圈时
他将它身上的秘密仔细打量

西藏在象头，中原在象尾
那一刻他生起无上厌离心。
熏香时，他将男根缩至腹中，
不致遭到无知少女们的嘲笑

他始终以焦急的心情去显现，
痴迷于救苦救难，就像背着地狱
但他来了，成为了你的儿子，让友人
能够对你说，他的到来，是为了让你断情。

——给杨平

南京

我低估了她的温度，多出来的夹克
几乎要将我闷燃，像冬日的麦秸堆

遗落在北方的农村，我的童年
现在让我透一口气，啜饮长江

歇一下脚，像候鸟，从天空落下
仿佛我的北方回旋，像江中的石头
离开漩涡后，那石头将难以前行
犹如一个清冽的概念被反复出售

旅程被磨损，但仍顽固地模仿眼球
摄取两岸的风景，又在儒生的头脑里
恢复为山，在帝国的黄昏里竖起屏障
当他向上游回溯一首诗，陷入昏睡

那贡院幽深泛蓝，藏着无限河山泪
每个人只能分到一个逼仄的房间
像号子，蝇头小楷蕴含的良心或罪愆
命运并不吝啬，可为何缩小为小小的命运？

要跨越那障碍，何其难，又何其易！
夫子伫立秦淮河上喟叹，"不舍昼夜……"
夫子和香君比邻而居，让书生体会
一张纸等待书写的心情，尤其以血书写

我低估了她的湿润。那泥土仿佛
由胭脂做成，仍燃烧着宗教的香
叶赫那拉氏来到这里，也会变回少女
想念那被权力吸食的丰肌秀骨，青春……

只对老年，她才是危险的，没落贵妇人
现在她的健康犹如彩虹映现晴空的拱门
穿着棉拖来到地铁。又化身为调皮少女
在徐州车站下车时将闭眼瞌睡的我偷窥

在玄武湖，我始终注意着头顶的月亮
仿佛南京人都生活在月窗之中，虽然残缺
但无损于美，也无损于可原谅的功利心

当一个小市民嘟囔着，他的愤怒毫无用处

傍晚，散步成了潮流，汹涌的脚步
困扰着鱼，连吴刚也成了西绪弗斯
尼姑淹没于树叶，和情人的喁喁私语
但她的贞洁不是外表，而是内里，是信仰

让我从黑暗看到了前朝的天空，前朝的
前朝的天空，不是循环，而是重叠
我如此有幸来到了南京，你的故都，仿佛我
同时拥有了古代和现代，南方和北方，暂时
和永恒。

给朱朱

焦尾琴

我听到她焦急的声音，在风中
在火中飘扬，呼喊我的名字
让我站立在那一秒，在那一秒
奔跑，拉起她的手在那一秒

她身上的火连着我的素衣
在我的身上蔓延，被我制止
那一秒她的焦急进入我的肺
我呼出的焦急又将她安慰

当我的焦急进入了她的焦急
我们的焦急就变成了欢愉
我听到一种叹息，一种旋律
在我们的陌生溶解时升起

她的身子再一次投入火海
带着我们都熟悉的未来的曲子

我看着她逐渐消灭，沉寂下去
在我的怀抱中留下焦尾琴

我害怕她醒来再一次向天上飞
无人能够阻挡她灵魂的疯狂
尾巴烧焦的凤凰在火中舞蹈，唉——
叫，如果我没有听到那一秒

历史的桐木烧焦做成了音乐
焦尾琴，再一次让凤凰栖止
如果我没有停下在那一秒
看到妙处，风中飘扬的声色

2016.12

世纪

你离岸时的浪花打湿了我的梦
等我到窗口眺望你已不见踪影
我被迫变成了你，一个女人
一个柔弱的名词，却不胜其重

而你顶替我的男身，如此轻盈
不再害怕孤独，向着下游疾行
连长江中的鲩鱼也向你嘘寒问暖
你心中高兴，笑声向上直达天庭

仿佛你的身影进入了两岸的峥嵘
你骄傲于一个男子骄傲的心情
就好像不成为男人，就不会成为人
骄傲于你将进入二十世纪的斗争

留下我，你挣脱自己性别的牺牲
为了你，你指望我将什么见证？

犹如你挂在窗口的沉默的风铃
一旦奏响，必定意味着一次牺牲

和你重叠身影，他向往你的圆镜
将你俩摄入，吐出蚕丝，给虚空
我一旦成为我，我有多么寂寞
就有多么烦恼。那青山从不走动

而现在，你正骄傲于一个男人的目光
成为你的目光，温柔地将世界打量
你终于等到机会，进入二十世纪
也就进入了革命，进入了思想

你成为了我，可对于我身上的性
仍有一丝羞涩，琢磨世界的色相
像吮舐酸梅，当你还是女子时所为
你进入世界，留下色相，给民众……

你穿上我的男身，打点我的行装
仿佛这是女性的复仇，天衣无缝
你要尝一尝做男人的滋味，有何不可
但我害怕你用尽我的男身，我的神经

再也不会归还。谁知道，是男性
还是女性，构成了循环无尽的牺牲？
当我用你的女身登楼，眺望下一个来人
如吸血鬼，也热爱吟唱那一节牡丹亭

由此及彼（10首）

于小斜

由此及彼

生活在南方的人还可以
坐在公园里
新年伊始的下午
天气大概不错
阳光照在身上
这一天北方灰霾
公园里不会有人
坐在长椅里坐在
严寒和霾里
一整天她
没有出门
偶尔从窗口眺望
那些光秃秃

暗自生长的
树

恶习

黑暗之中
面对亮着的手机屏
不是失眠
是另一种
恶习
越来越没
话
说

越来越喜
欢
带着耳机
产生的
与世隔绝

扫墓

盛夏里的那棵树
在冬天
呈现出冬天的样子
枝桠被修剪得很秃
孤立在
你的墓旁
你的墓碑后面
爷爷奶奶的墓碑上
刻着，他们的合影
一家人
"挨在一起"
算是，一种
欣慰吧？
想到终有一天
再也不会
有人
来到墓前

你写的小说

一对恋人
来到山顶
铺开毯子
准备野战

这时，一架飞机
从他们头顶，飞了过去
他们一起，仰着头
看着飞机
飞了过去
风
拂过
和发丝一样轻的
沉默
过了一会
女孩低下头
嘤嘤抽泣

茫茫众生，一个人如愿死去

你们都在转
一个死去的人
写的诗
拍的影像
我在看
除了看
没有什么可做的
阳光灿烂
不得不说
有时候世界是美丽、安静的
茫茫众生
一个人
如愿死去

一天用来做什么？

某一年

夏天
隔开家属区和学院区的围栏
还在
你躺在床上，发
高烧
你的父亲对你的母亲说：
看，这孩子
眼睛烧得
炯炯有神

现在你，躺在自己的家里
头
不疼了
阳光没有形成光线
照进来
无处不在
安静的
上午
一些生与死
仿佛"蜻蜓点水"

你一定有过这样的幻想

因为阳光不明亮
那棵柳树便不明亮了
你盘着一条腿
脚弓很高
一个上午过去了
每个人又
死去了
一点点

有人将你的双手举过头顶

照片里被挖出的竹笋
堆在一起
一颗还埋在地里
需要
一把男人的力气
刨出来
在
白天
男人的力气
用于劳作

持续的

雨打在
玻璃阳台的屋顶上
发出的声音是
带着
凉意的
懒在沙发上翻
手机，可以
一直
翻
也可以
站起身
走到另一个房间
在镜子前
试几条
夏天的裤子

该怎么说?

从早春的寒冷里
归来,没有脱掉
外套,盘坐在一把
椅子里,面对
小鱼吃剩的早餐
下意识摇晃身体
前后,幅度
不大不小

窗外
阳光、蓝天、一栋楼投在另一栋楼上的几何
形阴影
冷
一群鸟飞起
飞着飞着就消失了
一个人站在窗口
没有转身

秋天的二元论（10首）

舒丹丹

小镇夜晚

打碗碗花收起了它的小喇叭
砂石地里找了一天金子的大公鸡
领着它的母鸡们，骄傲地迈进鸡埘

河泊脚晚归的机帆船，偶尔吹响一声口哨
梁上燕巢等着最后一只小燕子

前门矮脚蛮蛮的南货铺要打烊了
墨水标好数字的木板壁
正一块块按顺序搬进凹槽

灶膛上老豆腐炖出了小蜂窝
祖母在铜脸盆里给我洗着，麻杆儿似的细手腕

那吃过夜饭就打瞌睡的孩子啊，懵然不知
她正挥霍着一生中最忆念的夜晚

火

滩岩。一堆中空的篝火
火在其中生长
隆冬里钓鱼的人拢起袖子围站四周
"这样白白烧着，真是可惜
如果烤一条鱼
或在热灰里埋一只红薯
再不济，扔几粒荸荠

也该熟了"。我旁观，暗自叹息——
总是这样，我们的眼睛
只看见那有形的果实，而往往忽视
那让我们身心渐暖的
无形的温度——
假如那火，我也曾烤过

红山茶

泊车时，开在路边的一朵红山茶
忽然跳出——
叶片上积了厚厚的灰，而非薄雪
花瓣却洁净如初开

有所坚持的心
命运的尘埃也不忍落下

初雪

第一场雪在夜里悄悄降下
天亮时外祖母起床，去灶间生火

麻雀在檐下嘀咕
雪创造一个静止的世界
萝卜的生长也变得缓慢
怕冷的孩子，在被窝里再捱半个钟点

一天的日子多么漫长
不会有人推门来访，也无车马喧
母亲在账簿中忙碌，父亲远在天边

没有脚印，柴门前的小径不再是小径

只是鸟儿们嬉戏
和童年的眼睛盼望的地方

老友

从一群高大的棕榈树和柏千层下走过
我们谈了些什么？无非是
南北温差，植物，诗歌，往日的忧郁
和天真……就这样沿着小路走下去就很好
冬夜温良，空气里桂香飘渺
这是花城最好的时节
温度适宜，稳定，不会骤冷骤热
像人间最好的一种情谊
我们说着什么，或者
什么也不说
只是从那些灯火和阴影里走过
古老的柏树正陪在我们身边
老友一样聆听着

银杏

两年前的夏天，我站在成都的街市上
着迷于这些美丽的树
那时它们尚一片青绿，烈日下
活泼泼地摇着清凉的小扇子
那时我正从一场疾病中侥幸逃生
对一切饱满的生命都怀着珍爱
而此刻，从车窗前扑入眼帘的
是一树一树的金黄
如此明亮，像抱成团的阳光
将十一月的灰霾天空瞬间擦亮
它们是什么时候成熟，进入

如此蓬勃的盛年? 仿佛
只是一夜之间
所有的阴晴雨雪都不值一提
每一个不曾相见的日子都不曾虚度
它们在暗暗攒劲
将绿色筋脉中的爱与力
一点一点, 捧上金色的枝头

最好的雪

最好的雪不落宫墙
不下辕门
更不委身幽暗的沟渠

最好的雪落在原野
落在松树之巅
落在一只孤独的羚羊
洁净的眼睛里

最好的雪, 落在纸上
像一种令人着迷的虚言
越积越厚
砌一座雪的迷宫
或独自在太阳下化为乌有
一种清孤
无需取悦任何事物

恩爱

儿时在乡下邻家的葬礼上
在快要掀掉屋顶的哭声和唢呐声里
我看见, 和长顺姊恩爱了一辈子的长顺伯伯

闷头不响把堆在屋后的半墙劈柴劈完了——

"天冷, 烤烤火你再上路吧"

红菜薹

晚餐的一钵红菜薹煮年糕
让我想起谁说, 最好的菜薹
必须长在洪山界内
每日里听着宝通寺的钟声长大——

我毫不怀疑它们的通灵和真实
多年后, 当我站在教堂的晚祷声里
想起这悲欣难言的半生
静静流下眼泪

这是我所感知的, 最好的滋养:
你的钟声不是为我一个人敲响
却是我唯一的宫殿

秋天的二元论

秋天肉体丰盈, 而灵魂消瘦
带着番石榴和月亮的气息

在黑夜、睡眠或未知的死亡中蜷曲
从最深的阴影里爬出

孱弱如月光的一地碎银子
深暗处, 谁是那隐形的天使, 魔鬼, 或一个

与自我抗衡的虚构的敌人, 令我深宵独坐

投掷我到一个巨大的虚妄之中？

我听见流逝的时间吃吃笑着，像千万只昆虫
将它们的羽翅压过来……

秋天撕裂。哪一半
离我更近？我靠近我自己，又将自己

从自身中收回。我全部的奢望不过是
听着自己的呼吸，重新进入秋天

无有题目，只有编码（9首）

郑皖豫

十九

在马桶上蓦地

想起个人命运

轻轻同情我这个人

机械迅速地捧脸暗哭

这样一种深深热爱生命的方式

让某种情绪在双手上得到安慰

让面具也有动容时分

让那后面的更彻底血的暴力

让泪逃走

窗外夜雾甚大

每一辆车都拖着象牙

像于森林那样行进

二十

于雾封锁的道路

太阳突然张开的手

让一辆汽车引擎发动

让轮椅停在世中

不能阻止的攀爬走起飞翔

歌颂诅咒和童声

锯齿在风中，闪电的裂缝被

瞬间修复，风却在水上缓慢

缝纫着天空

流动

开始承载光阴

夜晚星星的言论被全部送往一个光明的

诞生

直到人们忙碌和愚昧，满足和抱怨
月亮像只狼的眼睛
它看上的
是婴儿的熟睡
和窗前像羊活在世间的诗人

二十一

一匹野马在天边的栅栏里不安
感受着鲜草的危险
天边紫灰色暮霭
把绫抛给坠落的眼球
黑夜来到追求真理和爱情的部落
但是人们已经熟睡
他们只是渴望
在黑夜之上站立着胸前的奖章
他们抱着梦想的大象
睡了
在地球的风发里
我感知着不眠、绝望和斗志

二十二

在空中亲吻过的两只鸟
带着各自受伤的身体背离飞
活在世上每一天
是自然的悬念。去往运河边
一棵柳树，一把枪，"砰"
五只雀鸟飞上天空。灰色天空
为叶子像银鱼的亡坠殆尽
河边无设码头
河流从未闪现真正的船只

梅花生在高高的亭边
几千只雀在前方林子里高哗
分不清是欢呼还是暴动
它们会飞走
让林子空——
接受四季的规则
接受一对恋人——人间的熊
将手伸向天使的胸
在那里沦落为——妇人

二十三

有几颗星在头顶闪耀
我一无所知
隔着铁栅栏
只能看到唐岗街
对面量贩军绿的棉帘子
一两个人在隔壁饭店进出
下雨了
没有驱散的雾霾。这样共同呼吸
胸中有着宣誓的仪式感
避在家中，像是战乱
除了人民币
没有人切断电源水和天然气
像坐在一张人民币上
向着更多的人民币的末日
在彻夜的不眠里
我站在画布前，画出心中众魔鬼
和唯一天使
只有诗歌让我出逃
像情人私奔，有点艰涩
并顶着世俗压力
不再关心容貌
一朵瘦的塌陷花瓣的冬月季

二十四

黑色平静的水泛着冬至后微微
白色的皱纹
清洁船打捞着死去的芦苇和莲蓬
用形如篙的长杈反复
在车行不止的新兴路旁
在龙柏细竹和金丝柳背后
默默进行
黑色的莲蓬怀抱着乌黑死去的莲子们
蜷曲在岸，像父亲们经历的
已经结束。两尾同我脚长
翻肚的鱼们，曾经代替我
同时在水中和空中漫步
吃云的面包，在星星间在真理的圆柱间
若无其事
从月亮的床霍然跃向佩恩灰的宇宙
这短暂的旅行
被太阳送回世间时间的河流

我捡到一个大的莲蓬
预备献给丈夫的摄影

二十五

我只是偶尔起了个四点半
在厨房的窗前
发现，孤独的不是我
是邮政街缓缓寂寥的车辆
巨大的涛声混合着
另一半球生命仪式的浩荡
被拦在不远的地平线
像是许扶运河龙柏的怒吼
我跑到天台看一看

没有星星
星星是这个时代天空的牺牲
月亮隐去，隐去悲伤
那么
坐下吧
电脑代替千年的窗，在这里
我写下举国的夜晚

二十六

在许扶运河尽头白色的光
从那里产生雾、两岸和褐色枝条的柳
翠色的波纹和更白的河湾
两只小野鸭落在深深的河面
从双双对鱼的渴望中产生彼此的爱恋
天空是
我的空间
下着哭泣的雪花
盛世的，太平的，哭泣方式
天边不远
我认得
学院路的桥干
从那里过往的车辆
无一知晓，那是一个"无"处
是我站立的沧海亭
每天迈进的穿槛
是关闭一个浮游太阳和一个
消失月亮的闸门
绝非我所去
我想去的比天边更远

二十七

在美的世间心怀丑恶的人类
在车辆和飞鸟混居的城市
是什么让我止步
十字的斑马，是一行
法梧在雾霾天产生的光
是鸟披罪衣让我有仰望天空的勇气
是那么几秒让我继续前行
是左右车辆为我停着向生命致敬
是政治和秩序在我这里也有经纬
是我身体的阱成功围猎
一个有着使命的人
是星月联手光准确落在他头顶

河山组诗（9首）

曹谁

星星海：星空下的长相守

星星从天而降
蓝水闪闪发光
海子散落在大地上
大江大河从中流出
我们背靠背从日落到日出
你骑着白马
我骑着黑马
两只大鸟在天空中双宿双飞
两头牦牛在草地上耳鬓厮磨
我们拥抱在一起
在长长的黑夜永不分离
星星就在我们中间闪闪发亮

星宿海：宇宙的倒影

天上的繁星落下
地上的海子闪耀
孔雀在夜空中飞去
玛曲在天地间奔流
我们在相对的山头上对话
下面就是斑斓的星宿海
大水将经过九九八十一曲到大海
黄河两岸我们的子孙繁衍生息
我们一起朝着夜光中的海子瞭望
湖面上现出宇宙的模板
我们瞬间明白人类的过去现在未来

黄河源：开天辟地

天地鸿蒙尚未分开
我坐在混沌中抱阴守阳
亚当和夏娃相遇
伏羲和女娲相拥
格萨尔王和森姜珠牡欢会
混沌中出现一线天光
巨大的云在旋转
天地在一声巨响中分开
轻的上升为天
重的下沉为地
我们在云中交合
我们的子孙降生在地
一望无际的草原上
男人和女人背靠着背
马儿在不远处吃草
孩子从帐篷中跑来
他们看着山中浓密的云怀想祖先

外面全村的狗在吠叫
我出门看到满天星斗降落

三江源的苍穹

紫色的小花铺成床垫
花朵都在向我微笑
蓝色的天空做成床帐
星星都在向我眨眼
骏马的嘶鸣声在风中传播
牦牛的倒嚼声就在不远处
一群牧民围着帐篷唱远古的歌声
我们仰卧在大地上望苍穹
看月升日落
听长江轰鸣
人间俗事我们都不管
今夜我只想躺在可可西里望苍穹

黄河源第一村郭洋村夜曲

我们来到黄河源头第一村
村书记索南仁青为我们献上金色的哈达
我们围着火炉喝着青稞酒
他唱起康巴歌曲
我不知从哪里来
我不知到哪里去
我骑着白马走过
去时我的马跑第一
因为我的马好
回时我的马跑最后
因为我的胆大
我不知不觉已醉

昆仑：龙的巢穴

雷声响过，电光闪起
紫色的空中出现巨龙
大地向两个方向斥离
我们从远方抵达
雷电是龙的礼炮和烟花
大水从天而降
为大昆仑沐浴
山中的大水都注入青色的海
山外的大水从黄色的河流出
我在黑夜中看着白色的水从天而降
整夜都做着相同的梦
我和龙王的女儿进行一场旷世绝恋

天空是紫色的龙的眼睛
龙的两个儿子
羌人部族从南向东
吐火罗人从北向西
龙的女儿乘着大鸟离去
我在后面狂奔追赶
鸟的唳叫声将我唤醒
窗口上站着一只巨鹰
巨鹰扑棱着翅膀离去
大地和天空间一片明净
天空中的彩虹是我们的誓言

我是卧在大昆仑的怀抱

我在昆仑山口冥想
向着东方和西方
十万飞龙就在此时飞起
起伏的大昆仑伸向大海

我坐在昆仑泉中观看星图
昆仑泉中有我们世界的过去现在未来
我躺入昆仑河中慢慢飘荡

昆仑墓酒

昆仑：江河故乡

我们从昆仑山上走下
看着头顶的华丽星图
扶着黄河和长江前行

我们在大昆仑沉思
日在西方未落，月在东方升起
大昆仑中日月同辉

我发现从来没有离开故乡
我们一直在大昆仑的怀抱
我们在水的故乡仰望星空
星图就投射在大江河之上

我们把一坛酒埋入墓地
去年在月下埋入
今年在日下挖出

我们在黄昏或黎明饮酒
看着墓碑上女人的名字
太阳升起或降落我们都不知

墓地中的酒坛是空的
埋入时不知
取出时发现
我们日思夜想的是一个空酒坛

昆仑：高天厚土

我站在厚土之上看着高天
太阳在西方未落
月亮在东方已升

雪落在大海上（8首）

窗户

赞美诗

我喜欢一个人在雾里行走。踩着落叶、雨水
喜欢道路在脚下突然消失！
路两边的岩石
向我呈现出自然的
表里一致和荒芜中的永恒！

冬天的大海

没有比这更昏暗的时光
没有比这更浑浊的人生
没有比这更悲凉的风景

冬天的大海，就这样在眼前翻滚着
——仿佛我，也可以死一万次

晚安，银杏树

晚安，银杏树
晚安，掉在地上，为大地铺满阳光的银杏树
晚安，空空的枝头，终于触及世界真实而冰
　　冷的面孔
晚安，这也是我的面孔
晚安，我残忍而又懦弱的心。它渴望你，又
只能远远地看着你

晚安，银杏树

就这样生活下去，仿佛本身
就是一件美好的事

人至中年

我无凶器亦无杀人之心
草木和石头皆是朋友
沿街的小贩和黄昏中的落日
依旧是无名河上最古老的风景
晚风如此谦逊河水如此温柔
可为何我保持着雄狮一样的愤怒
就像它一直存在于我们手中的字典
我偶尔也想把那一页轻轻撕去

终其一生

死是一定的。但首先排除在外
然后是梦。有很多但实现的少
那么是爱情。可为什么一直上演着
那么多人间悲剧……
所以它们不是
如果有人现在问我
那是什么
我会毫不犹豫告诉他
终其一生——
无非工作和日常琐事
吃饭、睡觉、拉屎、做爱
哭笑打闹、孤独和沉默
它们有些是桃花，有些是海水
多数没有命名。像消磨在风中的石头
倾听或者恍惚都是

除了为爱而活着

早晨的鸟儿，就在窗外鸣叫
它带来田野的清新
如同风从远方带来盛夏

总有邻居比我们先醒
洗衣声和轻声对话
像一生场景，穿过我们梦境

刚离去的台风，像放完的电影
留在记忆里
和众多记忆慢慢交汇、融合

除了为爱而活着
我们已无可表述
所有熟悉，都如此陌生
所有遥远，都如此美好

一种蓝

是过跨海大桥傍晚的天空
是桥下静默的大海
是父亲住院时看到的月亮
是月光散在幽暗草地上
一支烟的迷雾
是飘荡在记忆深处的野花
是吹过野花高原上的风
是风带回来的芬芳
是姐姐也是妈妈

是透明的悲伤、自由的穿越
是灵魂也是身体和诗歌
是生活和生活方式
而对你来说，是靠窗坐在房间
雨打在了身上

雪落在大海上

雪落在大海上
黑暗中的星星，落在大海上

短命的雪，年轻的雪，颤栗的雪
纷纷扬扬的雪

雪落在大海上
隐秘的尖叫，真切疼痛

像流浪者
穿过无人的街道，高原明亮

像囚犯，睡在春天里
春天就是一场暴动

雪落在大海上
多么美妙、遥远的事

你忘了，没什么大不了
记着，也不必对任何人说起

雪落在大海上，很快消失了

秋天从山坡上滚下来（8首）

海湄

与父书

爸爸，在这个高度
没有什么山
不敢爬了，一粒露珠与一粒大米
同一个高空下的，珍宝，爸爸，我的指尖
敏锐地感知过
每一种痛

我独自梦到
黑天鹅，我消灭风筝，我不再淑女
更不是乖宝宝，我疯狂地搜寻每一颗子弹
爸爸，我想射穿和击破的
不是别人

爸爸，太阳拉开天的帷幕
我披着昨夜的泪光
在同一块玻璃上
粘贴着光明，门外，大风呼啸，雪比任何一年
都要白

秋天从山坡上滚下来

父亲还没老，就突然死了
一个走动的人
在山坡上找个位置
就不走了，秋天，所有的树叶
都等在这个位置上，风一刮，先跑到门外

然后被家里人带回去
被自家的炉灶
再烧一遍

这样的火
不怎么活跃，不怎么旺盛
像冬天的雪花
不紧不慢地飘忽
离世久了
飘，是唯一的选择
他们，在风的催促下，闪烁几下
就灭了

他（她）们

他抱着
或者，她也抱着，漂亮和美丽
颜色一样
直白，有图案也有
长袍

他纠结，他苍白
因为胡子，我看不清他的嘴唇和
他满脸的暧昧

最后，他的头与
她侧向的额形成三十三度的角
他，细长和干净的
手指，张或者

紧扣，控制和期待
一段命运，沉沦的女人和她粉红色的乳头
非常相信，这个叫做轻佻的
动作

你，被我忘记了

很多关于你的事我都忘记了
只记得某年九月嫁你
头天我们去吃冒菜
秋天的太阳，有的落在地上
有的一直顶在你
脑门上

苋菜有点苦，苜蓿有点涩
这些迟钝的味道，被当做难以驯化的
田野，忽然，你低下头
在黑红的大碗里
来回搅和

天空把蓝色
递给你，又把麻辣的味道
带向高处，这一天，我们被昏黄的路灯
映照，像两片微红的
秋叶

我说，我要走了

我喜欢一株三角梅
我钟情于它，它开玫红的花
有重叠的花型
修长的枝蔓
我喜欢它这幅样子
有些疲累和繁忙
像初夏一个慵懒的美人
我，强迫它住进我的世界
让它发芽、开花
枯萎，它开花的时候
像刚出水面的太阳

枯萎的时候，像撕碎的黄昏

中年征兆

我越来越讨厌额外的
咀嚼的，亲吻的，示好的，挑衅的
喝汤的，嗑瓜子的
啃骨头的，嚼牛筋的
啊，呸呸呸的

我越来越喜欢宽松、恬淡、柔软的心脏
喜欢纯色的，全棉的，简洁的
桑蚕丝的，高弹的
能一眼看透
能从头套到脚的

我越来越喜欢地平线
喜欢呱呱坠落的
血红，我准备了一辈子的身高
也将紧随其后

谢谢故乡

我还年轻，谢谢故乡的事要等
杏子白了以后再说
再说，除了白杏，我也没有别的味道

白杏在天穹变成了星星
麦子熟了，酸枣熟了，刺熟了，石头熟了
锅也在沸腾中熟了
沸腾的锅里
有外婆蒸的大碗咸菜

她一边倒腾手一边摸耳朵

在饭桌中间
她为咸菜浇上一滴香油
那时，有我们，有咸菜和玉米面饼子
还有老酱和年轻的葱

我要歌颂这个时刻

跳，甚至还没有离开地面
我就融入了秋天
在最后一片黄叶飘落时，我看到了整个夕阳
它，轻轻一晃，交响乐，缓缓地
一坠

我选择了泪流满面
我不得不仰头注目
数个绿色的果实
我要歌颂这个时刻，我兀自唱起荒凉的歌

哦，这么多果实砸向人间
要准备多少深渊啊
我存满了昔日
在深渊来临之前或许可以再说点什么

鬼在濒临灭绝（8首）

胡镣

吴姐

我说的吴姐
是我已一把年纪的时候相认的
也可以说是她认的我
我第一次叫她
是当年我在印刷厂工作的间隙
苦苦思索一个有关终极的问题
——脱口而出
对面吴姓女同事高兴地应了一声
其实我说的是　无解

白银之夜

一个在雪夜发疯的银匠师傅
挥舞着手里的锤子
"这么多比白银还要白银的白银，
我能打出多少只耳坠和手镯呀！"

同夜
城里的一家银行被盗

水婆

之所以叫水婆

不是因为她名字里有"水"字
当年家里孩子有几个
经常去医院卖血换钱
几次卖血前在家里猛喝白开水
发现后被批斗
"给阶级兄弟的生命掺水分。"
某夜我又经过水婆老屋前
她正关门
我看见她关门的干瘪的手
这个时候的水婆
没有水分了

中秋的十字

这个十字
是母亲用一把菜刀切出的
横竖两刀
一分为四
兄弟姐妹人手四分之一只月饼
刀法精准
绝对平均
我这里不说那个年代物质的贫乏
因为今夜
我把那把曾经锋利的菜刀切下的
十字
挂在了胸前
作为十字架

晚云

全球化上空的
一只鹰眼

天空最低的耳语
人类失去了巨人

从大地的婚礼上逃走的新娘
人间的一切仪式结束得太晚

挽歌在拒绝挽歌
一次永不结果的罂粟花开

梦

东南西北这四个家伙
半夜进来我的房间
抬起我的床
我的梦大喝一声：
你们意欲何为
这人
睡在时间的床上

鬼在濒临灭绝

能够像巴黎恐袭的幸存者讲述恐袭经过一样
讲述自己经历过的鬼故事的老人越来越少
城市化的扩张意味鬼在濒临灭绝
它们最后是否也在惊悚地
讲着人的故事

最后的墙

当我躺在家乡阳光下的草坪
至少
我的背部是不孤独的

中药渣（8首）

杨艳

抱怨

跟我妈抱怨
她身上不好的
都遗传给我了
爱发愁
个子矮
牙不好
长痔疮
尤其是长痔疮
大人才得的病
我小学就有了
她一直笑
最后才说了一句
我就是生你时

才长的痔疮

吵架

沉默的间隙
他把手
轻轻覆在
她左边的乳房上
她感觉
那儿有什么
被他手上的温暖
吸了出来

情人

情人生日
情人的家人给他做了一桌菜肴
情人只能给他做一碗汤
情人的老婆陪他过了十多个生日
情人赶着让情人陪生日的最后七分钟
情人家的生日蛋糕又圆又大
插了六根蜡
情人只买一个四方小蛋糕
插得下三根蜡
情人在两边都许了愿
情人在想
情人会怎么许

盘缠

想去西安
攒点钱就可以了
想去长安
那还不行
得攒一些好诗

嫁衣

空荡荡的衣橱里
挂着两件旗袍
一件是母亲出嫁时穿的
一件是我出嫁时穿的
一样鲜红
一样闪着金光
我和母亲都是新娘

来自新鲜的昨天
一个未老
一个未离

鬼节零点偶作

最近坚持早睡
一觉醒来正好零点
窗外月色均匀铺洒
有树影
远山
有淡淡的云
耳边传来驱魔的号声
此时听来竟是如此悦耳
人间七月半
俗称鬼节
驱了魔
鬼也温柔

回乡

去车站
坐车回老家
停车广场上
按目的地
一簇又一簇
挤满了
清明节
回乡
的人

在阴间

是不是
也有这样的
停车场
按目的地
一簇又一簇
挤满了
清明节
回乡
的鬼

中药渣

前年冬天
身体骤然变差
之后一年多
都在吃中药调理
母亲请人算卦
说是惹上脏东西
正是那年国庆
经过一条小巷
有人往下倒东西
掉我满身
竟是药渣
之后也多次想
按照别人指点
把我的药渣
倒在马路中间
却一直
狠不下心
每个路人看上去
都是那么无辜

皮肤上（7首）　施施然
德意志的雨落在我亚洲的

在尼斯恐袭现场

无意中闯入。金黄的郁金香
雏菊，粉红的小熊
绒布的长颈鹿伸长了脖子
不规则的鹅卵石拼出规则的心
绿色蜡笔在白纸上写着：
I love you forever

色彩的海洋，狂放的爱
响尾蛇的鞭子勒紧我的喉咙
流淌的血浆在鲜花下变成褐色的土壤
罪恶枪口仍在附近的草丛窥视

死亡在驻足。我想抱回我的孩子。

德意志的雨落在我亚洲的皮肤上

冰凉，渗进毛孔的湿
倘若理智此时是干燥的
你会忆起纳粹集中营的铁门

然而这里是新天鹅城堡
一座展翅欲飞的建筑。城墙下
红色的爬墙虎过早地借来里尔克的秋日

你感觉不到敌意的吞噬
童话的窗棂释放出王子和星星的眼神
空马车在雨中缓缓经过
马车夫伸手压低了帽檐

塞纳河

描述她之前，我需要储备
足够的绿。梵高洗掉画笔的颜料
羊脂球在新桥上垂下晶莹的泪

两岸优雅的欧式建筑
是绅士们清晰又模糊的身影
我听到茶花女在人群中芳香的笑
柔风吹走洗衣妇微咸的体温

我看见莫泊桑在河畔摘下高高的礼帽
福楼拜用指节在大理石的桥栏上
敲打出桃花的节奏
在他们隐去之前，我挥手致以敬意

仿佛切割一块巨大的翡翠
游船划入塞纳河，而我立在白色的船头
左岸，埃菲尔铁塔是静穆的黑衣人
他的头顶上，白云浮动
托着我一颗激荡的心

在漫天的鸽鸣中，我渴望一场豪雨
暗夜中碧绿的塞纳河
雷鸣电闪，照亮雨果蘸着鲜血的鹅毛笔

里约，2016

当圣火点燃夜幕
仿佛神的力量在这里开启
巴西吉他、铃鼓，大地在起舞
人们热血呼啸
世界将目光聚焦

你看欣喜的泪滴流过她青春的脸庞
星光抹去了撕裂的伤口
时间转弯处，他仰起钢铁的下巴
多少次回望又无悔地前行
梦想是他生命的箭簇

哦，里约，里约！
今夜，世界因你无眠
放下偏见，合上掌心
弓起的身躯正奔向天际
豹子的呼号刺穿长空

中年

终于，为了该死的颈椎
她将长发绾到耳后，大口喝下
女护士送来的中药
苦。仿佛世间所有的坏事情熬成的汁液
仿佛那年，她失去初恋。

病中之诗

白色的灯管，天花板
白色的被单，墙壁
白色的脸颊，和嘴唇
她正失去血色
失去重量
世界走远，欲望正在离去

"爱我的人，快向我表白吧！
恨我的人，快来将我杀死！
欠我的，请在心中为我开辟芝麻大一块地方

我欠的，请给予我最后的原谅"

至于生命中经历过的一些悲伤和欢喜
我该向佛祖忏悔
并流下感激的泪

老榕树

榕树上两条灰黑的长尾巴上下旋动
像双杠运动员灵敏的身躯翻飞
我不知道它们的芳名
它们也不知自己被称为"鸟"

鸟鸣穿过纱窗引领我追踪
迅即消失在密闭枝叶间的身影
老榕树不知我在凝视着它
一如多年后我死去
与这世界的另一种两不相知

606路（6首）

杨康

带父亲住宾馆

住过茅草房，土屋，活动板房
父亲也住过广场和车站
第一次带父亲住宾馆
他并没有任何紧张的情绪
我给他调节水温，喊他洗澡
并嘱咐他地面湿滑，请多加小心

半辈子已经习惯了餐风露宿
他从没想到旅行的途中能住进宾馆
父亲从浴室出来，只穿了裤衩
他说不习惯穿着睡衣
父亲点一支烟，坐在床边上
看电视里的日本鬼子被打

这是第一次，我这么近距离地
看到了父亲的身体。弯曲的脊背
疤痕还在，他肩骨宽阔
皮肤的黝黑与床的雪白对比鲜明
只有深夜，窗外的月光照进来
这两种命运的颜色才能被中和

别西乡

每年春，火车驶离西乡站
都能看到窗外一片白茫茫的樱桃花
像山阴的一面留下的积雪

车一加速，雪花就飞舞起来
我要走了，雪还没停
天还有一些冷

火车过了石泉，到了安康
窗外出现了难以适应的风景
离开西乡那片熟悉的土地
西乡就成了心中的故乡

我有些慌张，离开西乡
牧马河里的流水，是否舀了一瓢
以解思乡之渴。午子山的白皮松
是否折下一枝，除夕之夜
以召唤魂归故里

城市里的树

节日临近，城市里的树
被挂上各种绚烂的装饰品
一棵树能够生长出彩色的灯光
也能够结出大红灯笼
一棵树的悲伤在于，它不能
随心所欲地生出些绿叶
以此支撑起一片蔚蓝的天空

枝头的鸟声，稀稀疏疏
多余的枝条被修剪掉了
根已经无法紧紧抓住大地
城市里的树，按照人类的思想
一步步艰难地生长着
每当此时，在这个城市
我异乡人的身份让我更加沮丧

你在厨房喊我的名字

我在客厅里玩手机，看娱乐新闻
西落的太阳光照在五楼的阳台
我脱掉鞋子躺在沙发上，姿态随意
厨房里透出暖暖的光
你在忙碌着晚饭，我只听到
铁器碰撞的声音，我只是
偶尔抬头看见你的背影
随着我的叙述，屋外的光芒
又暗了许多，屋内变得更加明亮
肚子有些微饿，我的新闻
也恰好看到结尾。你忽然
喊我的名字，喊我到厨房来
做好的煎饼给我放在盘子里
而正式的晚餐还没有开始

不应该的

不应该买回那些卤肉
吃稀饭，配一包榨菜就可以了
卤肉好吃，但确实很贵
在辞职待业的时候
也不应该花十几元钱
买回一盆绿萝来装饰租来的房屋
这都是不应该的，要长话短说
节约电话费。要少说多动
以节省减肥的秘方
更不应该在结婚以前
就把爱情用完，须知细水长流
不应该在中年还没到来
就长吁短叹，也不应该
在一声叹息中没完没了地唠叨

606路和825路

以前，我只关心606路车
有时它把我从嘉州路拉到"人和"去
有时候我坐606路去"重医"
还有时候，远方的朋友来看我
我告诉他们要在嘉州路换乘606路
在观音桥和嘉州路等车
我只在意606路，我只对显示器里
是606的车倍加亲切
那么多的车泊站，只有606路车
才能让我感到匆忙和紧张

现在，我还是在老地方等车
但我等的是825路，开往民心佳园
也就是说我不坐606路车了
每次等车，在825路到来以前
我也会遇到606路车
它依然和以前一样减速，鸣笛
然后停靠。可我站在那无动于衷
等它再次启动，驶离车站
我的内心竟然生出些许惆怅

看见（6首）

游若昕

比喻

去宠物店
买了两件
一大一小
的衣服
麦笛穿上去
像极了
一位小姑娘
达菲穿上去
站不起来
更别说
像什么了

我要去找谁

我要去找谁
一缕孤独的风
让他也知道
什么叫风

我要去找谁
一个漂亮的你
让你也知道
什么是你自己

我要去找谁
一只可爱的狗
谁知道呢

它到底是谁

我要去找谁
找一个灵感
给谁
给我

偶然

我在写"屁"字
不小心
笔滑了一下
本来是不好看的
可偶然的一滑
"屁"字变得
好漂亮呀

虚惊一场

有一天
我上厕所
擦屁股时
发现有一点
红红的
东西
以为来了月经
但仔细看
又像是彩色笔画的
后来
才发现
这是短裤图案的
一个红点

让我虚惊一场

爬山

溪的对岸
有一座山
那座山又高又大
好有气势
结果
让我大失所望
我们在山里头
绕来绕去
最终
还是绕到了
原位

看见

经过十字路口

爸爸看见的是
红绿灯

我看见的是
一朵花

黄色花蕊
红色花瓣

衬着
绿色叶子

睡眠是一件好东西（6首）

李柳杨

雪

这些雪
是蚂蚁
迅速地将
世界包围
又撤离

多像
你的爱

地下通道

一个无眠的夜晚
我走过漆黑的地下通道
看见墙角有一朵
先于我而盛开的野花
不知名的小虫匍匐在它脚下
每年它们都因为
可以互换面孔
而永恒地秘密生芽……

记忆中的一个游泳池

那时候每年夏天
我都会去三姨家消假
她住的学校
有一个不大的游泳池
专门用来养鱼
我每天从那里走过
眼巴巴地望着那些
被水、泥和水泥墙围住的鱼
都会感到一阵伤心
终于有一天
我忍不住把水池里的水
全放光了
校长逮住我的小伙伴问：
"是谁干的？"
"石榴!石榴！"

这些整天给我起外号的人
记不得我的真名啦!

葬礼

人们总是将殡仪馆
设在遥远的郊外
而将佛祖挂在胸前

平复心情
有时是很难的事情
甚至要从一场死亡抵达
另一场死亡

肉体总是先于灵魂上路
准确地知晓我们的方向

灵魂则是专业的操盘手
即使摸不清欲求
也会一直前行

腐朽的力量远超
我们的想象
赶往天堂
总是要提前埋葬

小院子

院子里晒着
花生、三七根和棉鞋

花猫躺在菜地里
舔它的小爪

阳光刚好
可以晒化一颗话梅

翻飞的塑料袋
此时不再碍眼

斑驳破旧的围墙
重新回到
构造它的土壤

幸福是如此轻巧
像乌白菜上
薄薄的绒毛

睡眠是一件好东西

人神之间若真能互通
那便是睡眠
男人可以拥有三妻四妾
女人美若天仙
瘸子跨越栏杆
瞎子指挥交通
你包含我
我拥有你
摆脱世俗超越极限
天下大同

这一切
纵使醒来时及时忘却
睡意蒙眬的脸上
仍有紧张和羞涩
仿佛从未遇见过的纯洁的爱

无人区（6首）

铁心

涩光

一池水，还是一块
经过裁切之手的海水
立在墙面
形成一件单纯的摄影作品
无风暴，无失联遗物
被一位盗火者踩在脚下
我们看着眩晕
他却在一遍遍
提取火焰。平静如镜片
对焦。仓皇鼠相
他坚定地站立于水面
点燃空气与尘埃
我们被吸入倒行逆施的电梯

浑然不觉
在蚊子公园，拉亮灯

旷野里的一幢楼

旷野里的一幢楼
严格说来
它还不能称之为楼房
它只具备了
骨架和少部分外墙
不知它
已经这样站立
多久了

不知它
还要这样继续站立
多久
它孤零零地站在那里
过往的车辆
分外凶猛

提起来

躺在病床上的老妈
这段时间
呼吸有些困难
她总叫我把她的身子
往上提
再往上提
其实已经和坐着
差不多了
如果还要往上提
那我的个头就不够了
其实从医院出来
我也总想把自己
提起来

火柴盒

好久没用火柴了
在王音兄家
他递给我一支哈德门
又递给我一盒精致的火柴
"用一用，感觉会不一样"
我接过来
朝着深褐色的窄面划

划了三次
没划着
还以为火柴头受潮了
王兄看我笨手笨脚的样子
便拿回去
换到另一面
哧地一声划出火苗
我立刻闻到了一股久违的气味
划出火苗的那一面
有网状的白色图案
看上去像书脊

碎玻璃

到楼顶上看风景
畅快无比
我是楼顶上的一尾鱼
今天却突然遭遇
一堆碎玻璃
绿灿灿
像鱼缸里的碎片
心一下子紧张了起来
是谁打碎它们
并且把它们堆放在这里
它们不会化掉
风吹日晒
也不会化掉
化掉的是鱼儿
连一片鳞
都留不下

无人区

房间的灯光一直亮着
但没有人
电话铃响了又响
也没有人接

他们去了哪里
我是送快递的
堆积若干件了

春天的宫殿没有出口（6首）

王长军

但愿人长久

——兼致xc

没有月亮，我说不出下一句
突破墙壁，老鼠们在冥思

你被厚厚的院子包围
像果核被肉裹紧

你目睹阳光猥亵花儿
受孕的竟是一只蝴蝶

你吸烟，像个思想者，更像个囚犯
孤雁一声，划过浮云和山水

你热爱道路，却从不出门
偶有蜜蜂造访，或者流浪猫

细数合欢树上的宿鸟
多一只，少一只，谁会注意

你与自己对弈，收拾残局
直到，千军万马在汨罗江畔，重新集结

落霞在酒杯里，沐浴
做一回夜里的太阳，乌鸦不黑

手机的神话

这神奇的盒子，来自美女潘多拉
这盒子，大得能装下整个世界
小得人人都可以握在手中

我是普罗米修斯的弟弟
我不正义，也不邪恶，只忠实于美
忠实，阳光普照大地这一事实

爱人潘多拉，注定是我永恒的宿命
我必在她的准则和模式中生死
就像春风，必定来自花朵芬芳的呼吸

这神奇的盒子，众神所赠
而雅典娜在盒子底部到底放置了什么
这谜底，这困扰，这纷繁的大地

潘多拉优雅地打开盒子
像一群困鸟拍打着翅膀——
微博，微信和客户端飞出来

我承接这礼物，这大地的心跳
但我对盒子底部依旧耿耿于怀
这时，潘多拉优雅地关上了盒子

我握着手机，握着沉重的世界
我的灾难:是潘多拉带着盒子与人私奔
有一款软件，还藏在她的微笑里

蒙娜丽莎和大妞

穿粉红色外套的达·芬奇
大胡子涂得五颜六色的达·芬奇

左撇子，从右往左书写的达·芬奇
他在天堂上作画，却把那个旷世奇女
留在了人间——

蒙娜丽莎
她一睁眼，黎明就来了
她一微笑，罂粟花就开了
她一流泪，大雨就滂沱了
她一愠怒，大海就咆哮了
世界的表情，都在她的眉宇和芳唇间

我忽然想起天堂里我的小妹大妞
人们都说她长相酷似蒙娜丽莎
永远的二十岁，永远的凤仙花
当嫩江水顷刻间融化一条美人鱼
被她救起的女童居然也叫大妞
一个大妞远去，另一个大妞走来
生活的选拔赛居然如此合理又荒谬

蒙娜丽莎，大美无疆，属于全人类
而我的酷似蒙娜丽莎的小妹大妞
只属于几户人家，一片街区
她救起的大妞刚好二十岁了——
她望着江水，无奈地做了网络诗人

伟大的达·芬奇老爹
能否为我的小妹二妞，画一幅肖像
她长得很像你的蒙娜丽莎
只是，她的发际间多了一朵蝴蝶结

鱼者

渔船上，他撒网，收网
动作，很洒脱也很沉重

他与河，如同形和影
河，流走的是岁月
他，流走的是梦想

天下有多少可渔之事
他只认得，狗鱼，鸭鱼，黑鲫和红鲤

妻子得了癌症，儿子正上大学
他求河神保佑，连磕三个响头

渔得几斤小鱼，还不忘纳税
就像不忘每月给母亲的买药钱

河里的春光总是藏得太深
他收网，惘然地将网上的乱云撕去

天又黑了，我多想跳进河里
将自己撕碎，变成大群大群的鱼

春天的宫殿没有出口
——读《读诗》

大海，航标灯，灵魂的眼睛
航线迂回，但直达心灵

翻阅一片片帆叶
都印满阳光与星语
鼓起人性与良知的风
这大地的肺叶
为疲惫的生活输氧

栀子花开，张开芬芳的云瓣
灵魂开启的过程

被记录，被复制，被珍藏

纪念碑，汉白玉的花蕊
文字的蜂群，蜜蜂未说出的部分
被梦中的蝴蝶吟诵

翻开，一张一张通知书
谁被春天录取
填上种族、姓名和既往病史
春天的宫殿没有出口

雪中工地

雪是孤独的，覆盖我
抖掉又落上，村庄的旧址杳如黄鹤
父亲的遗骨行色匆匆
高楼像碑，父亲的名字被压在地基下
一如我造楼，不能住，只能欣赏

我和工地都有些冷
大雪和春风为我们盖一床被子
这样的天气，我可以温一壶小酒
让酒后的梦话说出那两个字——
回家。家徒四壁，但有老母，病妻和小儿

人都说佛能普度众生
我求佛，佛却说:不能信我，要信你自己
我自己？我不信，我只识得山石田土
说出话来又臭又硬
只有工友们还拿我当个人

雪停了，吊塔又要把我带到天上去
红砖是我的骨头，水泥是我的肉，日子在增高
我大声地唱出:在那高高的脚手架上

我能够着白云，我能摸到太阳

一觉醒来，我蜷缩在低矮的工棚里，心若虫爬

公牛的悲伤（5首）

三个A

公牛的悲伤

公牛神情淡定
在乡镇街道上
悠闲反刍
仿佛某大明星
嚼着口香糖
公牛的脖颈
结出厚厚的茧子
坏掉的皮屑
在微风中飘零
它的两只眼睛
特别明亮
就算面对烈日
都没眨过眼

当它拉着
杂货车离去
空荡的街道
弥漫着
一股焦味

愤怒的鱼钩

把鱼饵放下去
鱼儿却无动于衷
它们就在鱼塘里
游来游去
我不时把鱼饵

往鱼身边移动
它们好像并不饿
看到都是大鱼
我很有耐心
等它们饿了
一定会上钩的
为引起鱼的注意
我不时拖动鱼饵
鱼饵很快融化
换了一次又一次
鱼儿仍视而不见
时间过了好久
我耐不住气了
想吓唬一下它们
暴力甩动鱼杆
愤怒的鱼钩
顺着力量弹回来
钓住了我的鼻子
满嘴鲜血直流

动物园

每次带女儿
去动物园
她都很兴奋
隔着栅栏
把手伸进去
与动物打招呼
动物们却
视而不见
人类喜欢
借助好奇心
去试探野性
动物们对此

已经厌倦
在它们眼里
异己也不过
如此而已——
来看看自己
然后忘掉

六叔的狗

六叔家的狗
从来不叫喊
不管是陌生人
还是熟人来
它都懒洋洋
熟视无睹
有一天
六叔家丢了
一只羊
六叔很生气
对着它的狗
骂骂咧咧
说下次家里
再丢东西
就把它杀了
卖给肉贩子
六叔说完
出门务工
狗爬起来
换了个地方
悠转一会
继续睡觉

夜回老家

进入村庄
狗吠四起
乡下之夜
是狗的世界
它们对
陌生闯入者
表示警惕
纷纷跑到门口
一边吼叫
一边做出
搏斗的架势
我从村尾
走到村头
回到旧居
狗吠消失
夜晚随之
恢复了
山之静谧

洗衣机在发抖（5首）

袁源

洗衣机在发抖

在客厅我就听到了
洗衣机那儿发出克喽克喽的声音
跑过去一看
它正在暴跳如雷地甩衣服
就像一个人
吃米饭吃到一颗石子
想把满口的饭都吐出来
起初我以为是洗衣机坏了
后来发现罪魁祸首
是一段圆珠笔帽
只可能是从兜兜的口袋里
掉出来的
一个小孩长大的标志之一

就是他那些一直空着的口袋
忽然变成了魔术帽
不停地有东西变出来
有时是几颗塑料子弹
有时是一截吸管
有时是啤酒瓶盖
有时是玻璃弹珠和纽扣
有时是一根丢了好几个月的皮筋
有时是几百万年前的一块石头
一个懂得"收藏"的孩子
让洗衣机都感到害怕

幼儿园

毕业在即
我问儿子
会不会舍不得幼儿园
他回答得很聪明
也很坚决
"终于可以
和难吃的汤圆
说再见了"
可到了今天
毕业后的第四天
晚上睡觉之前
我忽然发现
他把枕头换成了
在幼儿园用的枕头
被子也换成幼儿园的被子
连幼儿园铺的小凉席
也搬到了大床上

妈妈

妻子出差半月
除了一次微信视频
正在学话的墨墨
并没有对妈妈不在家
表现出多么强烈的意识
只是有时玩着玩着
会冷不丁放下手中的玩具
冲着妻子的一双鞋叫妈妈
然后跑过去
把妈妈穿在脚上

隔门塞牌

刚满两岁的墨墨
喜欢玩扑克牌
他跪在门前
把扑克一张一张
从门缝底下塞进去
有时我在门的另一边
给他塞回来
有时我和他在一起
看着塞进去的牌
被另一边某个神秘的力量
推回来
再一起用力
塞回去

路灯亮起时你在干吗?

我在放羊
儿子在小区花园里
吃草

春风香（5首）

宫白云

别处的意义

五百亩樱花在别处
取走我的想象
另一个界面开始流水
此刻我有姿态
没有滋味

八千里路云和月
我拾级而上，樱花少女
蜜蜂青年
春雨后一树又一树春色
启开它们细部的光泽

当车辙落上道路

月亮沉到水里。鹅卵石的两面
有一江春水和从容的汛期
想象把我推进
别处的樱林

一片花瓣握住我的左手
我的右手过分宽阔
当它缩紧
天地远遁。一碗热酒
误入我滚烫的喉咙

《读诗》穿越词语

103

人间四月天

人间四月天，人鬼都入了戏
阴阳两隔的人各持执念
山下的人与山上的鬼碰在一起
成了合伙人

生与死骑上共同的白云
化成共同的春雨
好时光下，一片又一片绿树开始萌芽
寒冬又算什么

野草死过无数回
还会活过来
大地上，许多的践踏没有声音
那顽强的绿

就是一种和解
我弯腰拾起一片花瓣
把内心的凭吊
扔了出去

清明祭

满山的墓碑形销骨立地站着
像一片片死者
等瘦了胸口上的碑文
像枝头的乌鸦披一身神性
阳光下，我把诸多的怀念捻在手中
一次次灰烬中
绿起来的坟头又多了
一个两个三个

初春

昨日一江冰雪
今日春水一江
万物都在慈悲地回归
没人可以打破这亘古的秩序
自然预设了季节
命运预设了结局
谁预设了一生的悲欣
数一数身边的骨肉
一块一块分离
太多的真实必须忍受
何以不幸，又何以是幸
来自深层的尖锐
露出一截软弱
该向谁责备
忙于生计的人
只能偷偷抹去忽然的泪水
不去在意生命
以何种形式沉入泥土
不去在意泥土
以何种身姿在春风中受孕
不在意——
余生的苦闷就变了
一转身
那咿咿呀呀的孩子单纯的笑
落于一片光明地带
正在升起的旭日
像一位神性的老祖宗
接纳八方的子孙

春风香

像一个预兆，立春的风也变得温和

江水也有了隐隐的声响

江面上大块大块的冰排悄悄地变小

一群群水鸟好像知道春天要来

向着阳光的方向打开翅膀

在流动的水和鸟的鸣叫之间

我闻到了春风香

就像从一株芽胞中看到花园

在它们到来之前

傍晚的灯火，抹去城市的黑暗

一些喧闹沉入江底

像是为了催熟我胸中的田野

江水与水鸟轮番在我的内心说话

当一堆冰雪轰然消失

奔跑的小孩

他的身躯弓起春天的呼吸

唱歌（5首）

湖北雪儿

唱歌

紫荆花开满的街巷
一个女孩子在一家摊档门口
经常拿着麦克风
唱歌给一帮老人听

她唱的时候巷子口在蠢蠢欲动
她唱的时候蓝天显得格外蓝
她唱的时候窗外一片暖融融的
她唱的时候紫荆花开得特别娇艳

她唱的时候
我有时跟着她的歌声
回了一趟老家——湖北
这些，她居然一点都不知道

雨中树

一棵树为迎接一场雨水的到来
提前一个星期就将自己慢慢变绿了
此刻的树，在风中轻轻摇曳，叶片微微颤抖
沙沙的雨声替它倾吐所有的心事

我爱你的时候

我爱你的时候
许多事物都充满了灵性
百灵鸟在树冠上跳跃，不停地吟唱

天空明净，小径蜿蜒，芳草萋萋

阳光打在我身上暖暖的
裹挟着草木的气息

风儿一阵又一阵地吹过
紫荆树被摇落一地的花香
一直铺展到我的梦里

空气里弥漫着诱人的香气
词语颤抖在纸上
万物在爱中显形

想起你的亲生父母

以及父母小时候亲手给你
制作的小糖粒
和那些黏糊糊的童年往事

它们一旦在你的身上打开缺口
春天就会集中
在一个词语上发芽
而你却只能在一只蛐蛐的
弹唱声中安抚自己

春天的信件

春天的信件里
装满了雨水

需要父亲扛来犁耙
顺势吆喝一声
驱赶日子的潮湿

再依次种上
白菜，丝瓜，茄子和豌豆
以及隐隐约约的虫鸣声

是啊！像这样的春天
父亲就是累得汗流浃背
也是值得的

乡愁是柔软的

你一旦碰触
就会想起远在千里之外的故乡

孤独的斑鸠（5首）

孙梧

定风波

我这个贱命，是黄泥地里的野草
风一吹，就弯下瘦弱的腰
请原谅我的卑怯，至今还无法言说一树梨花香
请原谅我
再温一壶小酒
温醒了邻家女孩旧日的模样
几只斑鸠挣扎着身躯，出走时迷失方向
写诗的王一存去了宋庄
昨日又有几户人家搬进了城里的安居房
他们都去流浪了。我还是藏身于村庄
种花养草收庄稼
至今收不到网络信号
幸亏桃花开了，荠菜在田野疯长

原谅我吧，还活在土里的老乡
旧曲新词，也唱不出当年的腔调
只有风吹，吹在了草倒的方向

二舅的遗照

请于1965年前
把未抽尽的血液抽干
关于二舅，关于
静静的汶河
后面站着的，并不算高的水塘崮
请于1965年前
就把泪水流完

关于一眼就能望穿的白墙
青瓦，屋后的香椿以及花椒树
关于那些让我们伤感的事物
让我们怀念的事物
譬如说，泥土，坟墓
房间里二舅的苍白
或者照片

苔藓植物

青石路，土坯墙
苔藓一片一片随风长
长到了篱笆墙，母亲赶鸡忙
窜来窜去的小狗叫落了夕阳
山坡归来了黑山羊
羊圈关住了月光
借着光，土路送走了邻居的姑娘
她带着干净身子
出嫁到了城里的经济实用房
带走了野菜和新鲜的麦浪
麦浪边，归乡的二蛋摸了摸断臂处的肩膀
镰刀挂在墙角，挤出了过世父亲的泪光
这些年啊，苔藓一遍遍歌唱
唱得那么用心，像曲折的街巷
唱出了院墙，钻进了山坡和河岸旁
它们骨刺扎在肌肉，汲取了营养
死死地钉在村庄

一生最想去的地方

她像委屈了两年多的稻草人
住不惯北京城的楼房，就想去公园

却见到了纪念堂的毛主席
想去城外看看
却见到了故宫里的皇帝
有次想试着在花盆
种下蔬菜，却钻进了一朵花的影子
她想死去的老头子
就把自己藏进了医院
昨天还在住院的她想回村
一大早就真的敲开了老家的村门
村庄完好，一草一木完好
田地像穿堂风，吹到院墙里
她还碰上了留守的邻居
在村口等待的亲人
她只能躺在灵堂
搂紧自己渐冷的身躯
摸出灵魂，对随她回乡的儿子说声
对不起

孤独的斑鸠

我想在田野里，在山坡上，在山麓，在树林
找到一只叫斑鸠的鸟
它在觅食时
嘴里会衔着一粒高粱、麦种、稻谷，有时也
会是昆虫的身体
我想捉住那样的斑鸠
放在窗前，每天醒来都能见到粮食和食物
看到滑翔的灰色翅膀，一缕晨光

如今，在这个古老的村庄
尘土，枯草，黑夜已经把田野埋葬
土地变厂矿，没有人再种植小米、高粱
树林减少，屋檐破旧
那些青草都毁于灭草剂，那些作物灌满了农药

到了白天，斑鸠隔着田地匆匆飞过
到了夜幕下，斑鸠会躲在无人的街巷
低沉地哭几声
上一辈子，它们没有去远方
这一辈子，还能把身躯献给谁

这个季节，不辨方向（4首）

卢辉

看见

不是收割的季节
天气非阴即阳
雨不想当过客
那么大的人类，就我一个人
在饥饿的前面
端着碗。我真的有点愧对粮草

据说，这还是人类的一部分，我
不只是为了碗的存在而存在。街上
流浪的人不是预备的
摊点上的苹果
回不到树上
散落在地下的人影，老天会收回

粮草相对知足
自己屯积
自己晾晒

大海可以这么小

大海原来可以这么小
帆船可以这么大
人在海上拉起一面海，光在上方
像一把伞
在黑夜中，在云层里
从不遮雨

我喜欢这样的光
安静，没有仇恨，罩着一小块海
三五只帆船，横竖也是海

夜色好伟大
大海好渺小
几只海鸥
没人收网，没有船笛，没有海岸线
　先知

一个人仰望天空，许多人仰望天空
天空还是在那里，不高不矮
天空被人想之后，田里的禾苗
谁替它来想一想，吃饭的事

靠天吃饭的事，常常在有雨与没雨之间争吵
在这个缝隙里，禾苗很瘦弱
吃饭很辛苦
冷暖不是鸭先知

煤油灯

我很想点亮一盏灯，在茅草屋
它有玻璃罩，神
就住在油中央，特别地好看
我拿来一面镜子
神的安详
就是我的安详

这一盏煤油灯
无须太多的玻璃，太多的油
太多的人，一根火柴
从盒子里醒来
我的围巾是破的，与茅草一样

经风一吹，都是神的孩子

这个季节，不辨方向

早晨起来
不辨方向
路上的人
一心在路上
树在摇，我若悲苦于两端
我就是风

这个季节，经常看微信里的事
像风暴袭来
很多人喜欢这样
满屏都是风暴
低着头
弯着腰
都不会被刮倒

匆匆于路上，每一天
树叶左右不了你的四季
车轮改变不了圆形，这人间
一会儿溃堤
一会儿焰火
有人的地方，大事小事
蚁过隙
人过河

孤独的肖像（5首）

李一苇

飘雪

曾经梦到飘飞的雪
是浩渺晴空下的场景
在缠绵悱恻的歌里
属于那些青葱岁月
属于一种永恒
犹如爱情

如此晶莹剔透轻盈
纷纷扬扬多么寂静
白色是最虚无的美丽
犹如每一个脆弱的生命
在苍茫辽阔的尘世
需要被一颗心聆听

雪一片片地落下
一朵朵梅花绽放在山顶
当我们踏上从前的雪径
依然为逝去的时光惊喜
不在的只是风
留下的还有你

孤独的肖像

开始之前的幻觉
乍暖还寒的疏离
一路荆棘的伤痛
最终锥心的厌倦

对于爱的领悟

我们有着相同的面孔

轻盈曼妙的琴声

娓娓述说着从前

湛蓝的天空下芳草如茵

微风吹过的时候

你迷蒙无邪的笑颜

在我的眼前依稀浮现

多少年匆匆过去

多少人渐渐离散

而我还站在这里

看生命像鲜花一样绽开

然后鲜花的爱情又纷纷凋残

我的悲伤和你的孤单多么一致

故事

晚风在窗外轻轻吹拂

温煦的夕照洒满院子

我看见那棵芭蕉树

变成了许多飞鸟

梦中我们渡海而来

在迷雾的桥头相遇

你要远行去对岸

而我已经没有时间

日落之后　日出之前

繁星渐渐布满天空

为什么我忽然感到

生命是多么的哀伤

如果你没有来过

我会不会就不在这里

紫色

我沉溺这痛楚的

万劫不复的悲怆

充满禁忌的魅惑

隐忍的绝望的爱

比黑暗更无尽的深渊

不能救赎的孤独宿命

在最古老的歌谣里

在永久沉寂的房间里

在一个孩子的哭泣里

在一个死者的记忆里

在你最初的笑容里

在我一生一世的梦里

秋声

片片枯叶在风中纷飞

鸟群的声音渐渐消散

忧伤的竖琴仿如永诀

旷野上燃烧着麦田

蓝天更加空旷寂寥

登高望远悲从中来

没有什么是确定不变的

记忆以一种怀旧的方式

寻找失去的时间

秋天是成年人眼中的梦寐

当我们听到秋声

岁月已经微凉

这一年（4首）

田文凤

这一年

这一年，高大上的塔吊，像高射炮
持续占领山下的空隙
塔吊的兄弟，挖机们也夜以继日
战斗在第一线

这一年，我对尘世的疼爱
没有高一些，也没矮一些
这一年遇到的人和事，有的有趣
有的无趣一些

这一年，爸妈又老了一些
想着我能尽孝的时间又短了一年
我就想我要赶快
更加孝敬他们

这一年孩子更大了
越来越觉得我这做家长的开明
我又欣慰
又惭愧

这一年，松开心脏大的拳头
业火熄灭
从物理学到化学
我变化很大，也可忽略不计

这一年

这一年
塑料继续卖出钻石价

珍珠继续蒙灰
旧闻石沉大海
新闻死因不明

这一年，修地球的人持续减少
挖地球的人继续增多
这一年，我们看见好多好多钱啊
可是我和我辛苦的同事们
去年的效益工资现在还没发

这一年，乡间入户调查，寒碜的家境
老农的纯朴，小娃的眼神
想起咱国到处撒钱
外国子民刚刚接受我大国甘露500个亿
我大脑沟回短路怎么想也想不明白

这一年，我如此浩荡
爱着大地上的精华
我要美好的事物不要那么戛然而止
这一年我如此傲慢
俯视星空下的糟粕

这一年，我心中盛美景
父母在，不远游
这一年，我一边消灭寂静
一边制造寂静
徒有宣扬秘密的两片嘴唇

故乡在消失

挖掘机伸直手臂，露出大板牙
啃向砖墙外地面
一个男子，斜背包袱
弓身，走在黄昏修建中的大路上

像在和他的影子说话
我打坐的楼底下
沪蓉大道上爬满甲壳虫一样的铁盒子
　"比有些县城还大！"
那时只有一两万人吧
小镇清秀，呼吸干净
施宜古道。劝农亭。石板老街。天井屋
小河。方言。善良挂在秤钩上
认得认不得都像亲人

现在多少人了？
计生部门一直无法统计准确数据
这让我在执行一项全国监测项目时大费周章
古镇长成大胖子
患上流行梗阻症
单行道执行不到一年
听说因故将取消

更多的人涌来
分不出谁是乡亲谁是贵宾
一些人说彩色普通话
冷不丁又蹦出地道的方言
堆满的房子
像每一个中国孩子玩具图上的积木

梦诀别

夏天抬高一丈，野菜枯黄
慢咽细嚼菜根香
路过人间，韬光养晦
我只想为你抚琴
你死死盯我　"你在浪费才华！"
济苍生，安黎园。天不赐我男儿身，谈何才华
　"你在虚掷年华！"
滚滚长江东逝水

"没有成名成家的欲望倒有曲线救国的野心？！"
我活，忍气吞声
我死，气吞山河
寥寥一笑空万古！悲欣交集我抚摸灵的令牌——
A面：生死无界；B面：爱恨双亡
我用翅膀摸摸你的翅膀就走了

他们尽其所能地做爱（10首）

当空气笼罩死亡，

毛子

急需品

急需一对马蹄铁
急需一副轭
急需一根
老扁担

急需警报
急需盐
急需鸡蛋，急需更多的鸡蛋
去碰石头

急需纱布，急需手帕
急需一块跪下来的
毯子

多么紧缺的清单，容我用它们来建设
容我像一台报废的发报机
慢慢消化
来自暗室的声音

我们如此逃避恐惧

醒半失眠，索性翻起了书
一个波兰人，谈起了战争中的蹂躏和人性
也许这之中有某种我们共有的东西
当试图寻找，我从奥斯维辛
找到了古拉格岛
最终，我找到了那么多无名的人

他们可能是妻子的丈夫、童年的玩伴，热恋
　中的情人
是士兵、糖果商、艺术家和家庭主妇……

那么多的不幸，分配给我
可我不想谈论苦难，更讨厌以它自居
还是这个写诗的波兰人，有更深的体验——
当空气笼罩死亡，他们尽其所能地做爱
他们觉得性比爱，肉欲比灵魂
更速效，更兼容
更能麻醉周遭的恐惧

对一则报道的转述

唐纳尔，一个普通的美国公民
在911，他失去了怀孕6个月的女儿
时隔十一年后的一个五月
民众涌上街头，欢庆本•拉登被击毙
只有唐纳尔呆在家里，和家人一起
静静消化这个消息
他无法高兴起来，他说
——"我们不是一个会庆祝死亡的家庭
不管死的是谁。"

大风歌

匕首以短取长
闪电置死地而后生

多么激荡啊，就像一根扁担
回到它的窄
电报，走向它的远

终于可以失败了，终于
轮到孤军说：我没有辜负
自己的绝路

而落日，还在作
最后的努力
微弱的星光，还在寒夜中
保持着存活率

而多少的闪烁，仰仗于黑暗
多少的深渊，加固我们的
度量衡

明矾之诗

在去往索多玛城的路上
亚伯拉罕和耶和华
谈到了罪孽中的毁灭和宽恕

而一个波兰诗人，从另外的角度
说出了异曲同工的话：
——"试着赞美这遭损毁的世界。"

现在是夏天，金银花带来了黄昏的清凉
一群归笼的鸡鸭，兴高采烈
一只狗，也莫名地撒欢……
看着这一切。你想起了
写作的初衷

主题

在一个重力的世界
秤砣的统治

似乎不容置疑

而此刻，"联盟"号上的宇航员
正在太空漂走
哈勃望远镜传来消息
宇宙中所有的天体之间
都在急剧地扩离……

没有什么是理所当然的
就像牛顿没有看到的，爱因斯坦看到了
爱因斯坦没有看到的，我们还在
继续往前看

——继续往前看
是的，朋友
这是我们必需的主题

咏叹调

铁丝网
绷带
雨刮器
避雷针
望乡台
穷人的晚餐
敌人的女儿……

今夜，这些重的、疼痛的、没有声音的
它们像骆驼弯腰
慢慢舔我

母亲

我忘了它们也是母亲
——分娩的驴、孵蛋的海龟、护食的母鸡、
哺乳的鲸
装着小家伙的袋鼠、发情的牝马、舔舐幼崽
的母狮……
这些蹼趾的、鳞鳍的、盔甲的、皮毛的
翅羽的、蹄角的母亲
它们遍布在水底、空中、洞穴、丛林

它们没有闺前名，也无夫后姓
在一个泛自然的世界
我们笼统地称它们为飞禽、为走兽……

但它们不需要这些　它们只用气味和肢体
表达古老的哺育
它们也是如此捕获着
一颗人类之心
并接受着野生世界的
再教育……

保罗·策兰如是说

写作也是一种自尽。而他说：
我只是从深渊中，和自己的母语
保持关系

而他说：我不是去死，是负罪的犹大
走近那根柔软的绳子

而他说：我死于一种
比你们要多的死亡

而他说：这分食我的，也是你们的圣餐
——那德语的、犹太的、母亲的疼

而他说：我的金色头发玛格丽特
我的灰色头发苏拉米斯……

他其实什么都没说
一块石头怎会说话呢

而他说：这是在一个"永不"的地方
这是石头开花的时候

给薇依

夜读薇依，时窗外电闪雷鸣
我心绪平静
想想她出生1909年，应是我的祖母
想想19岁的巴黎漂亮女生，应是我的恋人
想想34岁死于饥饿，应是我的姐妹
想想她一生都在贫贱中爱，应是我的母亲

那一夜，骤雨不停
一道霹雳击穿了附近的变电器
我在黑暗里哆嗦着，而火柴
在哪里？

整个世界漆黑。我低如屋檐
风暴之中，滚雷响过，仿佛如她所言：
———"伟大只能是孤独的、无生息的、
无回音的……"

一枚夕阳与手写的墨菊（二首）

古马

花城记

一

关于这座城市我所知甚少
棕榈树　柠檬黄的上弦月
多少人梦里的金银被珠江卷走
多少人在泪水与汗水中泅渡
一个孤单的影子刚冒出头
却被一个浪头打翻像金属的螺丝帽
沉向黑暗的水底

——那里有和礁石粘结的铜钱吗
一疙瘩锈迹斑斑的大清的铜
能买到珠江两岸万家灯火中的一星一点吗

关于这座城市
关于芸芸众生的生死疲劳魂牵梦绕
我真的所知甚少

二

我们在一起品茶
茶的味道
寺贝通津桂花飘香的味道
诗的味道

金桂半圆的树冠上空
弦月像被我们的谈话雕刻的扇贝
玲珑精致

弦月

也被珠江喁喁私语的细浪雕刻
在我们沉默的时刻
而我们的沉默何其短暂
白瓷茶盅留在各自指间的余温
已成记忆

三
沿着林荫道我漫无目的
朝夜的深处散步

没有人认识我
棕榈柠檬桉小叶榕铁冬青白千层
许多树已经活过了百年或者更长时间
它们见多识广什么都能够接受
接受《大同书》《民权初步》
也接受我的孤单忧伤
接受一树三角梅在暗地里把我的心跳
翻译成冬夜里跳动的火苗

是的
当我若有所思继续走下去
它们甚至接受我的身影
于地面参差如水草的树影里
变成一条蓝色的鱼

一条如蓝色火焰的鱼
带着对平静生活的背叛
跃入寻找新的入海口的珠江的激流

月光下的梦

1
那丛百合花中隐藏着雄狮的眼睛
那丛解散着雾的百合花

有些蜜也似的嫩红……

2
交颈的马头梳理着对方的长鬃
它们仔细的牙齿比月光耐久

3
我的双脚没穿袜子
你转身离去，背影
像一块草绿色毯子

心寒，胜过月光

4
我和月亮疏远了
不管它圆不管它缺
不管它住着皇帝还是锁着蜘蛛

我要去写墨菊
我要去写墨菊的晴天白日
——我光头招摇夜市
要去吃碗杂碎

5
一面宋代的八卦铜镜
映照着我的脸
一个藏锋露锋的瘦金体字儿
藏住李师师的娇喘
朕心头的一片嫩叶
(青似西岳华山
青似一日雨后……)

6
月亮是人类最后的一座房子
它白色的墙皮在掉落
它渗水的白色的墙皮

在无声地掉落

丁香花多么香
老鼠们吱吱地叫着
在荒废的大学校园里
老鼠们围着丁香树跳舞

月亮
已经在老鼠的颂歌中开始坍塌
那人类最后的一座房子呀
丁香花已经香得没头没脑

拔火罐

请把我体内的湿气拔出来
它与一个人的眼泪有关
请把我的骄气拔出来
它与一个人的山高水低有关
请把我的奢气和瘴气拔出来
它与一个人梦中飞行却无法飞高有关
请把我的淫气和戾气拔出来
它与一个长翅膀的天使被直立的狗熊追逐有关
请把我的逸气和雾气拔出来
它与一个人神思恍惚放弃明天的希望有关
请把我的火气和脾气拔出来
它与一个人水分失窃的思想有关

请把我的浊气奴气邪气
与我日日夜夜作祟的非分之想拔出来
他面目肿胀紫癫疯狂
请把我的寒气逆气滞气呆气小气酸腐气
统统拔出来
请用天空的星星
把大河里长胡须的咻咻不停的狗头鱼拔出来

请用红日
把深陷黑色泥潭的一条地平线拔出来

呵大夫
请把我不完美的灵魂
当作需要重新栽培的樱桃树
连同与它根脉相连的
我的才气傲气富贵气
从我身体的旧世界里拔出来吧
蓝色的天空是适于清风生长的优质的土壤

蜘蛛人

那些绾在城市的悬崖边擦玻璃的人
单薄的身影
晃荡在摩天大楼玻璃幕墙的墙体表面

命悬一线
他们的屁股下面
都悬着一个晃荡的水桶
那用来不停淘洗刷子和抹布的水桶
不同于鸽哨
系在鸽子脚上

鸽群掠过
哨音清亮
仿佛玻璃幕墙中明晃晃的朝日
正是其中一个圆音的音符
纯净　圆润
仿佛那些个擦洗不停的蜘蛛人
是可以忽略不计的杂音和低音
或者仅是几个灰白的泥点
与玻璃幕墙中水洗过的蓝天
既不沾亲也不带故

满江红

一
马踏流火的人
一朵火烧云
给历史的坏账死账做一个永久的火漆印记吧

二
烂银也似的月亮怎么烂得淌水化脓呢

哎——
马前贺兰山
马后狐狸乌鸦黄鼠狼

三
泥马渡江向南
铁衣过河往北
灵隐寺外金黄飘香的桂花
不知匈奴的脸玄黄还是蜡黄

四
爱卿，有本只管上奏
徽宗皇帝再也不能与他描写完最后一笔的鸟
儿深情对视
那口滑舌尖的弄臣立在颤悠悠的花枝上，立在
赵构眼前
露珠儿欲坠：陛下有喜

五
阶下红树青苔
不青不红的秦桧
半张脸不明不暗一直活着

六
畏大人
畏小人

畏跑肚拉稀招架不住

七
凭栏处秋雁啼
壮士谁肯断臂
文人吃醋
西湖醋鱼文绉绉投其所好

八
十二道金牌
倒是没人贪污

九
莫须有
手段辣

十
他们惯于胶麻剥皮
他们惯于血肉相见
他们审查有棱角的石头
剥皮看心

十一
无法无天
无中生有
无理而妙
无耻而终

十二
收心为寺
纵欲成亭
风波亭外神州黯

云南颂

丛树杂花
丘山比土匪惯常

云来云往
人民有情有义负重若轻

一片云
撒落一阵铜圆也似的雨点
一份聘礼　下在山后
下在山前

一株红山茶
一位新娘的魂灵儿
藏在一个黑汉子的酒坛里

浅尝是酒
深醉是云
云雨呀呼呼嗨

雨中冒头的蘑菇
都是土匪的种　都是草民
咿咿呀呀的山野小调

落日下的宋庄
　　　　——读某画家《骏骨图》

落日燃烧
一匹马摆脱皮肉后
如拒绝被锈蚀的钢铁仍在狂奔
如奔跑，玩命地奔向自身

寒风呜咽

星光在前
如同青草生长
如同铁蒺藜暗藏
落日咴咴
一位光头画家捏在手指间的酒盅
晃出马的汗血

关山勒马者
就此放眼世界　放鸟还林

夜歌

好书无书
好梦无梦

合群心远
我心自成星空

哎呀一声
一颗流星
把她带走

一屋黄金
半缕烟尘

我心自成星空
星星
从井水里
——浮现

正如词语
无中生有

有酒有肉

无花摘花

那一口深井仍然
水深火热

珍妃
珍重

秋天颂

秋天总是比故宫深
天不亮就有人清扫落叶
从南河沿大街到长安大街

那些堆积的败叶
如同被处理的上访信件
有让乌鸦不安的气味

乌鸦叫
乌鸦夹带着金銮殿的金黄
祈求平安

他们说北京金色的秋天很美
而你独指西山　指说西山
枫叶烂红　红得如同
落日的颂辞

一个人
一个火柴棍大小的人
走过长安街
想起码白菜
或别的什么

他满脑袋黑黑的磷
只思想不纵火

一个人
走下去
天黑走到天明

哪家四合院
廊檐的冰挂里
藏下他影子

北京的雪

一个人
一个火柴棍大小的人
走在长安街上

雪越下越大
越来越密

天下暖气
似乎仍集中在故宫里

咏梅

一
薄透的晨光中
两只停止争吵的鸟儿
绕树三匝
飞向大河对岸

河水缓慢
她更从容
她带着内心积攒的雪

迈上黑铁枝头
作花的眺望

二
精力即火焰
心血即云霞

舍得的人
总有花头

花落水流
她身体里春天的钱庄
为何花不光
诗人的叹息

一枚夕阳
把一个帝国说花就花光了

我在过一种想的瘾（10首）

小海

我在过一种想的瘾

鸟按地区分类有：
留鸟，候鸟，冬候鸟，繁殖鸟。

鸟最高飞到5400米，
5400米以上是极限，
一般来说就没有留鸟。

可可西里平均海拔5400米，
那就是无人区。

借气流也许能飞越高岭，
鸟儿为此要积蓄两三个月体力，
但那里没有植被，无法生存。

也有个别的鸟儿例外，
比如有垂直留鸟雪鸡，
生活在海拔3000～6000之间。

大自然给它另做了系统。

守夜

他的任务是
筑道浅坝，码好地形
看管冬天的鱼塘

他始终搞不清楚

为什么冬天雇佣他
鱼塘里覆盖着厚厚的冰

对个人生活
没有任何不满足的
他衣食简陋，清心寡欲
但不能不担心外面的世界
这是种本能
他发现很多问题
穷尽一切可能
看不到解决的希望
正如做个正派人
会比较安心
但防不住贼

晚上他读伟大的圣·奥古斯丁
他叙述自己目睹的奇迹：
米兰的一个盲童
在圣热尔韦和圣普罗泰的遗骨前
恢复了视觉
在迦太基，一个
刚受洗礼的妇女
画了个十字
就治愈了
另一个妇女的癌症

他继续跟随奥古斯丁：
他的亲信赫斯珀里乌斯
用圣墓上的一点儿泥土
赶走了侵扰他家的鬼神
这泥土后来送到了教堂
一个瘫痪病人突然能站立行走
一次聚会时
一位双目失明的妇人
用一束鲜花
触了触圣艾蒂安的遗骨盒

又用这束花擦了擦眼睛
失明许久的双眼顿然复明

还有许多奇迹
奥古斯丁说他亲眼见过

早晨的鱼塘
对他来说
完全是个灾难

他记得点灯读书前
下起了雾，雨雾蒙蒙
可现在太阳底下，池底
干裂见底，除了几块残冰
干硬地竖着以示让步外
鱼塘放弃了一切抵抗
后退到滴水不剩
愚蠢和无知的底泥
变成充满矛盾的谎言
占据了大家的脑袋：
行李箱、遥控器、卧室
会客厅和所有建筑的四壁

邀请函

白色塑料袋
鼓涨起带海沫的空气
一只大耳犬随走随吼
"你们不拥有这块地儿"

可话说
谁拥有呢
目睹过
只在梦中行进的

婴儿与老妇
也许是雾

鸟粪泼洒围栏
冬青树丛有陈年的
酸果实和旧铁丝

下一个
村庄、城镇
流动的河水
走回明亮的窗
——春天忠实的染料
恢复记忆和元气

"这是法国画家莫奈的干草垛
而我，认识它后面的一团火"

点燃草垛的人
来，来看看我吧——

旗帜

一幢别墅，连着
外面别墅的是高墙

导游指着说
这是使馆
院子里有旗杆
蓝瓦房顶上
正随风飘扬着
彩色的国旗

你看这房子是与众不同
有通电网的围墙

看上去就不像本地住户

这说明不了什么
紧邻的公司高管别墅
高大围墙和铁栅栏
一样也不少
它们可不是什么使馆

本质上的你

即使平静的脸庞
也难辨五官的界限

太阳没现身的雨天
你也在晒着太阳

天空高远湛蓝
也有伤感细腻的纹理

本质的太阳
却无法成就月光

这是
雨天的
心脏
每时每刻
都在模糊着
你的五官

咏腊梅

轰鸣在雪中的梅花

江南一月的黄金

雪后一个佳节
到了梅花满枝时

谁点燃遍地灯火
来辨认自身

碰上一个干净天
冒着寒风
扶老携幼出齐门的
都是古往今来的看梅人

远方

我说小姐
停一下脚步
让我替你擦擦鞋

我会二胡曲
二泉映月
请你放慢脚步
不要捂耳朵

先生，你的车
等绿灯放行前
让我给你抹一抹
挡风玻璃吧
为了前面好风景

小姐和先生
只有我知道
那远方的一切
无一不在此刻

大海又回来了

大海又回来了
一个变化、回旋的大海
在墙壁上辨认的马
没有别的名称

发着高烧
真实的马
在灰色墙纸上
呼吸，撕碎
自己的身体

（大海又回来了）
一个无声的旋转
时间充足的
（只有）半杯水
狂风让大海波浪翻滚

有准备的生活

储备再多的衣服
也挡不住坟墓里的寒冷

从哪里开始呢
每时每刻
要求有准备的生活

没有什么
可以安慰他的
况且那仅仅是安慰

准备好了吗
他，可答不上来

游园惊梦

"上帝会跟着鱼群而来吗"
黑暗中我走向阳台
一场雨又一场雨
水帘如飞瀑直下

今晨我坐在园林里
和友人一起喝茶
光明的紫藤架上的花正艳

池塘里
簇拥镜头下的
红锦鲤
全都变回了小鱼苗
大洪水过去
供职于此的老园丁说
"我们不知道昨夜发生的一切"

文字的重量（9首）

宋晓贤

爱火

当我第二次
见到小W的时候
发现他明显地黑了
眼里多了些沧桑

问他发生了什么事
他面带羞涩：我有了婚外情
我终于找到了真爱的人
可惜是在我
与恋爱六年的女友
结婚之后

他在大理的差旅中

遇到了这个女孩
谈论梦想、事业与爱情
并且一起去教堂祈祷

回来，他无法面对自己
新婚的妻子，于是
他被爱火烧黑了

寻找

起初，神让亚伯拉罕
离开世界
到迦南

去寻找一小片土地
一块寄居之地

在这末世
神却让他的子民
从迦南地出去
去寻找全世界

五十三天

爷们在客厅里喝茶
娘们在阳台聊天
说，晨晨的孩子
（这个差一点
被流掉的孩子
捧在外婆瘦弱而
温暖的手上）
已经五十三天了

我心里一紧
我已经快
五十三岁了

水管

管道是一种连接
水从其中流过
从高处流到低处
从清洁的地方
流淌到污秽的地方

而水，因为被管道
管着
所以，没有迷路

也没有流失
一直流淌到
那些干渴的
口里

上帝与外星人

他们要去寻找宇宙的
起点与终点
他们只好去求问上帝
但是，这不科学
于是，他们说
我们上去寻找
外星人

他们升上了宇宙
就说：我们没有看到上帝呀
不过，也从来没有找到
外星人

文字的重量

小时候，当我开始
练毛笔字的时候
老师总是提醒我
左手按纸
右手提笔
不能急
不能急

可是，当我的双手
伏在键盘上
敲打文字的时候
心里是多么急啊

多么急啊

我看着屏幕上一堆
黑压压的文字
它们已经
失去了重量

所以，我只好
偷偷地在这些
苍白的文字里
注入墨水，加进
许多叹息、小聪明
以及愤怒

暖水袋

小麻拉的暖水袋
到早晨
仍然是热的

整个晚上
她紧紧地抱着它
先是暖水袋给她取暖
之后，就是她用身体
给暖水袋取暖

任性

以斯帖的丈夫是波斯王
那可是个任性的男人
薛西斯的军队不谙水性
无法应对希腊的舰队

于是他命将军拿鞭子

抽打海洋
像抽打他的俘虏一样
按照希腊人的规矩
一直抽满了40鞭子

陷阱

我每次都
掉进
同一个陷阱
这令我失望
甚至对自己绝望
我觉得自己
没救了
我每次掉进去
就想，坏了
想爬出来，已经
来不及了
我暗暗告诉自己
下次吧
下次决不再
重蹈覆辙
但是，今天
又一次
掉进去了

乳腺科（10首）

胡茗茗

乳腺科

第十次来到候诊区时
她开口和身边的女人说话
"皮肤水肿吗？""呕吐无力吗？"
她们戴帽子和假发，吃烤红薯的嘴唇常有焦糊
不对称的胸部令脚步倾斜
有受惊的眼神和夸张的开朗
裸露的脖颈隐现僧尼的圣洁之美

"仿佛我是假冒的病人"
她扔掉帽子，特意梳光洁的发髻
"仿佛她们能视我作另类，可这让我羞愧"

走出医院，阳光催泪
她忍不住亲吻跳跃在脸旁的头发

它们在春风里显得那么幸运那么美
那么懂事地维护了她的小自尊

玫瑰开在乳房区

放疗室外，候诊的女人
因为假发，有着相似的脸庞
"射线有害，灯亮勿入"，走进去的人，像
犯了错
走出来的人，还是像犯了错

"我已经不再害怕并把伤口纹成玫瑰"
她幽幽看着窗外，惨白着脸

身体因为白细胞缺失而微微颤抖
玫瑰开在乳房区，那里已夷为平地
玫瑰开在刀口上，她扭转了上帝的手术刀

她飘走的时候，遍体都是死亡
遍体都是盛开。有人在微笑
有心酸又有慈悲
有人暗暗搂紧自己的双乳

液态的乳房

冬天太久，已板结成伤口
手握春风的人在红云上走
在青草味上走，却在未完成的锁链前打了死结
双日是羔羊，心中有猛虎
或者以身饲虎，这告白
是一泻千里的流沙
是日夜生长的病

坐卧十里芳草，胃里只有枯枝
你左侧的小姑娘饱受摧残
右侧的乳头宛若初生
这周正与破败，这枯竭与滚烫
藏不住的翅膀，向上翕动，再翕动

带我走吧，唯有野麦子默默灌浆
这野茫茫，液体的，举目无亲……

射线有害

雪还在下，夜已深沉
她赤脚站在窗前
耳边的琴声伴随海浪让她觉得幸福
这久违的幸福映白了她

蹲在木地板上轻轻地哭

她承认正走在受难的路上
出入车库："一路顺风，您的卡有效期为
三百零九日"
出入医院："射线有害，灯亮勿入"
躺在医科达机上，默数二百八十个数
她活着起身，好细胞与坏细胞死在那里

每一次，每一次，她都低着头
像罪犯走进审讯室，五分钟后
像修女离开她的墓园

金钗莲花

时近中秋，晴光偏好
宜洗衣，晾晒，洒扫庭除
摊开的红辣椒与花椒已然干燥
连同她辗转的身体
空气中有薪火之香

她坐在穿堂风口
秋风的质感让她想哭，想想
同样的风也吹着多少人
多少人的身后有多少不同。
如今她只身在北方生活多年
旧日里的莲子，沉香，紫檀鲤纹床
她的南方，基调是黑

她起身拍拍尘土，端起粗陶盏
橙红的老茶已然凉透
她缓缓翻出金钗莲花
让错误的表针重新插进对的地方
缓缓，盘坐于佛龛垫上
她在菩萨的目光里
重新看到她爱过的人

逆光的微笑

越来越薄的母亲

你站在那里吃桃子
你大口咀嚼的样子是我养成的
是我拿着小勺，一口一口
贯穿了你的哺乳期
桃汁滴到你胸前的鲜桃上
可她不再是我的

想到你未来的小丈夫和宝宝
我就莫名悲伤
左边是你吃奶的样子，右边
你的宝宝大口吞咽一如你当年
我被夹在中间，
像一张薄薄的照片
左右张望，越来越脆
并挂着些许泪痕

可是，无论何时
一想到你肉嘟嘟的小嘴巴
我就想分泌乳汁

我曾经是……

我曾是那个姐姐，有粗糙的双肘
和山女子的暴脾气
我哺育了一双儿女，有忠诚的毛驴
它们刚刚咬坏了我
被挤干的牙膏和病历

我曾是那个十九岁的妹妹
有青草的味道和未生育过的细腰
远方的生活还来得及兑现诺言
我整日在被切除的乳房上涂抹药膏

我曾是我的男人，扛着一身雪花
走在去医院的路上，我的男人
如今胆小而缠绵，他的眼神
在吻我的肋骨时，不似从前

我曾是他们的集合体，无助、侥幸
凌乱感、不安全感、不屈服感
失去尊严又重拾尊严感
我是他们，有时又不是
是阿霉素、X射线与病患
接受这份残缺之美与再教育

我曾是他们发出的元音和辅音
当他们读懂了生命史并成为自己的英雄
我正在新铺就的柏油路上狂奔
并试图传递这种欣喜

九年

我爱尽了天下锦绣
针的暴力，线的绵柔
这进进出出的重叠多么和谐
如果丝绸说不出口
那刺下去的疼，一定是女人的

多少浓云翻卷都放下了，而我
胸有化不开的墨团，只能
描摹山水，不会小娇娘
绣箍上尘土太深，九年前

绣上的一朵海棠，还张着小嘴
有着河北口音和体香

我被卡在其中，断成两截
爱过的身体何其辽阔
里面的部分，九年
外面的部分，九年
又九年

一把口琴

大黑暗，压迫我
星星们，走下来
一排发光的手指，秘密相爱
秘密爱上一排伤口
并摁住错误的和弦

怎么都是错，即使胸怀道德律
口有狂风，我的呼吸
被一串孔洞上紧了发条

如果这颤抖，生来不是用以歌唱
就用作唇边无耻的幸福吧
爱过的身体空空荡荡

泅渡，多少断箭都射在水中
多少琴簧被锻压、穿插、活生生浪费
——无边涣散

一把口琴，这被禁止的小贱人
压住了蝴蝶的翅膀，压住了
舌尖的风暴。孤独到底——
有饱满，有微甜

自画像

不愿意长出来的小灌木，差一点
就会原谅玻璃瓶，原谅监狱外
可见不可触碰的伤害，它的枝蔓
挂着露水和行李箱，差一点
就再不是单数

始终张开怀抱的人，差一点
摘下你身上的叶子并吃饱饱了
没有肿瘤、补丁与缴费单
没有越发稀薄的氧气，而宇宙流动
按住排山倒海，坐在浓阴下
合上诗卷和你的眼帘
差一点就能说出：我已热爱多年

只差一点点啊，她就能
微笑地讲出一生的错误
并把枝条抽得啪啪乱响

下雨的日子（10首）

马海轶

下雨之前

下雨之前　你绞紧双手
你不想让人看见
你去过门口　你知道
世界盛大地迎接着

雨下得很急　雨点
砸在瓦楞上　一片灰蒙蒙
有一些树叶掉下来
受伤的树叶越漂越远

下雨之前　你绞紧双手
你希望人们忘记
你去过门口　其实

人们都知道绞盘上的绳索

下雨的日子

雨让农人回到倦慵里
柔软又光滑的水藻
轻轻地缠绕粗糙的臂膀
他放肆地扯来扯去

然后他站起来又倒下去
他快乐地大喊大叫
水鸟在蓝天之下　大海之上
翅膀忘情地滑翔

雨停了　一颗一颗的粮食
等待着他　他听不见任何声音
他感到海正在退潮
温柔的触角正在滑落

每当雨季来临

它们一刻也不停歇
但是它们也不将自己撕碎
夏季的叶子　不像旗帜
在你凝视它们的时刻

多年以前。多年之后
外祖母家古旧的花园
孤零零只有一棵丁香
其余的丁香远在京都

记得穿短裤的男孩
等待在暗紫色的门前
我坚持了很久
才没有为他打开门扉

可我更加忧郁　时间之河
不能洗去深刻的记忆
每当雨季来临　蓦然再现
男孩转身离去的绝望

然后心不在焉阅读
什么时候　雨悄悄停歇
依稀梦幻　青春来过
停驻一瞬　然后
乘着北风之马
在另一条路上越走越远
尽头是一片白杨林　叶子飘泊

夜雨

正在下雨。这是一座不习惯雨的城市
为什么有那样大的声响
这一定是一座不习惯雨的城市

而我在梦中惊起　支起脑袋
怔怔地听着雨声　十分诧异
我想　我一定不习惯雨

虽然三十年来生活在高原地带
饱受干旱之苦　但我还是不习惯雨
为什么我这样诧异

我耳中的雨声为什么那样虚张声势
而我的孩子　恬然安睡并不惊慌
在她的梦中只是多了一条河流
和一只小船

风雨来临之前

那是多少年前
牧女村童
在风雨来临之前
轻轻一吻
轻轻一吻　从此分手

那时候不懂得爱
但吻的感觉
至今摇荡着睡梦
但轻轻一吻
漫长有如终身

从此开始流浪

世界的确宽广
生活需要遗忘

反正还要原谅
即使山盟海誓
也会改变
何况那是风雨之前
匆匆的初吻

即使它怎样使梦境摇荡
即使它如一生般漫长
都要原谅

不要再说什么永生不忘
生活就是如此
否则不要闯入，也不要疯狂

暴风雨

在这个时节
没有什么不在成熟和腐烂
暴风雨　意外造访的客人
抵达午后时
满怀愤怒和伤痛
摇晃着　撕咬着　摔打着

痛哭着　呐喊着
邻家的恶犬伏卧门后　悄无声息
鸟雀不见踪影
仿佛腐烂也已经停止

只有我迎接它
让它通过我惊恐的双眼
进入颤栗不止的内心

那里黑漆漆的
期待的幽灵闪烁不定

下雨的日子

让这雨遮住我
让我在雨的下面行走
让我越走越快
让我快过一条鱼

让雨淹没我
让我在雨中轻轻地呼吸
让呼吸带走我的血肉
让我成为一具鱼骨

让雨托住我
让我的鱼刺全部显示出来
让我白生生上岸
让我赤裸着躺着

让我入梦
让我梦见隐隐的疼痛
让我在疼痛中向往
让我向往下雨的日子

我在暴雨下面

就像消逝的行星
我如今在暴风雨下面
但我不是李尔王

不需要忏悔和惩罚

我在天堂伞的下面
如果我匆忙间忘记了带伞

我就在举着的衬衣下面
如果正巧在那一天
我赤裸着身子出门

没有可以展开的衬衣
我就在一本书下面
我从不忘记带一本书

即使去银行和商店
即使又小又薄看不见的
我总带着一本书

密密麻麻文字的庇护下
我奔走，但没有悲愤
我孤独，而不叫喊

如果暴风雨下面足够安静

情形经常大致如下
英俊小生穿着燕尾服
来到舞台或客厅正中
手指停在键盘上片刻

然后迅速果断地滑过
于是云水潺潺流淌
良辰美景，葡萄酒中
映衬着写意的人生

钢琴家和海边的女神
曼舞，他的崇拜者
被领结捆在一起

行动笨拙，呼吸艰难

曲终人散，钢琴
就像死去一样慢慢冷却
巨大的尸体如此沉重
往往被搬家的民工抱怨

但如果暴风雨下面
足够安静，如果一个人
耐心足够，长久聆听
就会听见活着的钢琴

呼吸，絮语，并且期望
贝多芬般粗野的孩子
闯进门来，有意无意
把一双脏手砸向琴键

猛烈的响声，惊动
所有的小资；也惊醒了
钢琴自身。琴声瞬间扬起
又落下，从云端落到大地

如果夜里下起雨

如果夜里下起雨
颜色就会欢着起义
神不知道如何落脚
他想：不如早点回去

如果夜里下起雨
万物的绳索就会松懈
万物思念各自的情人
黑暗中一片叹息

如果夜里下起雨
布谷鸟医生就会感冒
这感冒感染了春天
一直咳嗽到小满

如果夜里下起雨
诗人就会被惊醒，早起
早开工：他彷徨，书写
掂量，打磨粗糙的词汇

他把夜晚折叠起来
绞干多余的水分
他在神留下的空白里
费力地种上了蒲公英

有思想的鸟（10首）

大友

选民证

几张选民证
放在箱子底
姑妈没有收入
姑父就千把块的退休金
买不起墓穴的人
却把它们当做宝贝
清理遗物的时候
我在想
要不要烧了
像烧纸钱一样
让他们在另一个世界
继续享有选民的权利

两次烫伤

迄今为止
我的手被烫伤两次
一次是在殡仪馆
接过刚刚出炉的
姑父的
骨灰
另一次
从雪地里
抱起
裹着薄薄褴褛的
弃婴

我就这么消失了

他们
滚雪球
打雪仗
我去了没有脚印的地方

雪花重重叠叠
保持它落下来的样子

走着走着
突然失重
像是在太空

倒立
用手走路
过了独木桥
我消失在小河对岸的
寂静里

囚犯

他是我熟悉的诗人
读过他的诗
一起开过诗会
犯了什么事
关进南京老虎桥监狱

号房里
他双手被铐
旁边放着一本诗集
红色封面
卷边了
我翻了翻

看见"口语"两字

作为狱警
本该和他聊聊案情
却和他聊起了诗

秘密武器

为争摊位
她和他
打了起来
硬打　当然打不过
当他再次冲来
她松开裤子
掏出月经带
抽他脸
于是他脸上带血
逃之夭夭

农贸市场
鸡鸭鹅的叫声里
头一次加进
人的欢笑

驱逐

陪母亲过年
饭桌上
母亲问我对婚姻怎么想
我知道
前妻电话里给母亲拜年时
母亲几次落泪

我说我还是不想复婚
母亲骂我
"不属于人类"
我问
"我属于什么"
母亲指了指桌子下面
"出溜狗"
我低头看了一眼
桌子下面什么都没有

父亲说
打死它就好了
早先养的几只鹦鹉
脑袋被它啄烂了
不是好鸟
我倒觉得它很了不起
像是伟大的思想家
不仅能解放自己
还试图解放全鸟类

前妻

庙里的和尚都是假的
她跪佛拜佛
就为了让菩萨保佑她发财
我还是开车两个小时送她过去
每月一次
她从寺庙走出来
说话的口气
要比平时
柔得多

最厉害的学科

儿子考上大学后
母亲关心他所学的专业
"智能科学与技术"我说
她每问一次
我答一次
下面是多次重复的镜头:
不好
母亲摇了摇头说
原子弹和化学武器
最厉害

有思想的鸟

黄昏
在院子里
我网了一只鸫鸟
放进笼子
打算养起来
早上发现笼子空了
笼底的木板
被啄了一个洞

春雪

梦里我喊
若水若水
这是个女人的名字
她会是谁呢
曾经的女人
没有"若"
没有"水"

更没有"若水"
难道她是我未来的女人
等得不耐烦了
跑我梦里
提前约会?
六点钟醒来
窗外飘起雪花
落脸上的几片
送我凉凉的吻
一阵欣喜
我像是明白了什么

国家食谱（10首）

李龙炳

写作

外部的黑暗和内部的黑暗
没有什么不同
从黑暗到黑暗是封闭的伤口

我爱过的几个白衣女子
重新回到了书本
她们不再爱我头顶的天空

一个满天繁星的时代已经结束
我关上没有玻璃的窗子
等待一只蝴蝶飞来忏悔

此时含泪的人都在成长

白桦树要从这里哭到俄罗斯
冬青树要从这里哭到宋朝

写作就是在虚空中倒拔垂杨柳
浪费的力气可以修一座寺庙
浪费的语言足够谈一百年的爱情

现实与记忆的交叉点上
我看见穿过针孔的那一个人
拼命擦拭着莫须有的红色灰尘

乡村之书

暴雨之后，经过一个村庄

那些往枯井里丢死鸟的人我都认识
雷声和聋子像两个政治家还在交换意见
我已经赶往三百亩的玫瑰园

剥开空气的隔离带
把夏天的书翻到最清凉的一面
雨滴比小学生更守纪律
在电线上微微发颤

我清楚身边数千人的生活状态
每个人做的事情基本相似
雨后的田野空旷得让人想重新建立一个国家
对应内心更高的秩序

城市对我已没有吸引力
我也不想浪费时间去读城乡结合部的长篇小说
我喜欢乡村短制：像女人雨点般的小拳头
温柔地敲击着大地的心脏

旋转楼梯

曾经听一位朋友说
梦见旋转楼梯的寓意
当时觉得很美妙
楼梯真的出现了，我小心地踩上去

好像踩在沙滩上，因为转弯
我遇见过几个国家，海风一吹
我清醒了许多，想到对一座小小的岛
拥有无可争辩的主权

心会像装满文字的漂流瓶
从最高的楼梯往下滚动
海在最低处，我依稀记得

你的时间不是北京时间

只是在楼梯旋转的时候
我手中蔚蓝的钥匙不停地尖叫
我带着你从一个房间
进入了另一个神秘的星球

我的世界

世界以它的粗糙行使权力
记忆拿着夏天热得冒烟的乱麻
把一座冰冷的城市绑定在我身上
我掉下的零件必须用推土机才能清理

我的声音卡在鱼的嘴巴里
我一说话就会被淹死
无中生有的几个胖子游向了大海
其中一个是诗歌，其余的是泡沫

人心向外，仿佛是在读着一本黄色小说
我的身体是地震中的一座危房
你们已经不敢靠近
我所有的疼痛已经和你们没有了任何关系

个人的隐秘的疼痛，获得了
对世界的重新命名
心事如同两只蝴蝶飞过废园
火焰的秘密只能在火焰熄灭后公开

灵魂的事业

世界勉强可以发表春天的散文

夏天的诗歌却必须重写：从洋葱中剥出闪电
让我们共同的朋友泪流满面

已经走到了一面公共的镜子前
她扔下家庭主妇手中的一千把剪刀
高声和我谈着阳台上小小的黑暗

精神的三角形要支撑天空的四个方向
使力量突然集中在生死问题上
秋天抬着园艺师，抢救着几片落叶

那些已经隐居的，一节一节的藕
在污泥中拜菩萨。远方有人正在把耳朵拉长
听见葡萄爆炸，甜的东西开始尖锐

飞向童年的打谷场，是麻雀的灵魂
再生的月亮，正在参加星星的选举
再做一次人类，我已经没有兴趣

国家食谱

内心的空旷，像学生已经放假的学校
地上的喧嚣在天上不值一提
这里的空气却依然紧张得发烫
多读几本书也不意味着头颅比石头更硬

夸张的美学，拿着金箍棒
打死了刚学会呼吸的火苗，你的教育
要求道德的气球不能在针尖上爆炸
绕道的老师，害怕遇见学生的坟墓

沙子堆在我的旁边，脚印留在我心上
纸团上的情报，要到达胃里才能变成
不会背叛的诗歌。太阳下最野蛮的手术

也不能把我的影子从我身上永远切除

一个梦高于水面，并非记忆的天鹅
突然进入一个国家的食谱
敏感的潜水艇以我的语言为敌
它捕捉到的乌云越洗越黑

向下的路

灰尘正在集合
有一粒灰尘自称大王
落在谁身上
就把谁定为首都

迷失于雨天的书
舌头试图穿过有弹孔的玻璃
看见新修的广场
警察在追赶不排队的蚂蚁

你喝了太多海水
已经在井边绕了几百年
我听见石头往下掉
声音低沉如同井里藏着大象

在一个嘴唇有青苔的父亲
爬出井口之前
我已经告诉农民
不要再用独轮车为我运送粮食

变声期

一把尺子（软的）压住大地

石头的心跳让政府工作人员半裸着上身
农历上的道路全部通向月亮
同时又绕不开李白的诗句

割掉燃烧的韭菜，天空降下的硬币
赔偿给失地农民
我吃泥土，吃不完红砖的围墙
挖掘机在田野搜捕昨夜星辰

一棵古老的香樟树上
乌鸦有破铜烂铁的变声期
我对这个时代，空喊青翠的名字
回声被装入口袋，埋进坟墓

高铁叼着一匹白马经过三星堆
瞬间的停顿，白马便成为了文物
在一群孩子的仰望中
一些头颅被风吹落，发出青铜的声音

举全国之力只为移栽一棵红豆树

到处是一闪而过的人类
他们有时被称为仁，或不仁
有一棵百年老树在风中
却不为仁所动

中国的很大一部分传统
依然停留在午门
我们的心灵一次又一次地被推出去
像西西弗的石头

有一棵百年老树的阴影
被一个又一个皇帝推出午门斩首
翻开新版的国学经典

依然记载着老树的归宿

慈悲的风，吹过了大半个中国
老树的头，雕刻成了无数小小的佛珠
想起几个诗人在山中调侃
举全国之力只为移栽一棵红豆树

聊斋

想成精了，一只白狐狸
针对它的动物保护法
和一场沙尘暴一起出台
观念不及格，狗得了抑郁症

狐狸有时和警察在一起
跟在我后面，是我看见过的最紧张的动物
它有时也戴眼镜
据说3000度

狐狸狐狸狐狸
野兔在唱歌，唱完就完蛋
狐狸一直想打我的主意
却又担心我是坏人，担心我的歌声里有晦涩
咒语

它臆想过自己是哲学家
有一地鸡毛的主义
一只想成精的白狐狸
白得像月亮的碎片

读过圣贤书的狐狸
映照出我满身的道德瑕疵
它终成正果
以皮毛，交换过一官半职

狐狸精，也可能是男的
白狐狸，也可能是幻影
一张打马赛克的脸
晃来晃去，也可能是蒲松龄

行头与行履（10首）

李明政

牛仔裤

一条扔在沙发上的牛仔裤
用褶皱的目光　望着我

"假肢而已"
我一眼就看到他的本质

"问题是它参与过有血有肉的生活
问题是它遭受过化学药品的打磨"
对了　用"伤兵"一词比较合适

从生活的战场撤退
蜷缩　暗笑
生活中替代我一瘸一拐地走路

袜子

沮丧的阴天
我喃喃自语

"洗衣机会吃袜子
老鼠会叼袜子"

心情大好的时候
我会这样想

那些失踪的袜子
是我半夜神游时穿丢的

领带

这件事　足以证明
我是一个悲观主义者

系领带时
我老是想到上吊

且借题发挥　迟早而已
每个人都会吊死在生活这棵树上

里约

在耶稣山留影
我发现照片一片空白
朋友说白雾太厚太快

由此　我原谅了上帝
不怪他看不见眼皮下的贫民窟
不怪他只看见
美丽的科帕卡巴纳海滩

伊瓜苏大瀑布

一幅环形窗帘
牵得太夸张了

从阿根廷牵到巴西
从巴西牵到阿根廷

来到伊瓜苏
我还未掀开窗帘

一万只猛虎扑出来

注："伊瓜苏"，印第安语为"大水"

开普敦

上帝说　要有光
于是就有了光

在开普敦
我说　要有彩虹
于是就有了彩虹

罗本岛

如你所说
你将长矛与仇恨
抛进了大海

从开普敦看卓湾中的罗本岛
看曾经囚禁你27年的地方

阳光镶嵌的轮廓
一闪一闪的

像极了一条项链

注：曼德拉曾囚禁于此岛。

曼德拉铜像前

"嘭　嘭
嘭　嘭"
这是南非的鼓点
还有带羽毛的歌声
祖鲁族少女的赤脚
踩在激昂的节奏上

我想象这是一条小木船
你被供在船头

"嘭　嘭
嘭　嘭"
整齐的舞步
左一脚　右一脚
右一脚　左一脚
非洲大陆摇晃起来

南非克鲁格国家公园

事有不巧
去克鲁格国家公园的当天
一头大象
因人偷猎而负伤的大象
在一条小溪旁死了
它用了几个月的时间
来死

导游说
我们的眼睛
已经集齐了非洲五兽
（狮子
豹子

水牛
犀牛
大象）
也不缺这一只

但是　这一次　我想
是大象不想再看到人类

约堡

上锁的铁栏
荷枪实弹的保镖

阿明带我去看
一家钻石加工厂

设计　切割　打磨
璀璨　梦幻

我对疯狂的世界
常常感到无语

人们对哺育他们的
阳光大地　熟视无睹

对虚荣的事物
却如痴如醉

向灵魂致意（9首）

菲亚

永恒的事物

很早我就知道
这世上没有
永恒的事
物

就连古老的月亮
也不例外
当我在阳台
再次见它

它还在摇摆
但已憔悴了许多
已没有早年的

明媚！

我有

我有一支假手枪。两扇门
一副瞭望镜。外加四扇
窗口。一对电话机。我有两把伞
一台照相机。老死机的
慢电脑。门锁。插销。铁钥匙
我有电池。角落里一堆
烂塑料。板凳。拖把
外加呜呜叫的
洗衣机。我有一张床

梦。毛巾。煤气瓶
和玻璃罐。早晨
醒过来。我有口盅
牙刷。闹钟。老妈妈
新鲜儿子，和大头
娃娃。我有书。葡萄酒
抽屉里一堆白色
药片。上午平静地
出门。下楼梯
撞见一辆黑汽车
我有分割的……
身体。铁丝。纸箱
冒烟的
天空

昨夜的一场大风

我喝多了，迷迷糊糊，但半夜的一场
大风，还是将我，从被窝里弄醒
它拿着铁棍，满世界乱跑，好像要掀翻
整个城市，以便找到
某个它要找的人

我睡在那里，一动不动
三个小时前，我从福建路回来
天空开始下雨……

我随便吃点东西，凌晨一点，
在卫生间洗漱完毕但仍不平静——
就像之后，一阵大风
从窗口冲进
它想发现并找到
隐匿于这城市的非法分子
或者把它认为不好的东西分离（比如一张

树叶一个死者一块砖），从窗口
扔出去。我躺在床上，在黑暗中
一声不吭——也许我就是
它今晚要找的非法分子
哦天知道，我只能在大风的
怒吼中，伸出手
抓住土地——那唯一可以
触摸到的东西

一个老人对新年的想法

谢天谢地，一觉醒来我还活着
还能看到活动的闹钟，衣橱，木门
和窗口的小树，还能看到我昨晚
脱下的衣服。我的牙齿
还算灵敏，还不松动
可以去咬那些面包
鸡蛋，和肉条，喝一杯茶
写点儿什么，在阳台坐上一会
我庆幸我，还不耳聋，还能听到
岁月深处传来的嗥叫
今天是礼拜一，一觉醒来
我还能，摸到自己的体温
皱巴巴的皮肤和性器官
我暗自庆幸
庆幸上帝把我，又带到
新的一年

被毁掉的……

每一天都有被毁掉的
今天也许是一辆车，几个人

也许是一幢楼房
被挖开的植被
森林里的
名贵树种

我们的星球正日益孤单
每一天都有被毁掉的
都有一些东西在不断消失
那有生命的和无生命的合唱，也不能阻止
恐惧的到来
比如泥石流会把一个村庄埋掉
比如英国的口蹄疫
使成批的猪羊，被屠杀
焚烧

对死亡的描述

死亡其实
是一收废旧的——

在他眼中
今天我要么
是一节电池
要么是一件
穿了几十年的
棉衣

快烂了

我坐在下午的房间
在一缕阳光中
用针线
去缝缝补补

却听到巷子里

传来一阵
收购废铜烂铁的
吆喝

向灵魂致意

向灵魂致意，向雨水中闪亮的雨衣
致意。

向阴天的公园致意，向快速穿过公园的
汽车致意。

向鸟儿，几只藏在灌木丛的鸟儿
致意，它们叽叽喳喳，已鸣叫了一整个
早晨。

我累了。但灵魂的黑城堡，还是让我
从松软的沙发跃起

向天空致意，向三个木匠和一口棺材
致意

向一把铁锹，草地上挖开的红色泥土
致意

它们冒着新鲜的气息，啊，准备埋葬死人的
热气腾腾的气息

向伟大生活的黑色元素致意，向一个哀愁的
老妇人面孔致意

我和它相拥而坐。此刻，我乐于听到它

在铁皮屋顶下发出的一声叹息

在同一天里听到来自远处的三声汽笛

在同一天里听到来自远处的
三声汽笛

第一声：我想到，早上的火车
终于要开了，它载着节日后去广东的民工

第二声：阴沉沉的天空中我加快着
阅读

晚上，深夜，那长长的一声咏叹
宣告了一天的终结

并且低头，俯向世界，说：
安息吧，灵魂。

死亡有什么资格

我走在春风浩荡的大街，独自一人，在想
死亡有什么资格
像这棵树，这些房，阻挡住我

它有什么资格，对我喋喋不休，在人群中盯
　着我
仿佛我欠它很多，永远还不起

像一条狗追着我，把我逼到角落，还一次次
闯到梦里

带着一把尖刀，欺软怕硬，纯粹是看上
我一言不发的面孔。

我走在春日的大街，看着蓝天对它恨得
咬牙切齿，我真希望它是
一块石子，飞起一脚，把它
踢得老远

因为此时此刻，我想去的地方，并不是那些
安静的，树木茂盛的乡下

我发现自己有邪恶的力量（8首）

图雅

慢

我家四个孩子
菜一上桌
很快就没了
父亲见到就会怒斥：抢啊!
我暗暗记下
并学会了慢慢吃
比我吃得还慢的是母亲
等我们快吃完的时候
她才上桌
碰到有鱼的时候
我们不吃的鱼头鱼尾和中间的
鱼刺
她慢慢滤一遍

有的被细嚼慢咽下去
2016.4.17

倒下

在会议室门口
在众目睽睽之下
我突然倒下
单位领导
惊愕了一下
想说话又没说
像怕被碰瓷一样
赶紧走开

从我身边走过的
那些小腿
都长着茁壮的毛
我不敢往上看
怕看到他们的脸上
也长满了
茁壮的毛
2016.4.25

磕长头

合十的双手
举过头顶
落到脸部
折到胸部

双膝跪在被磨得光滑的石板上
身子在手臂的引导下
向前向下
滑行
贴于石面

清凉袭来
大地像一块半新不旧的皮子
被我撑开
2016.7.1

近乡情怯

故乡已不是
三十年前的故乡
闰土也不是

六十年前的闰土
我也没穿长衫
但那柄叉
还在

女闰土
男闰土
老闰土
小闰土
聊微信闰土
玩游戏闰土
打麻将闰土
说黄段子闰土
在身后啐我一口的闰土
批评教育我的闰土
拿腔拿调的闰土
激将的闰土
……

就像一颗颗地雷
我得小心
再小心
才不至于
炸飞

我怀着这样的恐惧
回到故乡
其实安然无恙
不禁羞愧起来
2016.7.15

我发现自己有邪恶的力量

那些曾经
取笑我

挤兑我
打击我
孤立我
在背后说我坏话的
都得到了报应
有的死了丈夫
有的被开水烫伤
有的得癌
有的起了一身湿疹
有的骑电动摔伤
有的女儿疯了
有的被双规（你懂的）
我没对他们动过邪念
最多说句气话
死去吧
当他们真的死去或倒霉
我一点也不快乐
现在
我像守着潘多拉盒子
不敢打开它
哪怕是放出
一句气话
2016.8.6

坏梨

它饱满
完整
又大又沉
想必是水多肉白
味甜
削掉皮
一刀切开
里面是黑的

尤其是核的部位
已经溃烂
不知道你们碰到过没有
我碰到过
不止一次
2016.9.13

蓝色的一片，那是雪

对着电视看天气预报
鸡尾巴上面是蓝色
新疆就在鸡尾巴上面
阿尔泰就在鸡尾巴上面的上面
宋雨就在上面的上面吃面
2016.11.10

祖国的颜色

祖国有我心脏一样的红
祖国有我衣裳一样的绿
祖国有我墙壁一样的白
祖国有我电脑一样的黑
祖国有我灯罩一样的蓝
祖国有我书桌一样的黄
祖国有我床单一样的紫
祖国有我茶杯一样的橙
祖国有的我都有
祖国一直在身边
我爱着我身边的祖国
2016.10.1

暴雨突至（6首）

张洁

疑问

她病了。准确地说，是她体内属于女人的某
　个部位病了
一把明晃晃的刀子打开了她的身体，这是科
　学、精确的
打开。没有诗意，不带任何情色的暧昧
女人的性别，被暗中交给了病

大雨之夜。雨，疯狂地扑打窗户
有什么器官或组织被取下，脱离了她的身体
去年，他们从那里取下了一个孩子。那孩子
如今刚满一岁。她再一次流泪

冰冷的泪水惊醒了自己

滴滴答答的夜
走着时间。落着雨
天空在为世界输液，这世界
刚刚被一位诗人比喻成巨大的鱼缸，囤着浑
浊的水
和焦急的鱼群。他冷眼旁观
仿佛了解一切，再无疑问

对的

你说冷是对的。
感冒是对的。
思念是对的。失望也是对的。

落霜的早晨，一个心事重重的人行路打滑
回头痴望人间的土拨鼠，被莫名其妙地当成
　　了假想敌
这，也是对的。
一首杰作是对的。一首烂诗也是对的。
先知隐藏在基利溪旁，躲避和寻找都是对的。
我被囚于肉体的牢笼，牢笼和我都是对的。
现在他离开了世界。他心中的疑问是否解开：
神啊，你为什么要爱我？
而她，心中的帝国主义已经投降。
却并不因此而欢喜，这也是对的。
无花果树的叶子快要枯干了，但此刻留下它
是对的。

冬天的第一首诗

夜间冻醒
把身子缩得更小一点
一边四肢冰冷，一边心中火热
悲喜交集

还能感受四季的更替，我是多么幸运
上帝的安排，多么美

万物劳苦
冬日来临

大寒之火

他们都已练成刀枪不入之身
你攻不破我，我逼不退你

吧吧吧吧吧
不如你我立约，井水不犯河水
你驻内城，我守外城

看，那出城者来了
你收下他怀揣的面饼
我就脱掉他的外衣

春天

春天又一次来临
而我已不在人世
没有人还记得我
花草都是崭新的样子
它们甚至不知道，我曾在它们跟前
蹲下身子
我嗅过的那一缕香
混入广大中
寻不见了
除了它自己。它知道自己在哪里
就像我的灵魂

暴雨突至

18:29的时候，雨突然又下大了
好像一个下班的人走到半路，猛然记起
一件重要的工作必须在今天完成
他掉转头，拼命地往回跑
他的脚步声有些吓人
他迅猛的姿势令人侧目
一个老人摔倒了
战战兢兢爬起来，甩着衣袖上的水

周围都是雨声，越来越急迫
周围都是雨雾，越来越浓重
一瞬间他没有了老伴没有了儿女
只剩下他自己
从上面看，就像一座又潮又黑的孤坟

江有蹉跎（6首）

何房子

独酒

今夜，他的目光被深埋
一杯酒和很多的酒，下落不明
栗子树、桑葚、池塘、小木凳
他看见的，他没看见的
又重新聚集。孩子藏进草垛

酒在他身体里，静静的
多么广阔的良田
生活的谷粒羞愧而饱满
即使隔了几个省，他也能体验到
一杯酒爱过很多的酒
一个夜掠过很多的夜
淹没了额头，天上的树和灯

一条迂回的路在地上寻找路人
最终找到了他
这嘴唇的宁静，这朴素的颓废
仿佛他长而卷曲的发丝
伴他走到清晰的中年
落叶从未堆积，万树却已凋零

至深的悲哀，他是确定的
仪表测出血压，或高或低
或阻止他远远看见袖珍的口琴
或许他一发声
口琴就会醒来
呜咽的风带着微醉的风
穿过群山和尘埃，在幽暗的空气里
聚集一场呼啸的一个人的酒局

猫

前方那只黑猫，警觉而不怀好意
它蹲在布艺沙发的阴影里
它就是阴影
它在给黑夜定义
悬崖站立，瀑布响彻通宵

它缓慢挪动，河流不安的流淌
直到一场大雨越来越大
你几乎无法理解一只猫的孤独
　"多少人的哭泣可以连接起
废品广场和轰鸣的吊车"
猫缩成一团，确信有些事正在发生

从窗外跑来的闪电
闪过猫的尾巴，这短暂的光
掉进了它黑色的毛发
经过无数的转折，坐实了
忧郁症和气候有关，颤栗的枣树
像人一样胃疼
像猫一样，收紧尾巴，缩成一团

猫要尝试一下自我慰藉
细碎的、交叉的猫步，独幕剧的
序曲和终点，多少萍水相逢被省略了
它来来回回，沿着沙发的边缘
确信舞台是空的
确信所有的门都上锁了
唯有半推半就的黑夜无限伸展

祈使句

我说的祈使句谦逊，低头趋向万物

微小而坚定的声音像菜籽
从不过度开花
有时出于偶然，相遇即美好
比如蜜蜂邀你去看油菜花
比如一大片油菜花看着胖子

祈使句有比春天还长的停顿
此时就是所有的时刻
金色的波浪、弯曲的拱桥
一切都回来了。磨得发光的早晨
药丸般的太阳照亮一切杂草
　"让春天爆裂"
　"请春天一亿个细菌舞蹈。"

油菜花的祈使句坦白郊外的美
胖子的祈使句像一条直线
借动情的手风琴转向苍蝇馆
　"请美食沦陷"
　"让美景开一张远方的路条"

意识形态的祈使句仍然傲慢
就像某个糟糕的天气
晦暗时分，河沙抱团流亡
在座的各位
请鞠躬
请保护好菜地里孤独的稻草人

祝愿

你，另一个我，另一个十八岁
我曾祝愿过纸飞机的童年
勿需飞得太高
或者像落在深山的一片树叶
随风入夜

那样平安，那样普通
或者就是一滴水，加入大多数水
顺着河道过山、过桥、过雾霾

假如这是真的
那你就是幸运的

但一切并非如此
一切变成了一团混乱的迷雾
你从平均里逸出
把酒临风，把年龄甩了两个街区
我不喜欢你这样
但还是要祝愿你，从刺中
找到玫瑰，从混乱中找到精确

事实上，你还需要面对更多
痛苦也许像落叶堆积在路口
一滴水要从所有的水中分离出来
要经过多少次蒸馏
一滴面目全非的水，会挂杯
会在酒醉之夜保持君子的风度

其实，这么多年，你只做了一件事
没有望远镜的日子
你看见了自己
不是另一个我，不是另一个十八岁
正因为如此
看清道路比看得更远更重要
我祝你与其随心所欲
不如随心所至

暗黑之力固然美丽
小雨误入长亭，风沙诱拐燕子
童子尿养出一朵恶之花
空气中的欲望每天都在爆炸
我祝愿你

再次回到喜玛拉雅
让千年的积雪浸润你造反的小心脏

江有蹉跎

两条江保持相同的流速是不可能的
分开是主流，不分节日
不分深浅。他们在朝天门交合
只可能是天作，古旧而辽阔的河床
我们看不见
曾经多么和谐的起伏
如今，混浊的水和清澈的水勉强搞着

我是我，已不是我
你是你，已不是你
天下的江河，我们是否还能回到天上
那泥沙怎么突然不听话
在我的胃里淤积，是否还能浪淘沙

以水的智慧，淘洗必由里及外
所以
悲秋是干净的
猿哀是干净的
盐道是干净的
悬棺是干净的
自然，他们的交合干净，秘而不宣
至少上万年了，他们交合在这里
没有中国之前，就有这里
没有重庆之前，就有这里
这里，神一样的牵引
顺着大地两岸流淌，生出悲欣两重天
生出长衫少年，一剑渡江
生出无边落木，运送万古蹉跎

今天，我为何变得如此混浊？
换了人间，换了水草
换了一代又一代的游子和皇帝
长眠于此的鱼仿佛古老的修辞
没有意义的助词
引来两江的灯火和荒凉

运砂船从涪陵上来
游客从朝天门下水
更远的大坝改变了一切
三峡已平湖，而水下的泥沙汹涌
江的痛苦不是仰望的痛苦
而是它不能按照自己的样子流淌

最后总结陈词
一曰长江
一曰嘉陵江

在东温泉热洞的黄昏

必须弯腰才能进入。以致敬的方式
锐角分割了热洞内外的黄昏

于外，暮色绵延到了洞口
天空吐出冷气
五布河像一块御寒的棉布
包裹着小镇的腰部
一年即将过去，只有赶路的人
竖起衣领，搓着手，向乡镇的四周
散开，散发出落叶的气息

于内，一股热雾突然逼近你
它弥漫了千年，从未降温
也许一个人的闯入

才叫突然
之前的寂静是不规则的圆形
现在则聚于一点，于我鼻尖
细微的热浪跳转到脚后跟

哒。哒。洞顶的水滴
打在地上，打在我体内的某个角落
哦，不，是角度
是点与面的垂线穿过了弯弯拐拐
的岁月
神恩降临，大地之穴
用温泉的热度保存了一颗童心
并为他设计了逼仄的入口
以及入口之外起伏的丘陵和平地
所有的加法无非是
让地气更集中，更盈满胸怀

他赤身裸体，陶醉在热雾中
并分明感到张开的毛孔
有无数的大江奔流，又不断缩小
仅一池泉水，一滴汗
向着热洞敞开
黄昏的体积虽然趋于无限
但如果减去水分，黑夜就会变瘦
热洞就会梦到枯木逢春
石头独自开花，并不理会来来往往
并不默认天地之悠悠

一个沐浴的过客，幸运地加入了
山河重新排序，并见证
伟大的造化，无须推敲和浩荡

突发事件（5首）

老井

小煤井的冬天

北风像煤老板锋利的目光
呼啸着把地皮刮得矮了许多
天地间的寒冷又高了三千丈
穿黑棉袄的村庄将双手插进袖筒中
收缩成蓬蒿中的一团刺猬
几列运煤火车从平原上驶过
掉进天地间的万有引力里，再也没见爬出来

田野尽头
高大的井架望望在竹梢尖娇喘的夕阳
慌忙地吐出自己体内滚烫的战略储藏
辆辆矿车载满地心的淤血叫嚷着冲出地面
几个衣衫褴褛的农妇手拎蛇皮口袋跑上前来

水桶般旋转着去攀奔驰的矿车
其中的一位被抛出老远，像一个破旧的搪瓷
　茶缸
展开瘦弱的双翅
划出了一道跨越夜与昼的抛物线
重重地摔在工业广场的冰面上

等到救护车被哭叫声吸附过来之时
夜的长舌头已将把辽阔的淮北平原
卷上一半

黄道吉日

庙会正进行得如火如荼
沾满豆花、菜花香的唢呐声是另一条源远流长
的淮河，从楚风汉韵的源头里一直流淌进了
现代的音律中。广场上，小河边
铜锣破旧的嗓子喊醒乡野沉睡的欲望
连衣冠楚楚的白杨树们
也把目光里的长爪挤进圆顶大帐篷的缝隙
试图去吸附舞台上怒放的美丽裸体

刺透这阵阵笙歌的是远处
传来的一声巨响，镇第三煤矿的上空
突然喷出一股阴险的火焰
井架倒塌，天轮飞起
哭叫的小汽车、救护车、警车，这无数杆忙
　乱的大笔
延绵不断地在大地上书写着狂草体的
惊慌失措。庙会作鸟兽散
人群像马蜂一般嗡嗡地飞向出事地点
等一切都风平浪静以后
辽阔的平原吹过来传过去的
都是煤老板软刀子一般的低泣：
　"天哪！我该死、我该死，
　为何不挑选一个黄道吉日开炮采煤。"

他的话刮过初春的原野，大地的碧绿肌肤上
立刻起了一层苍黄的鸡皮疙瘩

押车经历

咣当作响的列车
拉着昏昏欲睡的煤块们缓缓向前
不远处有时一个站台

押车的矿警们睁大电筒一样警惕的眼
我的手心里已经沁出了，针头一样尖细的汗
经过这片茂密的树丛，树上结满的村民们
像熟透的果实一样准时地掉落到车厢上
他们手拿特制的耙子
敞开胃口巨大的蛇皮口袋
拼命地吞噬着乌黑的岁月积淀
矿警们上来驱赶，声声呐喊像刺刀穿透了
淮北平原宁静的夜晚

那些吃得肠肥脑满的蛇皮口袋们
纷纷跳下车，沉重的身躯砸得地皮发颤
我抓住一个企图跳车的村民
他稚嫩的脸在明亮的电筒光下
显出了绝望的冰凉
我的心立刻变得软了许多，双手一松
他立刻跳下车去，临行前还没忘记拿起一块
　大炭
在我的头上重重地来上一下
周围的乌黑的世界立刻变得血红起来
片刻以后，一切都沉寂下来，只有一团红亮
　的火焰
在淮北平原的腹地燃烧那么一下
又被包扎上

突发事件

工业广场上，彩旗飞扬，喷泉绽放
银杏树翠绿的声带上，播放着钟声敲击天体的
旋律。上井的矿工三三两两
按捺住内心饥饿的豹子，走向宽敞的职工食堂
运煤的火车宛如空空荡荡的肠衣
沿着钢轨的流水线进入矿内
灌了一肚子的工业食粮以后

又被慢慢升高的朝阳牵引着离开

陶醉片刻，我又听到了另外一种响动
那是钢铁砸碎玻璃的声音
愤怒撞击瓷器的巨响
由几百个邻近村庄的发狂村民
共同制造出的。像远海登陆的风暴，他们
口中喷出一米多长的火苗
发怒地烧向矿内的大小楼房

矿志上最惊骇的一页
由一群农民用木棒和锄头书写出
半小时以后，复归寂静
四野的空旷像一块巨大柔软的海绵
把井架和远山围绕利益的争吵，吸食个了无
　　痕迹

煤潮呼啸着涌出地面，矿内的建筑越长越高
破旧的村庄也趁机换衣
好多路旁耸立起的崭新小楼
为村庄黑洞洞之大口内镶上了金子打制的门牙

采空的地心逐渐下陷
触目惊心的伤痕沿着深度表的指针，一路上行
危及肌肤表面的土层
恼怒的村民们手持棍棒冲进矿内
雨点般迸发的暴怒敲碎了，办公大楼的玻璃
一个多小时以后，擦着纠纷的表面开过来的
警车
像简化字潦草地写在平原上
村民鸟雀般地散去

四季的风不紧不慢地吹过大路
不远处几棵扎根于和谐稳定中的参天大树
有时把脑袋偏向村庄，有时把脑袋偏向煤矿

地矿纠纷

一条大路把平原锯成两半
把转型期的时代剖西瓜般剖为两半
大路的左边是煤矿，右边是村庄
煤矿里的建筑高大整齐，像工业色泽鲜艳
的瓜瓢。村庄中的房屋低矮杂乱
如被城镇大口弃吐出的黑瓜籽
时常有些矿内的铁铜、电缆、煤块
插上翅膀飞出道德的矮墙落入到
村民贫瘠的小院内
表面上高大的楼房从不擅自越出矿墙
背着手踱进破旧的村庄去采摘桃花
但在八百米地心
条条巷道工作面像大小不一的长虫
不打招呼就越界爬进了乡村生活的最深处
产卵、孵化

纸上墓园（5首）

吴兵

纸上墓园

没有碑
没有凸起的部分
可以写无尽的铭
写吧
但那多像荒草
蝴蝶飞去
雪静静落下来
雪是闭着眼睛落下来的

解脱

一瓣瓣掉落
春易破碎
花开，门打开
自己走出来
果实的前身
为果实的欢愉而消隐
没什么奇怪的
桃花、杏花、梨花
不知彼此的称呼
也不知各自的结局
一如枕上落发
离开我，多么好的解脱

私藏

黑暗拿走了
它所能拿走的
银质月亮
小小私藏

反复锻打
薄如蝉翼

薄到
径直穿过黑暗的间隙

抬起头
那是我想要的

回避

大海淹没我时
也淹没了整片大陆
为此激动和悲伤
都是徒劳的
把钟表
当作大海
我常常对其视而不见
这不是犯错的缘起
是一种回避

等待

刚才敲门
打开时

她已经走了
我有时收到她送来的纸条

纸条上画着河流
只字片言像小鱼
我怕一声咳嗽
就能把它们惊散

下次哪怕诗就差一点写完
也要快点开门
我实在不知道
我还能迎接多少次春风和柳絮

在有人频繁来到的梦里（5首）

梁潇霏

我是如此怜惜你

像淘气的孩子做错事，我看着你
花白的头发几近全白
认识你时，你偶尔会对着镜子
猛然拔掉一两根白发
我们都已不再年轻，内心划过伤痕
这么多年，我需时时激励自己
但你仍然讥讽和抱怨
你从不赞美，却喜欢被夸赞
响亮的水沟令你兴奋
你又何必祈求无声的银河之水
如今，我豁然了所有疑问
像一道数学公式，照亮费解之夜
答案昭然若揭

但你用慌乱的手捂住它们
不！你频频咳嗽着
脸上布满哀愁
爱人，我是如此怜惜你
从第一次见你，直到现在

泥瓦匠

我脸上挂着白睫毛，一层灰色粉末
肺，被细密的黑颗粒覆盖
夜里，我咳嗽着

城墙总是被掏去一块或推倒一片

我整日提着铲子，用血色的红砖
不停地垒砌

啊，毁坏者，你该知道
我如此辛苦
但不会做永远的泥瓦匠

写给陌生人的信

陌生人，就在此刻，我想起你
后悔曾拒绝你
其实，我也许正需要
"快去死！"他的咒骂，让我十分难过
但我的身体，像有力的吸盘
依然想裹吸住男人
我似乎一直恐惧，又爱恋他们
但更为残忍的是我忽略我的身体
虐待它多年
陌生人，我想你此时，或许正在进入
另一个，她不是你的妻子
但她的摆动令你兴奋
男人一贯如此！聪明的女人也愿意
与你们合作，得到欢愉
为什么我如此不合时宜
就让人们去相信爱情吧
如果你还会邀请，我将欣然应允
我们狂欢，逢场作戏，然后
转身遗忘
但我害怕再一次陷入爱上你的危险之境
那我将彻底地不可救药

决定分开的早晨

决定分开的早晨，她为他煎了

两个荷包蛋，单面，溏心
他端起盘子吸溜着，这让她想起
十五年前给他炒的土豆丝
他把脸深深地埋在里面，喝尽了
最后的汤汁。和那时一样，她的眼泪
流了下来。这个男人，总让她心生怜惜
她把自己当成上帝安排照顾他的人
理所应该，但这是个错误
他的眼睛经常无视地越过她，沉湎于
她未知的人和事物——
新鲜的，遥远的，装模作样的
像一只疯狂转动的陀螺，他停不下来
自己抽打着鞭子
但实际上，她比他整整小了十二岁
而她却不停地流泪，越来越像一位老人
有时她觉得自己是一部机器
不再需要爱
铁制的铠甲，任何忧伤都无法穿透

在有人频繁来到的梦里

在有人频繁来到的梦里
在他被众多所爱的女人包围的情境里
我体会到寡情之人的好处——
一切不为所动
像是在冷夜，裹紧大衣
观看一场裸露的化妆舞会
啊，人们是多么狂热，又多么矫揉造作
玫瑰花，红酒
说谎的男人受到欢迎
伪装起来的女人最为勇敢
从大厅逃到花园的裙裾
扫起月光的尘雾
在梦里，你并不想与他们扯上关系
虽然你隐约记得也曾爱过他

潮流抑或方向（5首）

谷频

岛

如果海洋毁坏了家园
礁石必将成为沙粒的遗址
每一条小巷、每一棵树
都会在海风中重新找到形体
如果我已将身体抛入大海
苍凉的洋面如布隐遁
当偷渡者弯腰向大海致意
身上却披满死鱼的鳞片

到处是忍耐，你们让光阴留下潮汐
却带走了风暴的预言
那些海底的船骸摸上去多触手
致命的飞翔　让灯盏陷于兴奋

那发亮的弧线是海豚的魔咒
它的高音正被一朵朵浪花削弱
浮动的岛屿　生活多像虚幻的情景
一波未平，一波又起

航行

总有一天你的航行要停下来
展开或者收拢，一枚船钉
深深钻进了一个男人的皮肤
是船舷听见潮水的呻吟
那属于孤独者的夜空
阴暗、静止，只有很远的航标

紧拉着盲人的手指
生怕不小心海洋撞进你的怀里
对许多要远离的地方，我们
不必撕下回忆的票根，也不必
担心被我们糟蹋的爱
在返回途中会发生什么故障
鲸鱼的标本从泪水中
抽取每天所需的盐分，而时间的骨刺
已蘸满风暴的颗粒，每一天
都有被毁掉的波涛
我试图证实：航行带来亡灵和苏醒

这样的旅途使我们时常厌倦
当潜游身边的时钟拨快了黑暗
躲进床上的只是情欲的假设
那个你前世想勾引的女人还在下舱
而潮水却像黑色的毛毯漫过了胸口
我必须相信，你是这个季节
最优秀的种马，露出的牙齿从没有
明亮与阴影的区别。郁闷的生活
是易碎品，多么需要夜晚出没的人
在怀中保管，如果有"砰"的一声
那肯定是风暴的残片落到甲板上

潮流抑或方向

我们可以忽略头顶上的星辰
即使在山峰，内心的航程
仍无法藐视风暴，那大海
盛满了月光与晨露
每一瓣浪花必然经历浪漫的叙述
就像最昂贵的青瓷器皿
当我们还没预备热爱一点什么
就已布满被岁月毁坏的痕迹
缅怀者的心胸注定是本精致的画册
通过遥远的时光重现潮水
在汹涌中趋向混合，我们应该承认
绝望与不甘
都不是被生活搁置的方向
哪怕在一滴泪中划桨
也是为了获取征服或安慰

旅途

闭上眼睛，就会丢失睡眠的节奏

遗忘

不要拒绝空旷的布匹
给灵魂带来的无形之重
不要去惊动微风的影子
让她安静栖在青苔铺满的台阶
不要轻易说出一叶荷的容貌
黎明的湖面漫过果实隐逸之地
不要让雪崩的背叛
将所有谷粒激扬的尊严抛弃
如果火柴顷刻照亮事物的面目
今生和前世，对我们来说并没有区别
如果琴弦将痛苦时常撞响
骨头上微微有股海水的气味
既然未来已经消失
我们决不佩戴死亡的徽章奔赴战场
因为遗忘很容易将伤疤蒙上

谁来论证月亮的痣（5首）

方文竹

时间的淘宝是一门技艺

我动了心　必须先让世界动心
托起我　在浩瀚无边的海浪里自定义链接
我成了珠贝　必须先让世界成为珠贝
缀遍金色的沙滩　尝试云彩的布艺
星期天陪老婆逛商场她指着"波斯登五折"
回家我才表态　"生活就像侦探小说
充满波折　关键是看闪光点在哪里
如何去抓取"　高山上的穿心莲迎风而立
早已窥破人间春色　只是很少有人顾及
自身的根系　"人生的艺术即一门时间的根
　　艺"
价格日升却不一定合众人之意　因为"日"升
不是"日子"而是"太阳"

"闪电串起珠贝　五年一遇若何"
"那要看一看雷霆的力量"　李商隐夜雨寄北时
江南这边已是人老珠黄　"江山易改
本性难移"　精耕细作和撒播的季节里
在两根白发间暗中架起一座黑色的桥梁
像猛虎的情欲突然插进枯枝的身体
"情感与大海有一种对应性"　对应的应该是
心胸的地形图
时间的回环往复里尽是细针密线的斑斓
我真的动了心时　记起"大曰逝　逝曰远　远
　　曰反"
于是回到了自己的根部　欢爱变成了欢爱的
　　遗址
胸怀恒河沙数变成了对于一粒沙的迷醉

一场虚无开始春暖花开

一列瘦长的火车开进月牙湾的冬日　惊醒了
炉火旁打盹的镜子　时间尽头的椅子
江南的严寒早已关闭了万物的浏览器
风雪用旧了　词语收割完毕　时钟麻木
一张白纸回到了它的原形
在小排档喝酒直到深夜的老魏对我慨叹
"后半生的车票上没有站址　好像半空中
唱着桃花颂"　望着高悬的圆月
这一点我不反驳　"只是　时光的货物你享用
　　不尽
比如　此刻的汽笛声难道不能填补一个枯萎
　　的心灵吗"
比如在东头湾　我闻到了历史感的鱼腥味
"在乌有之乡　栎树上结满的硕果有着
逼人的气息　养活十八国的庭院　鸣钟　食
　　鼎"
农人们收工　田野荒芜　外省打工的人还没
　　归家
干枯的河床里卵石裸露着神骨　在自然的课
　　堂里
被再三打量　吟诵　解构　风中的少女
喜雕琢　步态像仙鹤　老谋深算的人做一回
有礼貌的野兽　窥伺山野　在城乡间穿梭的人
　　们
心间都揣着一份秘密图纸　各有怀抱
在未来的道路上自己遇见自己
饿腹中的仁义　闷罐内的夜莺　果壳里的黑
　　暗
在这个无须缝补的冬季纷纷揭竿而起

幼童论

怎样听起来都是一个雷同的故事　好像钻着
同样的圆圈　万花筒只是一个"筒"
里面的一朵必是你的　倘若闻不到一丝香味
那就是记忆出了问题　或者钻进了花蕊
精巧的米黄色的小房间　至今还没有出来
于是不便真正认识世界　"那人多幼稚呀
坐井观天　或在镜子里抚摸"
最初的生长反抗设计　长江水　黄河浪
从标准的线条里奔涌而出　无边的涟漪
打湿了警句的红褐土　闹市区幼儿园的空中
　　风车
响彻着九大行星和三千年的余韵　在天地间
　　垂钓
巨轮下跳红绳的女孩远看却像一只小小的钟
　　摆
邻居老魏说起过他的外孙女　梦里抓着一万
　　只小手
黎明时分变作宛溪河畔的一只小玉兔
还是课外读物里的那一只呢　"小青　小倩
都是金色蜜糖的女儿"　一个童年即一篇童
　　话
"人到年老了必会变作幼童"　年轻女教师瞒
　　着家长
进行着超越年龄阶段的教育　她的男友也旁
　　证
返璞归真的过程经过《易经》的末卦"未
　　济"
首尾相顾　虽说终不能相交　换句话嘛
一个童年是所有的童年　只开花　不结果

遗产论

非常时期里　像奇特的邮件　遗产以非常的
　　方式
寄放在一个伟人的名下　无异于埋下了一颗
　　巨雷
请不要高估你的双脚　花朵已经抢先一步
收到死讯的传单　吊诡的是
花朵接着成为遗产以及遗产的一笔脚注
其实呢　遗产的款项早已脱胎换骨　接着净
　　身
就像将旭日装进左边的口袋　夕阳装进右边
　　的口袋
迷人的诗篇里一个关键词一贫如洗
就像那一把去年出土的古琴佳音涟涟接着修
　　身养性
昨夜老魏与我谈及甘心街三兄弟官司打到京城
还有一位富翁莫名地死于情妇的酒杯
明月的毒液分泌出一千种色彩　化为朝露的
纷纷典当时间的琥珀　收下遗产税　好比
附加值转化成一束光芒　心灵腾开一小片空
　　地
宇宙深处的婴儿爱上了追风　在你看来
一文不值　穿心莲在上帝的中药铺
也只是一剂意象的血脉　防治于一头唯美的
　　豹子
它走在热闹的大街上　却无人过问
那么请让公海上的一只彩船任意东西吧
多少年后那只黑暗中翻箱倒柜的手
终将推开一扇月光之门

谁来论证月亮的痣

夜间的风成扇形弓着腰　　乱窜　在江城

雕像拔牙　银碗盛雪　人间事进入
迷局　万人迷只迷住了自身　江北五星级宾
　　馆里
一条金项链用于刺杀和奉承　在此
钢琴曲送来一段春江水
帆影搓起了绳索　不幸的婚姻微起波澜
窗外的无边光晕抖开一层薄纸　却终归
融化于时间的风暴　抬望眼
一千条天路像是复制品　所幸
我收藏了一件玩具　一条自己的路
怎么也不愿抛向空中　托起货车
而她一直站在树影中偷窥　用背影擦拭
生活的污点　花朵的失色　如同
谁来论证月亮的痣呢
是呀　我与你　耽于迷途　疏于一种伟大的
　　转化
如草木　与灰

春天的模样（5首）

罗晖

故乡

三月的故乡　格外地娇美
但此时　我努力回到遥远的往昔
去追寻童年的时光
及岁月留下的痕迹
这时　故乡远远看见
热情招呼：你别急
故人在等着你呢
我的故乡就在江南水乡
多年后才领悟到她的娇媚与风韵
她的乳汁养育了我
给了我健康强壮的躯体

故乡告诉我

承传的骨骼及血脉
邻居家的女童上了大学
我的小学同桌当上了县长
启蒙老师何姨走了
……
我过了渡口　停在街头
再也没有看到我所熟识的故乡
眼前的故乡
街道井然有序
绿树成林　高楼耸立
原来的泥泞小路再也找它不着
老屋静悄悄地躲到一旁

故乡的天空
仍然那么古老　那么祥和

她伸出一双长满老茧的手
抚摸我的脸庞
就知道我已经漂泊了多少年
忙碌的乡亲围拢过来
让我品尝丰硕的果实
我吃着就闻到了父亲的味道
就会勾起我对故乡
一生一世的情谊

写意

埋葬幻想
带出了现实的疼与爱
这里没有对错
时空隔着一个时代的距离
世道变得鬼魅
笔墨难以描述
空空荡荡　充满疑惑
我怀疑一滴泪水
能否穿透柔软的心肠

秋天　薄暮
有了朦胧的景象
月亮的脸色浮出忧伤
不管人间是否呈现笑容
我们的生活
都得生生息息
一生的轨迹
残留纸上
比离愁还要消瘦
梦想早已化作了古老的高度

今晚的月色已经熟透了
但来自内心的沸腾

勾勒出纸片的轻薄
写到这里
我就无法动笔了
只留下揪心之痛　记忆之美

雪的故事

刺骨的寒冷叫醒了冬天
时间停留在落寞的早晨
广阔的原野　突然掉下一个词
雪　它如期而至
如鹅毛般　一瓣瓣飞来
塑造了如此干净的世界
残留着的体温
依然把我包容
把我感动

这场雪带来了
一个变幻莫测的美梦
一朵洁白的云彩
她的名字叫雪
身段如玉　美貌如花
脸颊带着忧伤
我目睹了
她为大地献身
燃烧了自己
没有留下一丝痕迹
没有一场葬礼

这时　我的眼角
融入了朵朵美丽的雪花
一个凄美的故事
就此展开
带血的相思

掠过厮守的庭院
我会用一颗滚烫的心
重新温暖她

当成知己
让她走过来
把忧伤悄悄带走

风无法吹走忧伤

风中的黄昏
吹到了脸颊
阴影开始摊洒在大地上
山色朦胧
这时 生活的忧伤
变得更为清晰
压低了目标的向度
悲苦的声音
来自诀别的体内?
年轻的生命
不懂歌唱?

我已经不敢清点
满身的伤疤
被生活遗忘、抛弃的人
实在拎不起自己
无论颠簸何方 灵魂深处
有多少惊恐与无奈
爱与痛的迷茫
去哪里找寻
世界之大
哪一景最伤人

今夜
吃着
活着
就感觉生命的真实
我多么想把月亮
比喻成快乐的天使

春天的模样

可爱的春天
昨夜刚醒来
一副怜人疼的小模样
叫着冲进早晨
笑声吵醒了鸟儿
时光还早 世界还早
春天不急着走开
荒芜的大地长出了色彩

春天的绿 是出了名的
它喜欢江南的水乡
累了 就会拒绝远行
守在那里
一棵树连着一棵树
一片田野连着一片田野
变成了春天的信使
长出碧绿的嫩蕾
吐出沁入心脾的清香

春天怎会这样美?
开始是花瓣
后来成了蝴蝶
在树林里上下翻飞
忙碌的乡亲
采桑播种
算计一年的收成
牛背上的牧童招呼着
把美丽的春天
带回了家

大海鲢、盲者与命名之光
——献给德瑞克·沃尔科特

王自亮

一

此刻，白鹭为乌鸦所取代，以便巡视永恒，
沉默包围了岛屿，以一种黑白混血的风格。
大海归结为静止，柠檬在星期日收敛自身，
没有光，只有土碗，你失去了命名的冲动。
死亡意味着上帝拆掉舞台，剩下残骸与独白，
弦月如同号角，寂静围攻着你奇特的头颅。
"一只蜥蜴在墙上喘气。海像锌一样闪亮。"
近来你嗅到死亡的气息，犹如新郎闻到了
新娘手指的余香。看来，这一次你真的需要——
"应对白鹭尖利的提问和夜的回答。"
乌鸦，只是你象征系统中的首要意象。

二

远处是港湾。没有到过旺角，至少去了铜锣湾，
在你的晚年情境中，棕榈与金合欢树交织低吟；
眼前是海，说是南中国海，依然是加勒比海。
传说、谣曲和爱，晨雾中的桅杆，巨型缆索，
鱼不分善恶，冷血，不谙背叛，探寻屋顶之光。
你看到手捧便当的装卸工，蓝布工装，心想——
"喝醉时他会像一辆加速的卡车那样怒吼。"
嘻哈与告示牌，被活埋的蓝调，东芝广告
如同澳大利亚珠光宝气的婆娘闪耀在九龙。
哦，在焦黄、谵妄的海滩上，你的身影
再次被拉长了，如同一座被删改的灯塔。

三

我见过大海鲢：脑袋满是伤痕，散发着咸腥味，
为柴油所污染，鱼鳍像黑蒲扇残边，面朝岬角。
你留在卢希亚海滩上的大海鲢游回海中了，
灰色与青色相间的海，波浪在阳光下却是黛色的，
诗不仅存活，而且游动，让大海鲢回到海中，
回到意志的洋流。对了，你的运思常有回澜。
核心部分与太阳内部一样处于蒸腾状态，
窑炉般散发出光与热，锻打着不同形状的词。
短句如青铜片，产生某种金属热，衍射梦幻。
让灵魂游回诗歌与大海深处，身体留在尘世，
才华没有舍弃你，没有人可以敲击你，如同大海鲢所遭遇的。
你年近八十的忏悔会使上帝产生痛感，
如果上帝不是盲者，他会阅读你的《奥梅洛斯》，
"大海即历史"，你写的是海岛上的司机，
为了一个现实中的"海伦"，与好友翻脸。
上帝喜欢你有很多理由：争论，命名，混合，
让爱琴海转世为加勒比海，甚至喜欢与海伦同名的人。

四

绝对的命名感来自绝对改变的生活。
先后或同时爱上几个女人，她们给予你不同的爱，
容貌如同各种热带鱼，这不是情欲的隐喻，
是爱。爱复爱。伤害总是以爱的名义发生，
"因为你看上另一个，只好默默记挂你。"
重要的是，你要享受"生命的盛宴"，
节制总是困难的，而拥有一切必须以更大的代价。
鸡尾酒的基调过于复杂，难以瞬间体味，
海风萃取了你的性格元素，因而更具狂放与理性
两极，飓风就这样生成，诗句也动荡不安。
间隙中诞生了卑微心理，在激情与牺牲中
发现间不容发的秘密，你活得太少，以至于
在阿姆斯特丹，在巴塞罗那，一次次去旅行。
老了也穿牛仔裤，敞开衣领，披上格子呢外套，
面孔黝黑，卷发，同时具备白鹭与乌鸦的特征，
令路人侧目。你没有年龄，只有经验之歌。
身世不明而目光深邃，你的手指被戏剧、诗歌和命运
所锻造，苍老而生动，正是罕见的瑰宝。

五

另一种生活是什么样的生活？疑云重重。
你的决绝是不可靠的，生活没有另一面，
阴影如此真实，足以证明世界的可靠性。
馨香、薄凉、吐舌的刨花，与浪花同构，
性与语言，其构造原理是一样的，唯上帝知晓。
你如一个娴熟的盗墓者，挖掘命名的魔戒，
"我为某一种才能深怀感激，也为大地之美
深怀感激。诗是一种天赋，也是一种祝福。"
人们总觉得你隐去了文字的劳作之苦，
但天赋的运用与诚挚的祝福何苦之有？
另一种生活是海。与群岛、大陆相关的海：
在雨的边缘是一片帆影，孤独感顾影自怜，

海上乌云如秀发，一切都在海底发出回声；
海伦换了装束，涂上眼影，不自觉的诱惑，
与五千年前一样：动人、妩媚、绝对之美，
生活涌向海伦，以亿万双颤抖的手，以超音速，
你不是写了奥巴马和理发师吗？他们更喜欢海伦？
我们的海伦不是他们的海伦，也不是荷马的，
另一种生活是同一种生活，除非你返归内心。

六

群岛意味着什么？德瑞克·沃尔科特，
我的导师，引路人，绝对发现者：你。
年轻时我写过："群岛，这颗破碎的心，
在血一般的潮水中，借着微弱的光
互相辨认，全力聚拢，一次次修复自己。"
我还写下这样字眼：狂暴的边界。
而你却教导我，"难以打破的爱获得了一种神圣的外壳"，
沃尔科特，多年来我们都在做考古工作，
却时刻见到号码簿、鹅卵石酒店、除草机，
大理石衬映下的贵妇，不知名圆顶上的光芒，
我们对海和生活同时使用铁镐和放大镜。
海鸥飞翔的姿态，无关乎新帝国崛起，
却使你想到墓志铭的韵律，长角的怪兽。
大陆只有一个，而群岛姿态各异，
处于命名和毁灭的双重可能，却浑然不觉。
我分割岛屿，以血与公正的名义，
而你连接人的精神碎片，修复纵帆船。
世界，如果浩劫不可避免，请先
跨过我的躯体、方言和藤壶般的诗句。

茨维塔耶娃在她的时代

南子

1

一个理想主义者的早晨
我在《三诗人书简》中追赶那些信
他们的通信罕见，奇特
当收信人走向发信人
以翅膀　以神启
领来彼此相似的血缘

2

"我是玛丽娜①曾经度过几多年华"
我不爱大海
因为大海代表着激情

我爱大山——大山即友谊
当山峰增高至歌德的前额
伴随溪流　伴随洞穴
也伴随变幻
请你　用深深的叹息去填充这个破折号

莱纳②我写给你的书信没有什么目的
有些事对我来说已经结束了
我爱的　始终是诗人的你
而不是一个人
我啜饮你　如同啜饮大海
以及心灵的地形学
有你伟大的悲伤在
我的悲伤就显得渺小
因为，你就是给石块以命运的人

在你的国度里
只有我一人代表着俄罗斯
我在孤独中写诗
书写"没有祖国"的忧郁
俄罗斯对我来说
仍是某个彼岸世界
当巴黎圣母院的撞钟人醒来
就像我在呼唤你——
为了那个新的，只有和你在一起时才有可能
　　出现的自我

①玛丽娜：玛丽娜·茨维塔耶娃。
②莱纳：里尔克。

3

深夜　世界消失在乌有之乡
一封信　正在里尔克的手中作一次伟大的回
　　访——

"玛丽娜，你的话语像星星的反光
你就是一颗硕大的星星"
你尘世的命运
比起其它道路更让我激动
你在说"不"的时候
像是带着第五种自然力的力量说"是"

我爱着许多女人——
同时也为许多女人所爱
但我接受了你
　以全部的心灵接受你的生活
你的生活就像吉卜赛人的帐篷　永远飘零

现在，我睡在一颗星与另一颗星之间
目睹大时代咆哮的海里　波浪
怎样在暴雨中上涨

人们挣脱某个大事件的锁链
——一部分已经倒塌　像被虫子蛀空的树木
而另一部分
正被未知之手守护
看啊世界　正变成另一世界
而我在其中寻觅着你——
你的灵魂有着合适的外衣

4

莱纳　是世界倒塌了吗？
到处都是人
却没有一个人穿着忏悔者的衣裳

失去母亲的小女孩
在士兵的身后
伸出一双空空的手来

5

在这苍茫人世的枝头上
我是否是一枚过重的果实
血液，比任何人都年长？

但是莱纳　我始终感觉我在你的右肩之上
眼睛带着性别的张望
爱彼此的宿命，偏执，流放地
爱自在的肉体和彼此命运的逆时针
当一只手永恒地
伸向世纪阴湿的细雨
群星的法则　正与真理背道而驰
华美而狭隘的身体有如裙袍
被鸟儿啄了一下
又被虫子啄空了内心
突然地　又像喷泉一样返回自身

它将呼唤我——痛苦

6

鲍里斯①今夜的风很大
我顶着风的身体在问候你——问候我中的你
你的脸在我注目的左上方
我非常爱你的名字
以至于我在给里尔克写信时
把你的名字再写一遍

风继续吹　　仿佛我们当年的邂逅
今夜无论我写什么
都是在走向对方

但是——
在所有道路的尽头永恒的两人
——永远地——无法相逢
①鲍里斯：帕斯捷尔纳克。

7

鲍里斯　二十世纪是一张黑白银幕
坐着一个黑脸巨人
他有着告密者的脸
理想的枯萎，人心的不自由
人们不做梦也不回忆
但对于我来说
诗人独在　活着并写作——
不过是在转移一支箭
而最好的箭　全都是盲目的

8

大时代的铁链　人不可挣脱
就像　群鹰之上的高空不可腐蚀
客人在打翻的餐桌前重新就坐
不可更改

星星把它的小钱扔向诗人
诗人匍匐在地的身体
诞生出新的瘟疫

自由　拍动时代的翅膀
将击中何处？

大事件的铁锤奋力落下
——它不再对我说："小心"

寒冷的灰色黎明
我怀揣一个未来走过布拉格广场
一缕光线
落在我贫穷的路途上

9

每颗星星都有一种冰的凝视
除了路径的指引
一无所需

此刻　我坐在黑暗之中
坐在骄傲而又孤独于自己的力量中
遥望你——莱纳
你是一种罕见的物　大于诗人
如果我还能写出什么东西
它就叫作——高山之上
这偏僻的风景地

比大海的心更猛烈
我一看到您　就想拥抱
一个无限悠远的、广阔的拥抱

——拥抱就是相互取暖
就是相遇
在与你相遇的时代与自己相遇
也与反对我的所有锋芒相遇
我们一个接一个出现
彼此看起来像兄弟姐妹
我们将走向人世的尘埃

10

我是一个没有国家的人
把异乡当成了祖国
它们是布拉格、柏林和巴黎……
铁路钢蓝色的床单切开了空气
鞑靼共和国的叶拉布加
在我的晚年赶上了我

——那么多的家对我都陌生
看上去都像是一个个营房
而家乡语言　再也不能诱惑我
只因它不曾搜索我的灵魂
漂泊的书桌像树一样活着
神秘的颤动
任诗歌喷涌向前

我宁愿是一个没有国家的人
身体抵御着俄罗斯
不被"祖国"这个词的魔法镇住
这个词一经说出　便是惩罚
我不属于任何时代
我和我的世纪失之交臂

11

十二月像一匹白色尸布封锁消息
莫斯科黄昏的地铁车站
泥泞的人潮汹涌
白色雾气中有集体的味道

我突然想起你
左耳一阵麻热、微痒
莱纳——人世间有你在
我不必再寻找别的姓名

你不是时间中的人
你自身便是新的一年
像自然的阶梯
以及诗歌中慷慨的重量

我把《哀歌》贴近心脏
整个大地陡然竖起在我的身边

12

其实　我曾爱过这个世界
以一颗诀别的心吞咽它
就像吞咽所有生活蜜的渣滓

但是直到有一天——我看到
当诗人臣服于权力
不在墨水中找心　却将颂歌抄袭

当纸的背后隐藏众多猎手
手中的枪
随时对着某个词瞄准

当穷人的寂静

在制造一个漆黑的人世
那可怕的对称

——是什么跟跄了一下
在另一时代的陡坡？
我竖立起衣领背向人群
微微颤抖的肩膀
聚集起全部的隐忍

13

初春　泥土解冻
它的裂缝所在就是中断
但草叶不会在积雪完全的压迫中
弯曲

14

这个时代
是所有人都误点了的火车
我的所有
都像一张皮一样落下
落下的　还有到处被禁止的词
当灵魂着了火
我听到了四种噪音①　比尘世还高
在传递着——自由和爱

①四种噪音：就是除茨维塔耶娃之外，还有
帕斯捷尔纳克，阿赫玛托娃，曼德尔施塔
姆，他们即是那片土地上的声音和自身价值
的守护者，并且彼此认同。

15

我是黑夜一样赤贫的女儿

我的青春时代
是一件粗活儿
爱着集市　驴车　十字架
也爱着教堂天花板上的中世纪

我品尝过众多词语——
炉灶，扫帚，钱（缺钱），没有盐的黑面包
车票，旅馆，火车
以及耻辱，谎言和背叛

还要说到雪——那天地间的一阵灰
一朵碾压另一朵
像一场场雪的镇压
哲学对于我毫无用处
歧义和荒诞
在书桌上获得了新的意义
只有贫穷　是我身上的配饰
我孕育过儿女的乳房
是神　留给人间的最后的灯笼

我回不去的俄国
仍在某个彼岸世界
看啊　我在它的高处——天空是我的摇篮
也是我的坟墓

16

打开门　风掀开一页信纸
就像你刚刚来过
从带着羽翼、弥漫开来的薄雾中
来过这里

这是1926年5月的一天
我独自写信给你
此刻　我谈到了给吉卜赛的歌
也谈到了一代人的命运

信中之辞带来了星光，以及花园中更小更慢
　　的动物

但我写的不是信
真正的信　是不用信纸的

最后　我告诉你的是——
别去追赶那些信
如果它丢失
那一定是与不信有关

17

1926年　我们书信往来
彼此像羽毛动物和淡水动物那样和谐
莱纳称我为大诗人
是一个被时代的胸口捂热了的诗人
但有名有姓的痛苦
整整一个世纪都在敲打它的边缘
如同压向我的墓石
因为诗的意志
提前预见了我未来的生活
——流亡　继续流亡
我想推开这厄运
如同推开俄罗斯黑麦的波浪
但是我的身体
始终是一间行走的牢房　一张漂泊的书桌
这是命运无期的允诺
还是馈赠？

这是我越活越顺受、忍耐的缘由吗？

18

与人的每一次相处　其实

都是一个岛屿
一个永远沉默的无影无踪的岛屿

晚上　你在布拉格某处的街灯下行走
白天　我在莫斯科的阳光下行走
都没有见到自己的影子
同样的孤独　同样的隔绝　同样的寻觅
在彼此身上找到了同谋

玛丽娜　你曾站在感情波澜的中心
却突然——倒在了另一边
你我之间有了穿堂风——

46度的伏特加正在腐蚀我的衣服
今春　我的头发将白得更厉害

19

如果　诗歌要为更高权力效劳？
那人类的瞳孔
也太旧了——
他只看到了一个向下的天堂

20

这个世界　已容不下多余的激情
当我像古代的一个标记那样
在祖国又老又破的圆形广场上站立

　——是山峦上升了？
不，莫斯科教堂的尖顶上
飘扬着淬过火的魔术旗帜

我自己就是火焰
诉说世纪之交的低烧

一平方的信
要用整座大海的墨水灌注

雪，时落时停
 似在怀疑什么
我竟有了对抗时代的决心

21

我有着与你们不一样的夜晚
对书写的爱好
像一个针眼　看不穿
又不知其深

我有着与你们不一样的黎明
墓穴在我的头顶上
对所有人来说
我已经死亡
——成为所恐惧、所统治、所诅咒的
奥斯维辛的燕子
以及　肖斯塔科维奇尸骨如山的回忆录

22

我总是感到饿
饿的感觉
像西伯利亚的风
在抽打一个病人

我最年幼的女儿埃瑞娜
比我先死
——她是饿死的

(世界啊　它什么也没有看见)

但我决不向大地归还
 "死"这个词
 "死"是我的肋骨　也是一根
燃烧的刺

所以　我的女儿埃瑞娜没有死
她始终活着
 一直活在我的祖国——
俄罗斯八月的红墙下

23

我的乡愁与你们不同——
我生来沉默
是那个时代的遗腹子
当群星咆哮着
坠落
在囚禁中变得冷硬
谢尔盖耶夫大教堂的钟声
雾一样笼罩我
在一棵花楸树与另一棵花楸树之间
那气味就是我想起祖国时
悲哀的滋味

24

一声尖叫也不会停留——

阴沉的天空，烂泥，简陋的狱舍
暴雪在燃烧
西伯利亚流放地
多像一门哑默的历史学?
地狱　每天在垒着它的窗户
由恐惧和缪斯轮流值守

它们　以麻雀的飞行
和树神的拍打声
歌唱枷锁那秘密的
钥匙

隔绝
在你——曼杰尔斯塔姆这儿全是通途？
你的每一天都是神圣的
锥形的烛火旁
我看见真理一直在挖着它的深井

只是　我太弱小了
——我有着与你们相似的眼神
和压在嘴唇上忧郁的沉默
我的地狱　每天在垒着它的窗户
但是　还是能看出我的小来

——自你们之后
世间再也没有自由之人

（副歌）

茨维塔耶娃、索尔仁尼琴、阿赫玛托娃、
左琴科、爱伦堡、帕斯捷尔纳克
还有曼杰尔斯塔姆
以及他的遗孀
都是被祖国驱赶的那部分
但却是这个时代
所没有的没有

你们　用整整一个世纪围绕着我
以火　以更深沉的呼吸
以无法复制的
孪生的神秘
当陡峭的人世
死一般巨大
我看见你们站在那里
在日历上的夏季

——你们难道不是同一个人？
在通稿一样的国度
我以全部的肺呼吸
那足以
使你们来到我面前的力量

三行诗·在云下

二月蓝

1

疲惫的云啊
我该许你一座花园
还是一片热吻

2

对鱼来说
仅有一汪水是不够的
她还需要波浪——即使暗流

3

如此喧嚣的花
竟可
开得如此的安静

4

睁眼何益
倘若光
总是被调戏

5

误入丛林的猫
被鸟声困住
又被露珠叫醒

6

白昼为我加冕
我报以
辽阔的星空

7

身披霞光的人啊

请停下脚步

听我唱一首黑夜的歌

8

夏赐玫瑰以花

玫瑰

还之以刺

9

风这个小人

并不因见缝插针的夸赞

而停止泄露你背后的秘密

10

看见每一株青草

我都想俯身

同她说话

11

红樱桃的内心堆满了雪

如果鸟来误啄

最疼的不一定是泪

12

我潜入水中

鱼对我说：如果奢求太多

神也会无助

13

江河滔滔

那是我的来处

亦是归依

14

在高处俯览的人啊

你身上的云朵

有多少，来自下方

15

每个人都在不知不觉中

等待着

自己的落日来临

16

我未曾把我的一生

认成

锦绣记

17

他常叹

治人

不如治兽

18

他们记得你盛开的样子

我记得你

盛开的花香

19

寂寞的小花

不忍开给

寂寞的人看

20

蔷薇把藤蔓延伸到隔壁
反责怪邻居
摘走了她的花朵

21

我喜欢引领诗歌的大象
穿过
词语的针孔

22

我终生敬畏幸福
但也向往磨难
膜拜痛苦

23

我愿用每一朵花为你做成挽歌
让墓碑
被叶汁染青

24

我同落日辩驳
弄皱了晚风
也惊醒了朝晖

25

在云下，山河生春
那一峰黛色的碧螺，也许
就是我

从广场西口到天鹅湖

杏黄天

1

他们已然不能容忍，他们挤来搡去
终于，他们都累了
疲惫地呆在了各自的地狱
和天堂里

但无论如何，车内滚滚热浪和污浊的空气、
拐弯和急刹车
还是不时提醒他们
在这里
即便是坐着
要做梦
还是有些不太现实

2

站着的人，他们的神情又何其冷淡
他们就像是局外人

还有一些，是随时准备犯规的球员
只等裁判哨声一响
立马走人

3

他们都有一个铁制笼子
私下里圈养着想象的对方。几乎从不打开
只是在暗处，相互折磨
撕裂，念想

4

他希望自己是可折叠
与可压缩的
是可以存放任何人事物与在任何人事物中存
　放的
这样，他就不会浪费
与占据
更多的空间

5

有人碰了她一下，她的梦就醒了
她很不情愿
还没有到站

——剩下的漫漫长途
她只能醒着走完——

想想这人生
还真有不少无奈啊
有时明明是想做梦却被打扰醒来
有时都睡过了站
却没人叫醒

6

这逼仄的行走
起点和终点他们都很清楚
途中一些意外
他们消化
他们更想知道
起点之前
终点之后
是否还有异样的一生
为这个

他们还在不停
换乘车次

7

"妈妈，我正在回家的途中
您不要担心
因为路上堵车，可能会晚点。"

而这中间的时间
何其曲折、粗糙
妈妈睡着了，他也睡着了
他梦见妈妈
唤他
妈妈梦见
他回来的
脚步

8

从水泥地到水泥地，尘埃并没有减少
相反
因为它们再也不能回去
它们显得更多，夹杂更多，更多细小的沙
　石，更多飘忽和烦躁
一些在飞，一些还在叫
只有当雨来时
它们才暂时看起来是水泥地的一部分
是的，它们好像也一样
遵从一些指令，一只或数只隐形的手
让它们聚，让它们散
让它们，从一个地方
到另一个地方
从一座水泥建筑，到另一座水泥建筑
它们都没有精力与时间
再去问，一切，为什么

9

她总取笑他是一朵苦菜花
现在，这朵苦菜花白天大部分时间在车厢里
生长，丧失水分
夜晚，回到她的怀里做梦

为什么他在梦中眼含泪水？
因为白天
他差不多就是一白痴

10

气球，卵石，泥淖，刀子，人
他们混堆在一节车厢里

有气球想飞
有卵石想要砸碎钢化玻璃
有泥淖想喊
有刀子
想要杀人

幸亏还有人，没有到站
就匆忙逃去

11

路边矮灌木丛中，有人要呕尽胃中食物
这样他才能开始又一次
长途颠簸

12

有些事情，还没有开始，就已经结束
就像有些事情，已经有了结果，还没有结束
一样

在后视镜中，他看见他已经下车
但他的心中知道，他才刚刚上车

13

快车在有些站点是不停的，这他知道
他问师傅："白马浪停车么？"
师傅回答："不停！"
他又问道："那白马浪的前一站停
　　吗？""不停！"
"那白马浪的后两站呢？""不停！"
"那哪里停车呢？""哪里也不停！"

（白马浪的前一站是中山桥，后两站
是黄河母亲）

是的，终于
找到了一辆快车。但前后都不是他想
要去的地方

附：

1

那么多星星
在黑色的屏幕上无声等待与闪烁了一夜
终于对白天感到失望
相继隐去
即使是曾经最热烈与最耀眼的那七颗、三
　　颗、一颗

他终于不再相信，十一颗星星还在
他开始怀疑
十一颗星星已经不在

它们分别是：北斗七星、参宿三星

和太白金星

一个代理人

2

今天他不想说话
不想做事，不想思考与想象
甚至，今天
他不想想

今天他没有眼睛
没有耳朵，没有鼻子与舌头
甚至，今天
他没有身体

今天你不认识他
他从你的身后走过时，你甚至都阻挡了他的
脚步
你却无法告诉人
今天，他又是谁
做了什么

3

没有一面镜子，在其中
他能看到自己
他看到的只是他的一个不存在的影子
不是他

4

那些死人，总是回来。他们想完成自己的梦
他们，找到他，要他代理他们的梦

他厌倦了为那些毫无新意的梦活着
同样地，他也在寻找

5

他为什么会听从你？因为你是一个傻瓜
而他不想思考
他为什么要相信你？因为你是一个傻瓜
从不骗人

6

他们像他一样在浪费纸张
他们
为什么不把字间距调小些
他们
为什么不把行间距调窄些
他们
为什么不把字体调合适些
他们
像他一样，想要强调什么？

7

天啦！
你为什么要想他？
如果他
不想

——如果他想你
就要告诉你——

既然
他不说
那你也不告诉他
你想

多好!
这样地无声无息
思念
才更像
思念

8

象声词：扎堆活着
动词：大多有一个敌人
修饰词：潮流
名词：虚空
代词：无确指

9

奥——回塔拉加米米都拉
卡巴亚
韦斯拉加阿米伽
切帕!

10

一生就是阅历、思考，与自己争论，再推倒
重做
加法，或者减法
不合时宜地喊叫与沉默
欲望明确的，目的
含糊

11

易，尚书，佛典，道藏，国史旧闻……
漆园吏，横渠，诺瓦利斯……诗，哲学，伦

理，美梦……
银杏，红杉树，胡杨，含羞草……
黑豹，海豚，鬣狗……虚与实……
万物都是小丑，万物自己无所从观
万物都是基督，万物自己无所从知

12

没有时间：那意思就是，过去（经验）、现
    在（生存）、未来（想象）
是共时的，那也就是说
既然已没有欲望，也就没有失望
与焦虑

没有空间：即所有的人、事、物
是共在的，一切都是一切的见证、观察、参
    与者与谎言、控诉和狂欢

为此
石头打坐，海水诵经，人而作恶

13（抄袭）

是的，如果我生活在极权政体下，如果我真
    的生活在极权
政体下……但在以色列，只要愿意我就可以
    尖叫
这没什么害处，我无需在小说里掩饰我的批判

——不是每次，而是经常——我写下那些让
    政府见鬼去的
愤怒文章。我都会收到一份与总理喝茶或咖
    啡的请帖
不是我一个人，而是所有以色列作家，都经
    历过这个过程

我们写道：政府必须被活活烧死。接着我们
　　收到请帖
不是去总理办公室，而是去他的私人住所
接着，他，总理本人，说他欣赏我的作品，
欣赏我的思想
我的语言，还有我的风格。但他，与我政见
不同

通常他们，只是欣赏，却完全不理睬
我的思想
所以我们尖叫！而他们走他们的老路

我希望有一天，那些总理中的一位会对我说
　"你的风格污秽，你的语言很差，你的故事
没有任何价值——
但你知道吗？你说得有道理。"

一次
在我（阿摩司·奥兹）的生命中，只要这么一
　　次，就够了

14

近处
他看到的一片砖头上坑坑洼洼的缺陷
正是远处
被设计出来的模糊图案上一段必要的
线条

海拉尔之旅

李伟

飞

从上往下看，除了辽阔的大地，就是蒸腾的
　　云朵
云朵像馒头，不是一个馒头，是一锅又一锅
　　馒头

路

眼前的路，走过的路，没走过的路，任何一
　　条路
——都有小草，都有虫蚁，遭到不可抗拒的
　　践踏

巴彦呼硕

只有真正的草原才会这样，为了养育
洁白的云朵，而变得像天空一样广阔

游客

牛低头吃草，羊低头吃草，连蒙古包也低头
　　吃草，只有
热得大口喘气的骏马，和晒得黝黑的骑手，
　　在迎接游客

脚下

草丛中散落较多较小的是羊粪，马粪倒是少
　见，面积最大最引人注目的
无疑是牛粪，而漫长的冬天牧民可用来焚烧
　取暖的，正是风干了的牛粪

鹰

蓝天上飞着一只鹰，不是照片中的鹰
也不是想象中的鹰，是一只真正的鹰

海拉尔要塞

屈死了多少中国劳工，建成的地下17米深的
　要塞
谁一步一步走下去，谁都要在这阴冷中打一
　个寒颤

要塞前的广场

几个来自俄罗斯的金发少年，兴高采烈地
玩着广场上日本兵遗落的榴弹炮和机关枪

阿尔山途中

大巴车前方堆积着翻滚的云朵
路旁高高耸立着密集的落叶松

漂流

橡皮舟顺水而下，一只桨被水冲走
山影宁静，瞬间遮住了暴烈的阳光

阿尔山

不是想象中的高山，但有幽密的松林白桦
湖水藏在山顶，在一片绿色的环绕中闪光

森林大火遗址

石头狰狞，凝结在一起，湖水倒映着
光秃发黑的树干，一片片路过的云朵

花

几个举着手机游客在拍烧焦的
石头上开出的一簇紫色的小花

小松鼠

突然从路边窜出来的小东西，并不怕人，消
　失在
草丛中前，留下了漂亮的花纹和专心咀嚼的
　神态

山中夜晚

只要看到星星繁密，月亮就悄悄躲藏
狗吠伴着黑夜，伴着灯下饮酒的游客

海拉尔

混乱，也算繁华，既有正宗的俄罗斯餐厅
也有汉式仿古城，但纯朴的民族特色难觅

伊式丹商场中的大象

我不敢相信自己的眼睛，一头大象竟然大踏步
　　走进了商场，穿过
几排化妆品柜台，在商场中心开始了表演，
这表演注定不同凡响

点燃蜡烛洗澡（9首）

春树

兰博与德国

那夜
我与朋友跳舞归来
坐上地铁
周末地铁
满满当当
全都是从各自地方
回家的旅人
有个黑衣胖女人
上了车
指着我旁边的男孩
一通大骂
用德语
"越南人？中国人？我告诉你，你不该来这

里，你强奸了我女儿……"
历时五分钟
正好是一站的时间
在这五分钟里
我们默然而坐
尴尬、憋气
有几次
我忍不住想站起来
制止她
或者
想找警察
满车厢的年轻人
他们刚开始都在
嬉笑着看笑话
后来皆沉默不语

这是个女疯子……
不应该理她
我明白他们的心理
就像我自己也同样震惊
这是个疯子
同样是个种族主义者
唉，这要是在纽约或者伦敦
早就有人站出来了
绝对不会让她说超过五句这样的话
德国真的完了
一个正义者都没有
我心里默默揣测
打算把这个故事写出来
而没有想到的是
这时
一个学生模样的金发男孩挺身而出
挡到胖女人和我的朋友中间
低声说着什么
不断地劝阻着她
车—到站
胖女人就下了车
而这个男孩
走到我们旁边
用不流利的英语
不断向我们道歉
"对不起，太对不起了！不是所有德国人都
这样……"
这个结尾比我想得还要精彩
感谢这个男孩
他拯救了德国

仪式感

在我妈来到柏林

照顾我生孩子、坐月子
整整三个月以后
她回北京的第一天
我系上围裙
像她说的
不套头
折叠一下
把带子从腰后
绕一圈
系在前面
我系着围裙做饭
又系着围裙
站着吃完了
刚刚做好的炒米饭
顺手把案板上的菜叶子
倒进了垃圾桶
我发现我是在模仿她
这一发现让我很温暖

周末城铁

没想到
我手里抱着的这一大把花
（不知道是桃花还是梅花）
引起旁边座位上几个人的兴趣
他们窃窃私语
见我注意
干脆用德语大声问我
这是真的吗
我首先茫然不解
见其中一个女子
也就是离我最近的那个
染着红头发的女人
凑过来用鼻子闻了闻

才恍然大悟
赶紧用英语说
"真的
这花是真的！"
听闻此言
一行几个
以害羞著称的德国人
笑得像孩子一样开怀
手舞足蹈
纷纷凑过来闻花

朝鲜夜晚

在平壤最后一天的夜里
晚饭游过泳后
我和团里的杭州男孩
相约
偷偷溜出去散步　看月亮
在桥上
刚呆了两秒钟
就有几束手电筒的光
远远射来
也许还夹杂着警告的口号
吓得我们
掉头就走
边走我边说
好冷
他脱下外套披给我
在平壤电影院门口
壮丽的石柱下面
我们拥抱
惊魂未定
他说：一会儿跟我睡吧？
我让我们同屋去别的房间

这真是血色浪漫
我说，你不要命了？
你以为我是谁？
四周一片漆黑
没有人看到这一对男女
只有羊角岛国际酒店还亮着灯光

并排

下午无聊
终于把朋友
一年前送我的诗集
读完了
忧伤　悲伤
数度出现
做爱的次数也不少
大师你原野里的兔子洞
到处都是
我甚至还在诗里看到了我自己的名字
还有一个
我曾经好过的人的名字
谁叫我们都是诗人呢

郁金香

郁金香的花垂下
犹如阴茎
这个世界还有更温柔的
东西吗？
这朵黄色的郁金香
似乎在跟我诉说
一个秘密

凝视它的花瓣
轻轻地抚摸它
在这个三月的夜晚
它勾起我
焚心的烈火

抹不去的
曾经的瘦
在此时此刻
一个人类的我
正怀念着人类
初生的时刻

梦中人

我去看你
你送我两串葡萄
原来还想送我更多
我看着你
常常不忍一看再看
多希望
闭上眼再睁开
就能看到甜蜜的定格
那时候太阳明晃晃的
我穿着红裙子
和你手拉手去友谊宾馆游泳
那时你容光焕发
能不能一直精精神神的啊
现在我每次看你
你都比上次苍老
你老得这么快
让我痛苦
我不该长这么大
知道得这么多

我应该缓缓成长
用十年长一岁的速度
慢慢地
供你把玩

一日

我肯定我是抽多了
在厕所里肮脏的大便味道中
我忍不住伏下身
眼含泪花哽咽欲吐
就和我某些时候一模一样
一点儿也不美

上午，经过长安街

弟弟说：爸，长安街到了
好好看看吧
这就是你走了二十多年的长安街
我坐在弟弟和爸爸中间
差点哭出来
我这才知道
为什么我喜欢长安街
车缓缓经过军事博物馆
经过中南海的红墙
经过新华门
爸爸已经小成了一盒骨灰
坐在我们中间
不占太多空间
车经过天安门
我看到
他站在广场上

看我们经过

怎么也写不好你
你这个农民的儿子
我也生在农村
我也是个农民的儿子
我给你放了一晚上的军歌
嚎啕大哭——
那也都是我喜欢的

突如其来的暴雨（10首）

东岳

预言者

一个小偷，两个小偷
三个小偷，其中一个
在日记中写道：

我们目前合作很好
但估计不会长久

雪人

我喜欢雪
喜欢在雪里

想一些事情
欢乐的或者
忧伤的

其实是一些人
睡在我的体内
在大雪中醒来

我在大雪里默默前行
他们也无声紧紧跟随
好像每次都是如此

而当我在雪里停下来
手搭凉棚眺望茫茫雪原
他们都会紧紧搂着一个

雪人

也可以写一首诗
但千万别可怜他们
那是污蔑"

门诊

三个女人在讨论各自丈夫的
坏
轮番讲

那名女医生边走边说：
"如果不是因为国家管这事儿
我早把他像杀鸡一样杀了"

说完，麻利地给我换了一瓶
药

又一首

以往那些我写过的
很臭的诗歌
像腐烂的动物，树叶
充斥在人们的眼里
他们轻视地大笑
仿佛看待一只病老虎
但无妨
对我来说
我仍然继续书写
在手机上在夜里
在白天
我感觉变得强壮起来
在今年
我的手臂上的青筋凸起
在我提起一桶水时

突如其来的暴雨

突如其来的暴雨
将对面工地上的
一群民工
冲了个措手不及
他们从驾杆上爬下来
争相跑进下面尚未装修的
一栋别墅里
我在离他们有三十米
左右的寓所的窗前
恰好看到他们狼狈的
样子

"你可以在窗前跟他们一起
默默看这狂风暴雨
横扫大地

烟疤

为什么会有烟疤
为什么烟疤往往会出现在
漂亮女子的身上
这家手机店的营业员
美丽的营业员
在向我介绍手机功能的同时
我发现了她右腕处的
三个烟疤

引发了我的联想：
上次是在本市的一家美容美发店
最漂亮的那名女服务员
在左腕上也烫着两个醒目的烟疤
还有上周被我审判过的那名
漂亮的女诈骗犯
脖子下方锁骨处烫着的圆烟疤
我曾不耻下问烟疤的来历
她们笑语搪塞不答
如今是她
梅花似的烟疤
并排绽放在洁白的右腕上
她最左边的烟疤
可能有一个故事
第二个烟疤
可能有第二个故事
第三个烟疤
也不例外的可能有第三个故事
但也不排除这三个烟疤
只有一个故事
按照数学的排列组合
还应该有其他的情况
但最不可能的是这些按在
漂亮女人身上的烟疤
连一个故事也没有

二路公交车

一只雪白的京巴
安静地耷拉着舌头
坐在二路公交车的
一个座位上
旁边是它的戴墨镜的
女主人
我第一次发现

狗在人座上
人模狗样地坐着
从它坦然的表情看
那个戴墨镜的娘们儿
也替它买了一张
票

小李呷了口酒

"在里面时间长了
也跟那些囚犯差不多了"

小李呷了口酒
说

我说，操，是吗
他答，操，真的

"出门先看看天
再打量一下四周
才开始小心迈步
朝前走"

我说，操，是吗
他答，操，真的

跟我碰了下
然后一仰脖

李龙龙的光头

随处可见光头
先天就秃的光头

后天秃了的光头
故意剃光的光头
在太阳下攒动
闪着光辉

李龙龙的光头
不是先天秃的
不是后天秃的
也不是自己装逼故意剃的
李龙龙的光头
是被强行剃成

李龙龙离开看守所的羁押室
走向监室的过程中
要路过一小块空地的阳光
他锃青的光头
唰地反射了一下太阳
就不见了

一个死刑犯的最后陈述

我死后你们可以取走我身体的器官
但记住我不是无偿捐献，必须得多给钱
给那个前来领取骨灰的人
他是我爹

发光的汉字（10首）

潘洗尘

恶性的一年

X光下
这真是恶性的一年

绝症开始缠身
往昔仅有的
可以做一点点事儿的自由
也丧失了

好在这一年
并不乏善可陈的记忆
还有很多
比如茶花落了
紫荆才开

抽了四十年的烟
说戒就戒了
从不沾辣的女儿
开始吃毛血旺
和水煮鱼
2017.2.26

最后的请求

如果说这一生
还有什么怕的事
不是死
而是透不过气

所以我请求
死后不要埋我于地下
不论黑土或红土
更不要装我于任何盒子中

算了
我清楚请求也没个鸟用
还是有朝一日
让我一个人坐毙于苍山
或小兴安岭的深处

一个人化作肥料的过程
你无须知道
但终有一天
你会看见远处有一株马缨花
特立独行
或一棵白桦树
挺着铮铮傲骨
2017.3.13

写给太子

一路从东北跟到西南
我的这只11岁的约克夏
已当了大半辈子的
太子

太子　你到底是谁
连我自己也说不清了
我的孩子？
抑或我的朋友？
记得从你七八岁开始
我就黯然地为你
在花园里默选墓地　默记碑文

虽然从你一进家门
我就大你43岁

可是我的太子
当2016年的8月29日
当我得知自己始终与这个世界
肝胆相照的肝上也长出了肿瘤
我的内心　竟然生出了一丝
如此自私的念头：

我终于可以在你和所有亲人的前面
走了
2017.3.13

时间真的不够用啊！

修炼了半生
我也只能在读诗的时候
在绿荫场边
心底通透　目光清澈

而在许多事物面前
我都只能是一个
贼眉鼠眼的人
2017.3.22

我有限的热情已成余烬

一直以来　就经常遭到抱怨
看上去你对这个世界那么热情
为什么对我那么冷

对此　我就一直懒得解释
其实我的精力有限　所以热情更有限
尤其是生病以后

这半生　我把有限的热情给了诗
甚至很少再给诗人
我把有限的热情给了爱
甚至很少再给爱人和爱情
了了出现以后　我把有限的热情
给了女儿　就很难再给其他女人

而现在　我有限的热情
已成余烬
2017.4.5

这一年的黑暗无与伦比

这一年的黑暗
无与伦比
很多时候　只要我闭上眼睛
就能看到朋友们
错愕或痛惜的表情：
洗尘　得了癌症

可是我的朋友们啊
让大家如此牵挂
于心何安
更何况我的病情
与这个时代相比
并不算
重！
2016.12.28

是的　就是此刻

是的　就是此刻
这黑暗即是永夜
我的内心　已将黎明
删得干干净净

但我依然要为亲人的黎明和
朋友的黎明到来欢呼
这一生　能见过的都是亲人
还没见过的　是朋友
当然还有你　深夜为我抄经的人
是的　就是此刻　你一定要记住
不论这世界怎样待我
我都会以善敬之
这是我一生唯一做对的事
希望你把它继续做下去

是的　就是此刻
2016.9.3

预防性谎言

最近与母亲聊天
总是有意无意说到
现在的医学发展得真快
我的某个同学
连癌症都治好了

有时　我也会和母亲说
人总是会死的
外公不到50岁就去世了
就算他能活到80岁
现在也早已不在了

甚至有一次
我还和母亲说
凡是能走在儿女前面的老人
都是有福的
世上还有很多不幸的父母
是白发人送黑发人

我是越来越担心
我们已骗不了母亲
她就要悟到
自己的病情了
2016.8.28

可以发光的

汉字
2016.5.7

恐惧

像一只独自亢奋的蝙蝠
在火中飞舞　我一次次地试验
抽走这些药片
我看见自己的意志
始终在黑夜与白昼的屋檐上穿行
而身体像一部就要散架的战车
敢不敢再坚持一分钟！

而一分钟后我将看见什么
自己的碎片？
2016.7.29

发光的汉字

我习惯
在黑夜里写诗
所以只使用那些

等太阳降下来（10首）

起子

记忆中的一个游泳池

那年冬天特别冷
天还没亮
我就从城东
赶到城西的体育馆
顺着台阶
走下放空了水的
游泳池
和很多男孩一起
排成方阵
练武术
太阳出来时
首先照亮游泳池的一条边
我们依然站在

游泳池底部
在大片冰冷的阴影中
仿佛站在水底
扎着马步

清晨

她站在我的车旁
在我准备开车的时候
求我载她去上班
但她看起来已经老得
无法在任何地方上班了
她反复叫我

另一个人的姓名
在我多次解释无果之后
我确定她是一个
老年痴呆症患者
然后我看到她
手上提着的塑料袋
里面是一盒豆腐
和一把青菜
我突然意识到
她出门去买菜时
还是清醒的

皮肤科

服装的另一个作用
是掩藏病体
一个个静坐在候诊室
像是在候车
玩手机
发呆
只有自己心里清楚
多么希望用自己的指甲
在红肿处狠狠抓一下
此处才是众生平等
皮肤科诊室中
男医生一边套上橡胶手套
一边转头问
来治疗外阴湿疹的那位女士的丈夫
介意让她脱了裤子给我看一下吗
那位男士非常肯定地回答
"当然不介意！"

盲道

我走在盲道上
假装闭着眼
跟着凸起的地砖走
走着走着
盲道消失了
前面是一个十字路口
我想也许这是一个广场

穿过马路
我继续踩着盲道走
盲道笔直
一直通到一条河边
被护栏截断
我走过去扶着护栏
看着流淌的河水
心想
也许这是一个幼儿园

死刑

一个死囚
自杀未遂
被救活了
从医院出来
他又被押回监狱
几天后
他被实施了死刑

当时速超过一百公里，我就变得虔诚起来

雨雪开始下了起来

我开车在高速公路往回赶
在公路的隔离带中间
又一次看到了他——
一个劣质的雕塑
那个被制造出来的交警
笔直地站着
我记不清他在这里站了多久了
每一次路过这里
都能看到他保持着肃立
我一直不清楚
他是什么材料造的
日复一日站着也不褪色
他穿着国家的制服
却不领取俸禄
他有着人的模样
却不用赶着回家过年
他像教堂里的基督那样安静
当我后面的一辆车子
以极快的速度从边上超车上来
又瞬间消失在前方
他的确也像基督那样
原谅了那个司机
他甚至原谅了雨雪在他身上
结起了冰

等太阳降下来

下午
我坐在讲台前监考
其实我并没有
看下面坐着的学生
而是一直在看
窗外的太阳
我等它慢慢降下来
降到和我平行

它就从窗户外照进来
照在我身上
给我涂上一层金黄色
这就到了收卷的时候
孩子们
我祝愿你们
前程似锦
但是
现在都给我停笔

世界地球日

校园里去年栽的
凌霄花
和我家阳台上
种了多年的凌霄花
在同一天抽出新叶
叶子又以同样的速度
长大
我感慨
植物和人就是不一样
大自然有自己的秘密
但我马上又收回这句话
今天在我的朋友圈
甘肃诗人颜小鲁
发了几张
女儿参加成人礼的照片
他说"女儿长大了"
几分钟后
我认识的一个
在浙江做生意的小老板
也发了儿子的成年礼
这一天
他的儿子也同时长大了

多年前的某个下午我在一个女孩面前耍酷

那时我刚学会抽烟
我把抽剩的烟头
往窗户外一弹
却被一根窗户栅栏
反弹了回来
这是不到十分之一的概率
我从地上捡起烟头
再次向外弹去
烟头却再一次被栅栏
弹回来
这已经不是概率问题了
这简直就是命

后来她问我
"身子变小的同时
声音会不会也变轻？"
我说
"也许会的"
但我的回答
她已经听不到了

捉迷藏

我们躺在床上
手拉着手
想好一个藏身地方
我就说"好了"
然后她就开始猜
我会想要躲在哪里
等她猜中之后
我就想下一个地方
让她继续猜
家里能藏人的地方
我都藏了一遍
最后她都猜到了
为了有更多的地方
能藏下我的身体
我决定把自己
想象得小一点
更小一点

1972：黄昏未名湖（7首）

任洪渊

1972：黄昏未名湖

红卫兵甚至改变了太阳的名字
只剩下这一湖未名的水，未名的涟漪
我来守候湖上一个无人称的黄昏
直到暮色，从湖心沉落塔影和我的面影

在看不见面容的时候，面对自己
一个逃离不出自己的人
不敢失踪不敢隐形不敢匿名
尤其不敢拒绝和放弃

我侧身走过同代人的身边
半遮蔽自己的面貌和身姿
畏惧自己嘴角的轻蔑，眉间的怀疑

畏惧哪怕一瞬稍纵的高傲眼神

守候在湖上，一双映出我的眼睛
一双眸子的颜色改变天色的眼睛
那是红卫兵不能红变的眼色
那是两湖未名的夜光，未名的晨曦

是爱的绝对命令，她
以身体的语法和身体的词法
给我的名词第一次命名
动词第一推动，形容词第一次形容

在禁地外，禁锢外，禁忌外
她是不容许被改写的天传文本
红卫兵的名词无名，动词不动

形容词失去形容，失尽形容

湖上，洞庭波远潇湘水长
娥皇，女英，是神
巫山云，雾，雨的瑶姬
和洛水流韵的宓妃，是半神

隐舟在五湖烟波，西施
多一半是个体之上的家和国
一切从她的眼睛，波去，雨去，烟去
她第一个是人间，个人的

自己给出自己生命意义的
我又多么愿意长映在她清莹的眼里
从我天骄的风姿，风华，风仪
到天成的人格，天纵锋芒的词语
红卫兵以红太阳的名义
却走不近一泓照人的湖水
我守住满湖未名的涟漪，和她
等待我命名的眼波，守住自己

一稿　1972
二稿　2012

最后的月亮

就在这一夜
阿波罗　一步
最后的月亮　落在我东方黑色的眼睛里

失去了　一块逃亡的
　　圆
我的白天都在黯淡
唯留下这个月夜　最后的

比沉在唐诗宋词里的
许多　月
还要　白

月痕　穿透数不清的
黑夜　一条银色的线
缀满一代一代
圆圆缺缺的　仰望
突然断落在我的夜里
除了一轮月影　最后的
都已散失
甚至找不到一枝
桂叶　桂花　桂子

几千年　地球已经太重
承受我的头脑
还需要另一片土地
头上的幻想踩成现实　承受脚
我的头该靠在哪里
人们望掉了一角天空
我来走一块多余大陆

此后
由我去穿过一个又一个夜吧
我有最后的月亮

一稿　1973
二稿　1985

黑陶罐里清莹的希望

又是洪水。混浊的泛滥
只有你的眼睛
我最早的黑陶罐

存下的一汪清莹
　我和你相对

大火不熄。书籍和画卷
焚烧着你美丽的影子
你笑了，蒙娜丽莎的笑
才没有在唇边枯萎，没有成灰
　　我和你相对

不知是第几次崩溃。我不再担心
罗丹的《思》也被打碎
有你梦幻的额角，白色的大理石
都会俯下冥想的头，倾听
　　我和你相对

有过洪水。大火。崩溃
一个由你眼睛完成的形象
在你的眸子里，我看见了自己
黑陶罐里清莹的希望
　　我和你相对

1976

巫溪少女

巫山巫峡旁的大宁河谷也有一尊守望成石头
的少女像。

从一座座沉默的山后走出
你站在这里。热切得
连你脚下的山也漂动成
起帆的船

不，你不再是一个石化的少女

一个已经够了。你不再是
瑶姬的姐妹，守望
再继续一次千年的梦幻
望夫石
神女峰
阿诗玛的黑色石林
再一个冰冷在石头上的期待和呼唤？

你是我的发现。像她
天藏魅惑的人体宣言
第一次，你的肢体语言叫出了你
叫住了我，在巫山云的外面雾的外面
是名词也是动词和形容词
移位着，变形着，转义着
那些蒙羞的负罪的无邪到无耻的词语
那些不可及物的不可捉摸的词语
一个世纪的凝望需要你的眼神
一个世纪的惊疑需要你的眉间
一个世纪未名的表情
需要在你的脸上书写
一个世纪的声音和语言
需要问答在你的唇边
一代同龄少男的青春需要等你
　出现在开遍鸽子花的地平线

遮断了一声悠长的回应
遮住了远方一个一个迷离的观点
你走在王府井和南京路，燕园和清华园
作为我的纪念碑，代表今天

一稿 1982.6.30 巫溪舟中
二稿 1988

她，永远十八岁

　　她
十八年的周期
最美丽的圆
太阳下太阳外的轨迹都黯淡
如果这个圆再大一点　爱情都老了
再小　男子汉又还没有长大
准备为她打一场古典战争的
男子汉　还没有长大

长大
力　血　性和诗
当这个圆满了的时候
　　二百一十六轮　满月
　　同时升起
地平线弯曲　火山　海的潮汐
神秘的引力场　十八年
历史都会又一次青春的冲动
　　红楼梦里的梦
　　还要迷乱一次
　　桃花扇上的桃花
　　还要缤纷一次

圆的十八年　旋转
圆了泪滴　眸子　笑靥
圆到月月自圆
　　月月同圆
月圆着她　她圆着月
一重圆弥散一重圆　变形一重圆
　　圆内圆外的圆
阳光老去　陈旧的天空塌陷

旋转　在圆与圆之间

年岁上升到雪线之上的　智慧
因太高太冷　而冻结
因不能融化为河流的热情　而痛苦
等着雪崩
美丽的圆又满了
二百一十六轮　满月
同时升起

一稿 1985
二稿 1988

虞姬

推到十二座金人，
　力静止在她的曲线

她轻轻举起古战场
　　　在巨鹿
　　　在鸿门
　　　在垓下
钢铁与青铜的击杀
婉啭在她的喉间　一支歌里

沉船　不过
背后死亡的河
她是岸　漂移的岸
　　不能抵达
是不过江东的
　　江南
不收埋头颅盔甲战马
只种下两行泪
年年开杏花

水的焦渴　燃烧

大火　寒冷得三月不灭

假如不是最早的焦渴

怎么会最先成为水

在没有水的世界

雪

落满赤道

崩溃的回声滚过月边

推倒了十二座金人

力　全部静止

在她的曲线

一稿 1987

二稿 1994

第三个眼神

太阳　眼睛

第一个旭日，2000

太阳，眼睛，眼睛，太阳

眼睛与眼睛连成一条日出的地平线

所有语言的太阳，Sun, Soleil, Солнце

叫响一个黎明

太阳在人的眼睛里反观自己

何等夺目，人的眼睛

反观自己看见太阳的眼神吗？

一天24小时日出

什么也不曾开始

一切，都已经发生已经命名

还是那个太阳，还是那个地球轨道

还是同一个主语，还是

我们，你们，和他们

纽约

无数双惊恐的眼睛顷刻塌陷一角天空

一角天空顷刻嵌满无数双惊恐的眼神

那些引爆自己生命的绝世目光

熄灭了，连太阳也来不及捕捉

因为死亡从来不转过身

那是怎样的最后一瞥？投出时

已成灰烬，它看见过我们

我们却永远看不见它湮灭的一瞬

像是阳光隐藏的永久的秘密

像是旷世未明的暗物质

我从自己的胸膛，听到那声撼动

天边的回响，有多少胸膛就有多少回响

恐龙灭绝的外星撞击余响

掩埋庞贝古城的地下板块撞击余响

广岛长崎废墟的原子裂变撞击余响

第一次人体直接的撞击

纽约撞击回响

别斯兰撞击回响

伦敦撞击回响

沙姆沙依赫撞击回响

回响撞响回响，没有一响是余响

太阳望着每一双眼睛

太阳寻找第三个眼神

我是什么眼神？问太阳还是问眼睛？

眼睛　眼睛

太阳白热的，凋谢的阳

光，自己看不见的照映

长河幽冷的，流逝的水

波，看不见自己的映照

为了最初的一瞥，水里的火焰
闪动，铁为水，阳光与金石为水

血开始流了，泪也开始流了
她的红潮，他的白浪，她和他寻找的

眼睛，白昼洞开的黑夜
黑夜洞明的白昼，眼睛

早已不再是火，闪耀的目
光，自己看见了的照映

早已不再是水，流盼的眼
波，看见了自己的映照

看——见，同时看见了看与见
看见了看的主语与见的宾语

见，为看，赋形，显影
看，为见，定义，命名

我看见了我的天地，叫出了我的天地
我的天地看见了我，叫出了我

我的身体与天地一体，同体延伸
天地的边际就是我肌肤的边际

万物在我的脸上寻找它的表情
在我的肢体寻找它的姿态

依旧是目光，但是含着笑意的
眼神，从愉，从悦，到狂喜

依旧是眼波，但是穿过泪水的

眼神，从哀，从凄，到悲绝

那是可以凝眸凝视的眼神
可以出离日光，出离星晖和月色

那是可以反观反顾的眼神
可以背对日晦，背对星陨和月缺

从地上长埋骨骸的坟茔
到天际长望而望不尽的眼睛

比极光，比赤道雷电更烨晔
又一双童年的瞳仁，又一双青春的憧憬

时间的零度，从眨眼重新开始
不再初始的时间，老了，死了

空间的零度，在眼睫重新展开
不再延展的空间，崩溃了，坠落了

只要有一双眼睛在闪烁
就不曾有逝者，逝者的目光

千年的瞩望，千年的回眸
在孤独的眼内，一瞬一瞥

因为看见的看不见，盲目
因为看不见的看见，极目

是火也是水，目光，目光
回到火，长河流转的太阳

是水也是火，眼波，眼波
回到水，太阳运转的长河

眼睛 太阳

而太阳等来莫奈的早晨
改变了太阳下的颜色，甚至阳光
因为他改变了自己的眼睛

而雷诺阿的眼睛，返照女性人体
阳光流艳的华丽与华贵
那性感的光谱，色韵的音阶

而梵高的眼睛环顾成近日的赤道
不在他人的光下也就不在他人的影下
孤独，他是自己日出本土的浮世绘

他的14朵向日葵，不能再多一朵
明丽得遮蔽几代人的太阳和眼睛
他怒潮到涨破天空的星夜
幽蓝的旋转，喧嚣，碰击
渴求着撞沉今宵的喜悦
他最后的麦地也不近黄昏

抗拒怒卷的暗云，麦芒与光芒一色
浓墨乱点的鸦群，仿佛太阳黑子
自焚自明的黑色的火炬

而曼德尔斯塔姆的黑夜太长了
眼睛，望不穿黑夜的星辰
一双双落进了黑夜，加深了黑夜

嵌在黑夜边上，眼眶延展黑夜的边界
面对生命的毁灭，他们悲悼
教堂白银祭器的词语，白雪

而一个世纪留下最多的
坟墓，纪念碑，亡灵牌位
任何人也不能减去哪怕一个死亡符号

跨过世纪，从渐渐下沉的地带
高高低低，挣扎出2711座铅灰色墓碑
支撑坍塌在眼睛里的天空和土地

而有多少破裂的眼睛就有多少破碎的太阳
在破裂的眼睛后面，没有谁在看
在破碎的太阳前面，不在看什么

衰变了，在多孔多瞳多影的眼睛里
太阳碎片，太阳下的变形、错位与倒置
我是什么眼神？问太阳还是问眼睛？

2001一稿
2011二稿

终于到来的安静（9首）

唐欣

香港

在维多利亚海岸深蓝色的
海浪后面他正在默默地
眺望着对面的太平山
却被一位传教的女士
缠住了在如同外交官一样
友好的谈话中他接受了
两本小册子同时也客气地
纠正了她的几处小错
对方问你是大学毕业吗
他回答我就是教大学的
怪不得原来是教书先生哦
那么你是不会信教的喽

祖国

一个山东人和一个陕西人
是我的祖父和祖母
而一个西安人和一个重庆人
是我的父亲和母亲

我自己娶了一个天津人和
一个南京人所生的女儿
而我们俩的女儿生于兰州
在北京读完中学

又去了成都上大学 至于
以后她的丈夫将来自
何方孩子在哪儿出生

现在我还一点都不知道

童年

我们正排队通过广场
小朋友们，手拉着手
就在这时，我的裤子松了
我怎么也系不上
左边的小女孩，尖着嗓门
冲我发火，而右边的男孩
索性丢开我，我满头大汗
没人来救我
我甚至哭不出声
站在那儿，光着脑袋
太阳照着，当时我六岁
以后我再也没能
摆脱这种
绝望的心情

雨天和蛇

八九岁时就见过一点世面
在假期一个大雨的午后
他的同学　一个医生的儿子
请他欣赏医学书上可怕的照片

另一个礼拜天他目睹了杀鸡
行刑者动作熟练　刀子锋利
他注意到　隔了一会儿　窗台上
碗装的鸡血已经变黑

那本小说似乎涉及到某种秘密

可惜含糊其辞　语焉不详
没有关系　他在脑子里想象
并补充了全部的细节

一个夏天的晚上他正在洗脸
后脑勺突然感到莫名的寒光
扭头一看　报纸糊的顶棚上
一个窟窿里　果然　一条蛇
正伸出头来凝视着他

与天真的人擦肩而过

哦　这样的呀
她瞪大了眼睛
甚至张大了嘴
她真的有这么傻么

身为教师　还真难判断
她的语文　究竟算是好
还是不好　她的信里
有太多的省略号

她邀请他同去图书馆
这里面还有别的意思吗
可是他既没有前去赴约
也没做任何答复

知道她再不会来信
但他每周还是照例
打开空空的信箱
以确认奇迹没有发生

北平的春天

西北风卷起了漫天沙土
历史学教授钱穆　坐上
西直门出发的人力车
前往海淀　他一边裹紧
围巾　一边感叹　好爽啊
当然　拉车的骆驼祥子
多半不会同意　但他
什么话也没有说

兰州之夜，有朋自远方来

白塔在我们头顶
岁月镀上的颜色　无法形容
黄河在夜色里消隐
等我们安静　水声行进
隔着这道河流
尘世间万家灯火
寺院里一派昏暝
我们刚好把这一切俯瞰
而星空在上　又把我们俯瞰
好久不见　我们有许多话要说
而晚风吹拂　空气湿润
泥土　青草　蚊蝇　更多的种种
也在显示各自的生命
不时　钟声响起
难以模仿的低音
是对我们深表赞同
抑或　是示意我们停顿
于是　我们也就停顿了

穿制服的少女

虽然并没有受到邀请
但他偶尔也得上这儿来
跟城堡里的人　告个状之类的
他的杂志上　老是有黑的指纹
或出现莫名的折痕　他声称
在他持续多年的订阅史上
从未有过　甚至　他强调说
即使以前在西北　也不曾
碰到　好啊　他居然斗胆
找茬到伟大的首都来了
这次国家的代表是
一位穿着制服　可爱的少女
微笑着听完他的申诉
然后赠给他三个字
您真逗

采购员与香烟

1972年　在一列火车上
有位采购员看见为外宾
准备的临时柜台　他好奇地
打听其中一种香烟的价格
旁边有个外国人笑了一下
大概是猜测他买不起吧
又或许是同情　谁知道呢
这个人的心被深深刺痛了
谁也不能小瞧中国人　不能
他毫不犹豫地掏钱买了一包
用的是相当于他几个月的工资
（正好他带着公款　先挪用了）
但他和他的家庭　接下来的日子
该怎么过呀　他含着泪点着烟
满车厢飘起莫名的香味儿

一块红布（8首）

苇欢

辩论

你说：
光是一切存在事物的显影剂
比如
立竿见影
立猫狗见影
立鸟兽见影
立亭梁见影
立车马见影

我说：
立你
立我
爱不见影

恨也不见影

声音

我喜欢夜晚，
因为在白天消失的每个声音
都回来了。
门外，有人把伞折起
爬上楼梯。
邻居家的门铃
有时响起。
猫的狂叫刮过窗玻璃。
冰箱嗡嗡不断。

我倒了一些凉茶，它们汩汩地
从塑料瓶里流出。
闹钟在床边嘀嗒。
我俯下身，感到她的嗓子里
有痰。
屋顶外，星星和植物
静悄悄地长。
我侧躺下来，听见
一个乳房轻轻搭在
另一个上面。

第一句话

大雨
她没带伞
拎着两个沉甸甸的塑料袋
站在超市门口
等了很久
没有来电
她冒雨上了公交
湿着头发进屋
撂下袋子
在窗边看了会儿雨

有半个月了
她在计算
没有话，也没有
任何接触
包括眼神上的

那天夜里
他爬上床
扒下她的衣服
半个月了

她听到的第一句话是
"你真像个婊子"

拾荒者

一个拾荒的男人
最后拾回的
是太阳
在他裸露的双肩煅烧的
两块铜甲

闫永敏是个好诗人

闫永敏
买了一架旧古筝
但她不太会弹
也不准备学
那你买它做什么
我好奇地问她
　"就放那儿
没事看一看
夜深人静时
能听见
人的回音"

在白鲸馆

一头雌鲸
游近了
她周身遍布的疤痕

让我想起小时候
沿着石灰墙走
指甲在墙上划出的浅沟
隔着厚厚的池壁
她直立起来，于是
我们的目光
与她巨大的生殖器
相遇
如此坦白、湿润
的阴户
用每道光洁的沟褶
向男人们展示了雌性之美
他们中间不少人开始喝彩
并暂时忘记
这是一个他们随时都会挂在嘴边不断羞辱
的器官

殖民地

嘈杂的街上，她掐了电话
耳边响起
那个名校毕业的理工男
曾对她说过的话

"你以为你比得过飞机吗"
"你以为我不知道你写的什么玩意儿吗"
"除了生孩子，你有别的用吗"

像电影独白突然被扩音
整条街道瞬间归于沉寂

他在她的身体里拓荒多年
像一块经历过反复抵抗与暴动的
殖民地一样

她独立了
黄昏的落日下，她坚信
全世界殖民地
必得解放

旅程

G546列车上
11C在看李未央
11D在看大玉儿
10C的小女孩
和10D的小女孩
比赛背古诗
背到"明月几时有"
10D没接上
10C拿出溜溜球
和10D一起玩
玩到一半
10C一本正经地告诉10D
我妈妈是个诗人
10D愣住了
10F的妈妈笑得很小声
大概过了5秒
9B的男人
笑得很大声

灾难的预感（9首）

吴雨伦

鼓楼西剧场的咖啡馆

咖啡馆的周围摆满书架
空中有圆形的吊灯
背景是爵士音乐
吧台小哥在擦拭酒杯
菜单上写着

"如果我是女人，
我会将咖啡涂在身上，
而非香水。"
杜鲁门的名言

这时楼上传来声嘶力竭的嚎叫
"图波斯基！"

伴随着摔倒的巨响
所有人都抬起头望了望天花板
和微微摇晃的吊灯

只有吧台的人仍在擦拭酒杯
二楼是鼓楼西的排练厅
墙上贴着他们的海报
一个即将演出的
关于杀人犯的话剧

时间静止的时刻

时间静止的时刻

是在

大风吹走一切颗粒

真空般的夜晚

我拿着一盒比利时巧克力

穿过街道

突然

盒子被摇开

那些被糖纸包裹着

的家伙们散落在地

路灯下

反射着五颜六色的光

如同一堆迸溅而出的炭火

在真空的夜晚

一位老人

他是一位动物学家

一开始，他是士兵

十五岁那年他谎报年龄，加入共和国的军队

至今他的年龄仍是个谜

他到越南抗击法国佬

那时战争不断

在奠边府他被大炮震伤了耳朵

虽然他们最终取得胜利

后来他成了科研工作者

穿过秦岭，爬上高原

研究共和国牦牛的生长以及麝鹿的性生活

和美帝国主义的同行们共同穿越阿拉斯加冰
架

尽管他现在甚至忘了北极到底是海洋还是陆
地

老年他被共和国的骗子们骗走了全部家产

真是遗憾，他现在怀疑警察

在一家咖啡馆的墙壁上看到的电影海报

罗马

被写在一个女人的裙摆上

顶天立地的健壮女人

脸颊泛红

双手插腰

黑色上衣

身材占满整张海报

只露出一点暗红色的天空

和黑色的云

眼睛装下整个意大利

导演把名字写在她的胸上

完美感觉

我不听贝多芬

不听莫扎特

不听巴赫

不听这帮纳粹祖宗们

吹笛拉琴

男高音女高音

唱那像是下水道里传出的

我永远听不懂的语言

直到一天晚上

寒冷驾到

大风擦着窗口嘶吼

恐怖如野兽般降临

我把维也纳人装进耳机

隔绝世界，入梦

噩梦惊醒

夜里，没有风声

耳机在床头，发出微弱的声音
是莫扎特的独奏
在黑暗中
像个小精灵
自由的鼾声

灾难的预感

起飞前
经过飞机头等舱
看到座位上
一位西装革履的中年男子
拿出即将关机的手机
打开股票账户

飞机摇摇晃晃地飞过华北大地

无题

我要像赞美人民一样
赞美人民的高铁火车头

在大雪降临
漆黑
极寒之夜里
从远处驶来
巨大轰鸣
像一头被点燃的
发情的公牛
愤怒叫喊

梦中的死海

离开死海前
为了留作纪念
我打算装走一点死海水
碰巧没有别的容器
只好用一个可乐瓶

在梦中
我再次回到死海
高大的浅黄色岩石山
布满白色盐块的海岸
气泡冲上碧蓝色的海水
阳光下
泛着淡淡可乐味的清香

一个悲惨的故事

　一个小孩儿在海边堆出了颐和园，温莎堡，
克里姆林宫，埃菲尔铁塔，木乃伊的金字塔
以及玛雅人砍人用的金字塔
海风吹拂着
在阳光下它们金碧辉煌

涨潮时，人类文明惨遭毁灭

暴力地蹉跎（10首）

旋覆

河南坠子

南京一条小街
有个河南人
弹唱着河南坠子
不是隆冬，秋天早过去了
像他的年龄
没有月亮，路灯也很远
他的声音杂着护袖的摩擦
路上没人
这季节也没有雨雪
离睡觉还有段要捱的时间
盆里的硬币也还少
他的小生意像经营丧葬
他唱的

就是人们干了什么
说了什么
但听下来
就是人们是如何熬过冬天的

暴力地蹉跎

有一天我感觉
一个黑色湖泊
在世界的皑皑白雪之中

又有一天我感觉
一片白的雪原

高高的
在漆黑的人世上

还有一天
浓雾升起来
我看不见你，你看不见我
我感到一棵树
它的千万片叶子静止不动
但有一片在猛烈喧哗

路边醉酒的女人

这是不常遇见的
路边醉酒的女人
像风里的草叶
黑暗使她浮在空中
并且眉眼发亮
她还呼出湿乎乎的香味
多么滑稽
她肯定不知道她的姿态
听到自己的喘息她以为是一条狗
可当她谨慎地四望
却原来是底下的裙裾一扫而过
这是一个多么可耻的女人啊
扑上自己的影子要去吻它
她疯了
疯了的女人折进了深巷子
看到她的人以为她在走回家
但看啊
她走进阴影多像走进坟墓

囚犯在监狱里喝醉了

囚犯在监狱里喝醉了
星星、绿叶如在眼前
他早就不再想报复
他的思想就能捣毁世界
这时他伸着手臂划动
喊出的咿啊
仿佛是森林砍光后来的风
监狱算什么
他的痛苦没人理解
他也隔绝了语言
然后他上床
暴躁地闭眼
只有临睡的那短短一刻
他重新富有人性
做回我的爱人

更快地跑掉

"傻不，女的咋能不生孩子呢"
街边的女疯子把每个
路过的女孩当作访问者
一边说一边捧起乳房
咬伤自己的乳头
因为流血
还解开腰带
在一街人面前拨开黑色的毛
细细检查

那样彻底得女疯子
那样彻底地让人们害怕她
却并不影响
她在看到那个脱光了的男疯子之后

比正常人更响地
尖叫
更快地
捂着脸跑掉

2月28

青岛回来
做梦一般
常常误以为有海

树梢、广场一角、高架桥……
这一年一仰头一转头
海

甚至电视和茶几之间、沙发下
水广阔，晃动

走在回定山寺的路上
我想到了这件事
并想试试吧
山的左侧
立刻有了一座远海
濛濛斜通向天边

我闻到了海腥味，这是真的
跟总督府前那段一样

我命令它消失
第一次
它消失了
——尽管感人，但这太过了
海，天知道我寄托了什么？！

喊月

"是你吗"
躺在长途车上，我们重逢
它朦胧、小、矮
甚至有点可怜
再望出去
我开始敬重它——夜空极大
它要一条钢丝走到太阳升
而我
我知道，我已无时不在"流放"中
我将常常眷恋地
喊它
对它伸出手

哀求

我喜欢恶的诗
喜欢善中取恶的诗

就好像为冬天而来的海水
翻滚着
在光照下
愤怒　痛苦而焦灼

就好像它们翻滚着
被光照着表面
被光盖着底下
一个浪在哀求另一个

就好像我在哀求着恶
恶在哀求着诗歌

不够痛苦

来到你面前
我怕我不懂时蔬
怕我取出第一张抽纸时太笨拙
怕我已经非常男性化
但我最怕我不够痛苦
怕我不能跟你讲嘉宝散步18年没接过电话
讲杜甫一生的飘零，总是在子夜出门
讲蝗灾之年苏轼曾沿城边哭边捡拾被弃的婴
　　儿
我看看带着云的天
站着一只鸭子的地
怕自己的痛苦就要被吸走
它本是我随身的桌子也供你俯身
大桌子，才轻松
我注意到它的形成处
我得靠不断加深的痛苦令自己每天都是新的
至少有点新气味
当时间泥泞地插进空间
是痛苦把我烘干
这样：为光阴注释出光阴的气味
我的痛苦还经受着来自佛教的打击，四分五
　　裂了
但又老练地合在一起
这么老练，只是因为我不够痛苦
那我怎么唱一首好歌给你
但我的痛苦还是什么都没在磨的石磨
是被鸟喝过了一口水的湖面
在你写一首无痛的诗时你一跃就要写出恬静
　　的永恒
我的痛苦这时会袭到你的身旁，但仅是团雾
　　而已

声音

洗澡时，我又听到了哀声
可能来自下水管
可每次都是哀声

是一位老人的
是很穷的垂死的农民
关于湿柴烧不起来，关于那只羊跑了
低低地，带着莫名的恳求
我听了又听
他说的没有一件是关于人的

睡觉前，还有一种声音
……应该是蟋蟀
从一根葱叶里
像一个傻子的嘲讽
对着人间
没有第二句，也绝无支吾
兹兹　兹兹
还是兹兹

某些时刻（10首）

闫永敏

吹

第二次出院那天
母亲的伤口已长好
医生给她拆掉绷带和纱布
她开心地穿上胸罩
在切掉的左乳房那里
塞了一团卫生纸
问我能不能看出来是假的
我认真地看了看
告诉她跟真的一样

邻床的中年女病人
看着穿戴整齐的母亲
轻抚着自己空掉的右胸

发愁以后怎么办
她丈夫总是笑眯眯的
出主意说
你可以塞个气球
等回家了我就买气球练习吹
你想要多大的
我就吹多大的

我想有男朋友的时候

不是做了饭吃不完的时候
不是一个人看电影的时候
不是搬不动重物的时候

不是被妈妈催婚的时候
不是独自去医院看病的时候
不是抱着自己睡不着的时候
当我穿连衣裙或者脱下
后背的拉链拉到一半拉不动了
我想要是有个男朋友也不错
早上他把我的拉链拉好
夜里他把我的拉链拉开

牛奶点滴

医院小花园
一盒牛奶
躺在
花坛边沿
吸管
一滴一滴
往月季花叶子上
滴着牛奶

表弟的命

表弟在工地打工
攒下十几万
被女朋友骗走
他辞工
追到女朋友的家乡
自杀
家人认为他死得不值
要是死在工地就好了

看见楼顶的人

又在单位的联络表上
看到王主任的名字
想起最后一次和他说话的情形
当时他带着施工队修补楼顶
我好奇楼顶的样子，爬上去瞧
他们正在铺油毡

王主任指着周围的高楼对我说
"这些楼看着挺好
其实好些都坏了楼顶
下面的人看不见"
三天后，他突然离世
再过两年，他就该退休了

左眼跳财，右眼跳灾

这几天
右眼皮总是跳
想到那句话，惊惶不定
刚才它又开始跳了
我使劲按住，只用左眼看
我发现人啊树啊高楼
还有天空
都少了一半儿

某些时刻

坐在屋檐下看雪落
我也是雪
雪落在我身上

我也落在雪身上
我们是一块地毯
盖住这个院子
当需要融化时
我发现我融不掉

无题

晚上7点多
小区里的那户人家
开始送葬
领路人在前面喊
"不要回头
不要回头"
他们经过停车场
一辆车在喊
"倒车请注意
倒车请注意"

中国家庭

好友下楼来接我
拿出两百块钱
"一会儿你见到琪琪
把这个当作见面礼送给她
一定要在我婆婆在场的时候"
我说已备好红包
好友叮嘱
"你代表的是我"
见到了她的婆婆和丈夫
还有两岁的琪琪
我拿出红包

好友放在琪琪手里
琪琪盯着我晃动红包
然后向好友的婆婆伸出胳膊
"奶奶抱"
"啪"一声
把红包摔在地上
这个一千块的红包
借着地板的光滑
滑进沙发下面

别人家的家属

祖母住院时
最不想看到的人是祖父
我们劝祖父别到医院来
祖父不听
他为了不让祖母看到他
就坐到其他病床旁边
常常被当作别人家的家属

我喜欢摸你脉搏跳动的地方（4首）

黑亮

我喜欢摸你脉搏跳动的地方

我喜欢摸你脉搏跳动的地方
你活着的迹象如此清晰
上一次我骑在你身上
牢牢地按住那个地方
你看着我像在说：你看着办吧
我酷爱你的坚硬
也沉迷不语
姑且认为这都是死亡的前兆
我一定要在淘宝订购一只保险柜
装满我们的刑具
遗书和你的婚戒
黄金做的戒指上
有时有阵雨

从前

从前我读了那么多书
好像余生撕张纸都可以当烟抽
从前我爱过那么多人
好像下辈子一出世
就该剃度
我把你下到一杯奶里
你溺死在我的过去
我们合谋毁了我的第一段婚姻
在长长的走道尽头
有一扇窗
我看到你的车停在雪堆里
街灯冰凉而坚硬
你让我把最后一件行李送下去

次日凌晨
你让我在雪中
含住你冻僵的指头

乡政府所在地

睡不着
我用我的右手想你
你是石榴的籽
安静，猩红
你以石榴的本分
石榴的鲜活
俯看着我
关上镇上新装的玻璃窗
我想更专注一点
再想你一遍

火烫到舌头

我们坐在床上
一把刀悬在头顶
这个切片一旦切下
没有人知道之前或者之后
到底发生了什么
头顶哪有青天和星空
只有绵延不绝的死的机会
而死，应该发生在
两个人之间

我从不想要那些我不曾拥有的（4首）

Mohan

我从不想要那些我不曾拥有的

外面的东西我一件也不想要
我想要的，我已经全部拥有
它们一件件摆在我的书桌上
跟我有一个手掌的距离

我从不想要那些我不曾拥有过的
而我此刻所欲求的全部
为什么正出现在我的面前，不多也不少
像嘴唇刚刚碰到的水面
它们的意外出现
是别人生命里犯下的一件件失误
和湖水里隐去的白雪

爱情

今天，我已经很老了
比昨天更老。
早晨起来绕着一匹白马
勉强走了几下，曾经只有我能骑它。
这么多年，它只吃草不吃粮
摘下它的马鞍
像摘下它的器官。

早晨正在离去，用帷幕滑落的速度。
所有的墓碑都不翼而飞，
直到白马出现在晨光的尽头。
它晃动老去的脖颈，睫毛低垂

它称呼我为兄弟。
多年以前的那个早晨
果园里满是芬芳。
我们曾一起辨认，一场即将来临的暴雨。

因为

因为我分辨不出雨和雨的差别
世界愤怒地消失了一个季节
春天开始大步流星地往后退
只给我留下十亩荒野

因我不了解父亲、母亲
不了解病床上发暗的祖母
他们就扭过头去，变成一簇利箭
没有射向我
只给我留下离弦的啵啵声

买完了

你将在八月爱上我毫无疑问
我将在四月遇见你毫无疑问
虽然整个春天
我没迈出房门

其实我已忍无可忍，一座五指山差点使我长出
　　一株枯草
刚才下楼买了两捆丝袜
也把夏天一下买完了

分手信（3首）

狮多

分手信

阁楼的红木箱子里
九百九十九封情书
整齐摆放
邮戳模糊，遥远

我们的婚姻
始于它
我们的爱情
止于它

如今
我准备逃离
一封分手信

也不留下

理想伴侣

一只女用震动棒
和一只男用训练器
在欢愉
我们端坐在桌旁
喝茶，写诗
享受此刻
不费吹灰之力

空想

在梦里，挺着大肚子
四处炫耀
我十月怀胎
马上生产天才
醒来前发现
胎儿从来没有动过
以后，也不会

婚姻生活（4首）

梅东陈

婚姻生活

男人，我们是两块海绵
吸了水就互黏
干了就不相干

两块海绵
在同一个洗碗池边缘
轮流枯竭
面对各自的黑夜

弟弟的黄金时代

每天早上都洗头

一条宽脚牛仔裤
挂在空调上吹干
WoW和QQ上的老婆
已经攒了五个
法师练到90级

夜里
穿上制服踏出房间
手电的光
穿过一排排桌椅橱柜

他走在
自己的丛林

茧

软体动物覆盖海底光缆
洋流追逐着航线
此刻有多少人
看到第一束阳光到达机翼
反射进云层

兢兢业业的卫星
吐出透明的丝芒

整个世界大声私语
造物者相继死去
又相继出生

等待伐木者

雨水
冲刷着红杉树
在它脚下
淌成红色的
溪流

终有一天
它将被一把电锯挑中
温顺地躺进车斗
敞开自己
整齐而干燥的切面
穿过整片
站立的树林

冷暴力（4首）

潼喜喜

冷暴力

灯和蜡烛全熄灭
窗户喷满黑色油漆
空调16度
冰箱打开
冲凉水澡
脚踩着干冰

同时要做的是
持续吃冰棍
嚼累了就直接吞

卧室里
一只企鹅躺在床土

不说一句

商店

我需要
原味薯片
一根充电线
以及
三分之一的伴侣

可买一送二大促销
总让人无法拒绝

算命

算命先生说
你要松一松
不能把他吓跑了

我拿起剪子给阴口来了一刀
以后的每一个晚上
他不再焦灼地盯着我，
汗水一滴一滴弄脏我的眉毛

无比乖顺地
躺在我身边
像永远也不会离开那样

斑

眼睛下面长出一些黑褐色的斑
起初是一块
不知过了多久
生出四块
直到
连成一小片

每每照镜子
它就赤裸裸地盯着我
新鲜旺盛的家伙
带着占领感

我暗自高兴
脸上的遗书
开头写着
敬请期待

这个时候是不是就该绝望了（3首）

梁梁

此时此刻

总应该有一样东西正在占有着你：
冰凉的内裤
卷毛的牙刷
制造静电的塑料梳子
热气烫嘴的汤
商场里没人试过的衣裳
干冷的空气，或
情人的嘴唇

但无论如何
你都不能占有自己

你永远是别人的

危险的，动荡的
别人的

一次聚会

一大堆诗人坐在一起
各自的场被小心翼翼地贴在身上
像夏天黑色吸光的遮阳伞
合上的时候
你才不会知道里面的图案是
九个半带籽儿的猕猴桃

当阳光过于强烈

或者在没有雨伞的雨天
遮阳伞　　默默被打开
承接正式的阳光
和带刺的雨水

晾干之后
再一次被合上

死

有些人不能听到"死"字
"自杀"两个字也不行
他们需要麻木的清醒
痛苦，异化成鞋底的横纹图案
踩在现实的尸体上
踩扁她的气管
踩进她的脂肪
也顺便把
生下的孩子踩大成人
就是怎么着
也踩不到自己

死是什么
它其实
只是一个
字

蓝蓝随笔小辑（5篇）

蓝蓝

我的老爹

一

前年，我妹夫送给我爹一本储藏量很大的电子书。里面有很多读物典籍，还有一些游戏。我爹很高兴，整日躲在屋里戴上老花镜读书。读累了，就开始找下棋的游戏。

我爹喜欢下象棋，小时候基本左邻右舍的人都不跟他下，因为下不过他。

因为这个，他有点得意，也有点失落。

有了这本电子书，老爹可有事干了。

今年暑假回家，我问他："你还下棋吗？"

老爹嘿嘿一笑，扬起手说："没意思，现在电脑下不过我，每盘我都能赢。"

弟弟证实老爹的话是真的，我很吃惊，不知道他是怎么做到的。

二

我的老爹不仅喜欢下棋，还喜欢读各种历史书。每次回家我问他带些什么，他都会说："你那里有二十四史吗？"或者，"《三言二拍》再给我捎一套吧。"

有时候，他会像对我小时候那样，问我："四书五经都是什么，你说说看。"抑或再给我讲几个民间故事。很多年来，我受父亲爱读书的影响，尤其是对中国古典文学，我承认读了很多外国书，但对中国古代典籍的确读得不是太多，所以老爹问我时，我心中常有惭愧的感觉。

老爹退休后，每日的生活极有规律。早晨五点起床，快步走四公里，回家吃早饭。上午买菜，回来后拎起小马扎，去"老头摊儿"见那些和他一样退休的老头儿们。据老爹介绍，小城里有两个"老头摊儿"，一个远一点，在老化肥厂那边，聚集在一起的老头儿们多是"知识分子"，例如退休的中学校长，老教师；另一个"老头摊儿"离我家比较近，在三角公园，聚集在一起的老头们比较少，多是退休干部，甚至还有退休的县委书记。

老爹喜欢和"知识分子"老头们在一起谈天说地，据我弟弟说，那里的很多"内幕消息"比报纸还快，不知道都是从哪里来的。从国家大事，到历史传说，他们谈论的内容无所不包。

有一次，老爹问一个退休校长："杜甫的诗里写了很多植物，桃花、杏花什么都有，唯独没有写过海棠。你知道是为什么吗？"

老校长摇摇头，其他的老头们也都不知道。

老爹看大家都沉默了，才慢悠悠说："因为杜甫的母亲叫海棠，为母亲大人讳，所以他没有写过海棠。这个你们都可以去查询考证。"

老爹告诉我这件事情的时候，脸上是孩子般的得意和狡黠。

三

记得读大学时放寒假回家，一大早和老爹去买菜。远远看见一个人朝我爹招手，我爹却装作没有看见。那人偏偏拐了弯，朝我们这边走过来。

"嗨！老胡！"他高声叫道。

我爹一副稀里糊涂的表情，鼻子里"哼"了一声，算是答应。

那人瞥了我一眼，悻悻地走了。

我认出他来，是当时的县委一个领导。

"人家跟你打招呼，你怎么爱理不理？"我埋怨道。

老爹的鼻子动了动，说："其实，他看不起我，我也看不起他，但是我先看不起他的。"

我大笑起来。

我爹说："跟你说，这人人品不咋地，欺上瞒下，不学无术。有一次县里开干部会，我和黄堃——就是你老黄叔在说话，有人喊赶快进来，要点名了！我跟你黄叔说，你不用怕，你的名字他不认得，你那个'堃'字他肯定不认识。果然，他就是没有点你黄叔的名。"

我笑得干脆直不起腰来。

"以后，黄堃经常不去开会，也没人说他。"我爹又说。

四

老爹没退休时，是一家工厂的负责人，我亲眼见到过他去打扫厕所，下大雪时一大早起来清扫马路。有一年他因高血压住院，傍晚时一辆大卡车开进医院，一车工人们来不及换下油渍麻拉的工作服，几十个人一窝蜂拥进了病房看望他，把医生吓了一跳，还以为发生了什么事。这件事，我颇为我的老爹自豪。

我曾亲眼见过我爹从歹徒手里把刀夺过来，三两下就制服了歹徒；也亲眼见过我爹半夜追赶盗贼，那时他已经年过半百。但很多人不知道，我爹，这位前装甲老兵，全军区最早几位凤毛麟角的驾驶技师（相当于那个行业的最高职称），从来不敢坐飞机，也大半生从没打过针吃过药。住院那几天，看见护士举起注射器，他居然吓得闭上了眼睛。

今年暑假回家，弟弟开车去火车站接我，跟我说，我爹现在早晨不快走了，弟弟改装了一辆二手赛车，给老爹买了一身大红的运动装，说是骑车的时候司机们都能看得显眼。

有一天早晨，弟弟去水库钓了一夜鱼，回来时看到一个小伙子把车骑得飞快，在上坡。近了定睛再看，是我老爹。

弟弟吓坏了，说："你骑得那么快干啥啊！"

老爹摆摆手，呼地就过去了。

"每天早晨，绕城一圈。"我爹挺胸抬头，对我说。

在家的那几天，我起床时，我爹已经骑车回家了，我娘也出门散步回来了，在家煮饭。

他们都想养好身体，健健康康的，每年假期等我们这些孩子回来。

他们心里想的是一定给孩子们一个完整无缺的家。

五

我爹今年74岁。他不愿意这么说，说自己75岁了。

问他为什么，他说反正民间都这么说，还煞有介事地补充道：迷信。

前两个月，我写了一条微博——

多年前看电视《三国演义》，屏幕上尸横遍野。孩子问："他们为什么打仗？"我回答："争江山。"在部队呆过二十多年的老爹淡淡地说："江山？江山就在那里，没见过谁能把它带走。他们想要别的东西。"我把我爹在楼前伺弄茄子、丝瓜、豆角、番茄……种菜的照片贴了上去。

没想到，一下子被很多人转发、评论。著名编剧、诗人邹静之先生写道："啊！江山最终是用来种菜的！"

物理学家李淼先生写道："所谓中国的经典，蓝蓝的老爸是哲学家！"

诗人陈先发写道："蓝蓝的老爸是菜园卧龙啊，这话说的！"

有个网友跟贴道："这句话可完全表达我对于战争、领土、主权等等一切事物的态度。"

这一切我爹都不知道。他不上网，不懂微博。

他只喜欢读书、下棋、骑车、种菜，和老头们在一起谈天说地。

有一次我问他："如果世界还有几个小时就要毁灭，您还想做点什么？"

我娘抢着说："你们赶快回家，要死我们一家人也得在一起！"

我爹正在下棋，慢悠悠地说："要是那会儿我在下棋，我就继续下棋，别的啥也不干。"

这就是我的老爹。

两颗宝石

在一本书里读到过这样一段话：古老的和田采玉人中间，流传着这样一个说法——天下所有的石头，都做着同样的梦，那就是成为一块宝石——玛瑙、水晶、翡翠、钻石。能成为宝石的石头少之又少，无一例外的是，这些石头都曾在某个人的心中被暖过长久长久的时日。

我喜欢这个故事。因为我见过这世上最美的两颗宝石。

话要从我娘说起。

老太太从县城来了。带着几把新鲜的香椿、一袋玉米糁、高粱秆扎的笤帚，给孩子们买的皮筋、头绳、玻璃珠子的小手镯……简直叫人眼花缭乱。

每年冬夏两季，我都会把我娘接来住一段，一是我住的地方离医院近，想给她定时复查一下多年的老慢支；二是也想好好伺候伺候她老人家，尽一尽基本快让狗吃了的孝心——古人说：父母在，不远游。我可倒好，自上了大学后，每搬一次家，离父母就更远一点。这么想来，不夜夜做噩梦已经是老天给我开后门了。

说顺口了，"老太太"这个词招来了她激烈的反对。

"我老吗？你说我老吗？"她边教孩子画画边抬起头抗议。我开怀大笑，赶忙点头认错。

我娘六十多岁，个头高挑，典型的胶东女性的身材。她自从来到我家里，片刻就不能安宁。给孩子拆去冬的棉衣，孪生女儿每人一套。她对棉花过敏，捂着大口罩，缝完了棉衣，继续拆毛衣，看家里的什么都不顺眼，地板脏了，桌子上有灰尘了……就没有见她消停过。最让人受不了的是她无与伦比的罗嗦，忽而絮絮叨叨，忽而慷慨陈辞，如果突然没了声音——那一定是她睡着了或者出门去了。

我娘一来，家里那个话最多的人，就没了声。

此人乃我双胞胎之老大，小名笑笑，一头黄毛儿，说起话来小嘴儿如滔滔江水滚滚不尽，说好听一点呢，那就大珠小珠落玉盘吧。不过，自打我娘一来，那可真如卤水点豆腐，一物降一物：她蔫巴了，躲进屋里了，安静如淑女了，真是大快人心哈。

我娘手巧，会剪窗花，自创一种带有强烈个人风格的画法，比方说：所有的狗狗都是卷毛，所有的鸭子都是一对一对，所有的牛都像长了角的狮子。这一家族传统，很快就被传授到我的小女儿豆豆那里，并有发扬光大之势。

记得孩子们上幼儿园那年，一天，恰逢我娘生日，快中午时我提了蛋糕回家。小女儿豆豆眼贼尖，一溜烟跑进屋里，拿起蜡笔刷刷刷几下，给姥姥献上一幅祝寿的"贺卡"。在一旁专心致志玩橡皮泥的笑笑看到了，尤其是听到姥姥夸豆豆懂事的话后，顿时红了眼圈，四下飞快打量搜寻了一番，没有发现什么可以拿得出手的东西，便推门而出，噔噔噔下楼。几分钟后，她喜笑颜开，小手捏着一颗从楼下沙堆拣来的圆圆的白石子，大声对姥姥说："姥姥生日快乐！这是我送给你的宝石！"

全家人都乐了。姥姥更是笑得合不上嘴，接过笑笑手里的"宝石"，还装作认真的样子，好郑重地放了起来。

十年时光，倏忽而过。两个小姐妹读了初中，也齐刷刷长高了。前年我娘来我这里，有一天吃饭的时候，她忽然放下筷子问笑笑："乖乖，你还记不记得你小时候送给我的生日礼物？"

笑笑愣了愣，"什么生日礼物？"

我娘诡异地朝我眨眨眼，"——一颗宝石啊，你忘了？"她用手比画着对孩子说，"这么大的礼物，想起来了吗？"她伸出小拇指，在我们面前晃了晃。

也许时间过去太长了，笑笑摇摇头。我娘张开嘴略显失望地"啊"了一声，很快又神秘兮兮地把手伸进怀里摸索着，先是掏出一张她的身份证，然后是一小瓶"速效救心丸"，接着是一枚金戒指、布做的小钱包……最后，她慢慢掏出一样东西，在手里攥着，像是要显示她的珍宝——慢慢把手张开——是一粒指甲盖那么大的白色小石子儿。

孩子笑了起来，她想起来那是十年前送给姥姥的石头子。我娘也笑了，随后又小心翼翼地把这粒石子儿放回怀里。

"宝石！"她说。那么肯定。

哲学家本雅明说：礼物必须是令人震惊的东西。诚哉斯言。

这段往事，被我写进了一首诗里。没有料想到的是，就在一个月前，我偶尔帮笑笑整理书包，看到了一篇题为"两颗宝石"的作文。读着读着，我呆住了。笑笑在作文里写到了给姥姥的那颗小石子，还写到了另外一颗——我几乎忘了，那是小时候姥姥送给她的一个系在彩绳上的红玻璃珠子。这颗玻璃珠子，她也一直珍藏着。

这两颗不起眼的小石子和玻璃珠，在漫长的岁月里真正成了宝石，而在岁月中浸润的爱，最终会把我们变成为一个完整的人。

韭菜大棚里的除夕夜

……"妈！您到底走不走？！"

大舅皱着眉，眼睛瞪得牛铃铛那么大，直盯盯看着我姥姥大声喊。我有点害怕，往姥姥身后躲。姥姥把我搂进怀里，搭蒙着眼皮，看也不看大舅一眼，不紧不慢吐出两个字："不走。"

"妈！"大舅"咕咚"一声，跪在了姥姥面前，"妈呀，我的亲妈！你不想活了啊！"

"对，"姥姥点点头，慢悠悠地说，"我哪也不去，要死我也死在这老房子里。"

大舅使劲儿朝自己腿上捶了一拳，又气又急地"唉"了一声。我姥爷在旁边看这阵势，就伸手拉我大舅："走吧，咱们带孩子走吧，她愿意呆这儿就让她呆这儿吧。"

大舅摇摇头："爹，你带孩子过去吧，我留下来陪俺妈。"

姥爷默默地拉过我的手，无奈地看了看姥姥和大舅，对我说："走，咱们走。"

我和姥爷走在大街上，平时热闹的街上这会儿四周冷冷清清的，偶尔看见一个人，也是脚步匆匆神色惶惶。他跟姥爷打招呼："大爷，你看看，这好好的一棚韭菜就毁了……大家伙儿对不起你啦！"

"没事儿，这不是没办法嘛，整天介预报有地震……咳咳，房子里是没法呆了，但年还得过呀。"姥爷咳嗽着说，"都是街坊邻居的，好歹有个睡觉的地方。"

姥爷叹口气，拉着我继续往村外面走。我们要去姥爷种韭菜的塑料大棚。我姥爷有个和一般庄稼人身份不太一样的名字，"曲曰锡"。这个名字很奇怪，我曾问过很多人，都不知道是什么意思。姥爷解放前是扛长工的，从莱阳流落到烟台福山，跟我姥姥成了亲。他种的姜远近闻名；他还是胶东地区在冬天把韭菜种在塑料大棚里最早的几个人之一。外面虽然是寒冬腊月，但是拔一把水灵灵的韭菜回家包饺子，那味道该多鲜啊！尤其是春节就在眼前，辛辛苦苦种了一季的韭菜就可以卖个好价钱了。

我跟着姥爷还没走到大棚，就看到那里像是在赶集，人来人往的，在姥爷的大棚里进进出出，流着鼻涕的福柱子手里还抓一根姥爷搭架子用的竹竿。我冲过去，一把夺下竹竿，大声喊："这是我姥爷的，不许你玩儿！"

姥爷喝住我，不让我和福柱子打架。我一屁股坐在地上大哭起来。我哭是因为平时只有我和大舅才能进来的大棚，现在几乎半个村的人都搬来住了，锅碗瓢盆的，连我的死对头、老歪家的"跟屁虫"也耀武扬威地在棚里翻跟头，这太叫我失落伤心。不过，到了夜晚，我高兴起来。大棚里绿油油的韭菜来不及割，都被压在各家各户的炕席下面。姥爷心疼地扭过脸去，不看人家铺褥子。那天晚上，在大棚外吃完露天下的饺子，男女老少回到大棚里面，女的挨着女的，男的挨着男的，孩子们到处乱钻被窝，嬉笑打闹，根本看不见大人们焦虑不安的神色。闹着闹着我困了，不知道躺在谁家的被子里迷迷糊糊合上了眼。

到了半夜，一阵乱哄哄的声音把我惊醒，我坐起来，看到棚里的大人全没睡。大家瞪大眼睛，屏息静气，气氛紧张。忽然，外面传来一阵"咚咚"的脚步声，人们"嘶"地发出吸冷气的声音，有人开始手忙脚乱穿衣裳，有人把孩子搂进怀里。就在这时，帘子被撩开了，我大舅一身寒气背着姥姥钻进了大棚。

"地震了？"有人惊恐万分地问。几乎所有的人都大气不出。我连滚带爬地越过地铺，一把抓住姥姥的衣襟。大舅喘息着说："不知道。刚才我在家听见倒放着的酒瓶子倒地摔碎了，赶紧背起俺妈就跑！……广播里预报说最近还有余震，但我感觉没有4号那天那样的摇晃……"

"睡觉！"姥姥白了大舅一眼，气哼哼弯腰抱着我往姥爷那边走，"我说没事就没事，瞎叫唤什么！"

大舅"嘿嘿"笑了，说："妈呀，只要不地震，你打我两巴掌都行！"

那天晚上正好是大年三十除夕夜，公元1974年2月21日，营口大地震过后的第十七天。我姥爷把他省吃俭用搭起的长约四十米、宽八米的塑料大棚给村民当了"防震棚"，将近一亩地的鲜韭菜几乎全部无收。

那时我七岁。

分吃一块月饼

刚搬到这栋楼来，就知道我的楼下住着一个怪人。

怪人姓李，单位人都叫他李老师。李老师将近六十，孤老头子一个，瘦骨嶙峋，走路腰板却挺得很直，遇人谁也不理，扬长而去。他是文史馆员，吝啬，孤僻，说话不留情面，大院里有很多人没有来由地怕他。

和他做邻居我倒不害怕，我只是好奇。一个人住两居室，大约应该是自己做饭洗衣了。可是他为什么这辈子没有结婚？有什么感情的伤痕？一个人独来独往，他整天在干什么？

每次我上楼都看见他的门关得紧紧的。偶尔漏一条缝，我很小人地伸长脖子张望，只能看到旧庙一样的房间里冷冷清清，窗台上落着灰尘，一条破沙发露出了木框。就打了个冷战，生怕他冲出来鄙夷地狠狠盯我一眼。

某一日，听得楼下有人声，还不止一个。探头看下去，果然是李老师家来人了。那些人我都认识，搞摄影的朋友，在省城很有名。他们很客气地对李老师寒暄，然后是关门声。我寻思他们找李老师干什么来了：求字吗？据说这个怪老头的书法很好，但并不那么容易求来。省委的某大官派人来要他的字，据说老头子硬邦邦地回话："是不是个贪官？要是贪官的话你就回去。"把来人噎了个半死。

那天傍晚，搞摄影的朋友从李老师家出来后就到我这里，告诉我刚采访完李老。坐下喝茶，他却沉默，不再说话。我越发好奇，问你们在楼下干什么？他叹口气说：你简直想不到我今天看到什么东西了。我们是为杂志社采访当年有名的"右派"，没想到刚才和李老谈往事，一个愣头青翻来覆去问他当年的感情问题，结果把老爷子惹火了，咚咚咚跑进里屋，从床底下拉出一箱子，上面都是土啊。打开，拿出一个盒子，再打开，里面是旧报纸包着的东西，一层又一层，最后是一个花手绢包，解开一看——老天爷！你猜是什么？是一条黑乎乎的大辫子，都焦了！……我起了浑身的鸡皮疙瘩！

我"啊"了一声，听他往下说：那是他当年的恋人送给他的，那个时候他被打成"反革命"，要发配到内蒙古放羊，姑娘就把辫子剪下来送他。不想这一去十五年，等他回来人家孩子都上学了。这不，李老一直珍藏着这条辫子，独身了一辈子……

听完，我也傻眼了。眼睛里有点朦胧。

打那以后，我就很想和这位老人搭讪。某次，我包了饺子忐忑不安地端了一碗，下楼给他送去。他狐疑地看看我，摇摇头拒绝了。几个月后，我上楼的时候发现他摇摇晃晃提着一塑料袋药，心想大约是病了，不禁感到酸楚。就做了油饼，下楼敲开了他的门。这次他倒是没有拒绝，很虚弱地道谢，请我进屋坐坐，我反而不好意思进去了。

有年中秋节晚上，妹妹、妹夫一家都跑到我这里，好吃的一大堆东西摆在桌子上，按照风俗全家分吃一块月饼，寓意是团团圆圆。孩子们又疯又闹的，还真有点过节的喜庆。等妹妹他们走了以后，忽然听到轻轻的敲门声。这么晚了，谁啊？过去打开门，看到一颗白花花的头正往楼下走。

李老师？——我喊住他。他慢慢转过身，窘迫地笑了一下，就见他双手捧着一块切成了几瓣的月饼。"你……你们能不能，和我一块分吃了这块月饼？"他嘴里小声嚅动着，像是做了什么错事。"我一个人……你们能不能和我一块分吃了它？"他又说。

我愣住了。楼道里昏暗的灯光下，他就那么孤零零地站着，像没了爹娘的老孤儿。

那天晚上，我独自站在阳台上，对着中秋的月亮呆了很久。……诸位，您要是身边有像李老师这样的人，请一定别忘了和他一起分吃一块月饼，哪怕是一小口。

孩子们，快跑！

一天，孩子问我：要是着火了怎么办？

我回答：快跑！跑得远远的。

"可是，"孩子奇怪地看着我，"我可以去救火。英雄都是这样的。"

我放下手里的活计，盯着她，坚决地说："不可以。"

"为什么？"——孩子又问，"我是做好事儿啊！"

我把她拉到怀里，郑重地告诉她："你可以给119打电话，让消防队的叔叔来救火。你可以跑到没有火的地方，去叫大人们来救火，但是你不可以。你太小了，没有这个能力。更重要的是——"我强调："妈妈爱你，不能失去你。"

孩子虽然很疑惑，但还是点了点头。

我明白她的疑惑在哪里。她只有五岁多一点儿，但是，电视、大人们的谈论已经把一种精神引导印在了她的脑海里了——崇拜英雄，要当英雄。而英雄就是那些敢于和危险对着干的人，敢于牺牲自己生命的人。但是，假如这样简单地理解英雄的含义未免荒谬了。

崇高是一种境界，英雄也常常可见。身边勇斗歹徒的警察、见义勇为者为数不少，令人起敬。同样，见死不救的人也有很多。这里姑且不论职业的问题——譬如消防队员、警察、解放军、武警等等，但就道义来说，道德对人性也是莫可奈何的。但是，需要警惕的是，一些可爱的孩子一旦成了"英雄"并被广泛宣传的时候，我几乎没见到过有谁特别提醒孩子们：什么是他们这个年龄可以做、能够做的，什么是不能做、做不了的。一个成年人为了洪水中的一根木头可以放弃自己的生命，好像是为了某种理想和信念；一个孩子为了救山林火灾而被活活烧死，未免太残忍！不要说他年幼没有能力救山火，就是成年人来救火也不能以牺牲生命为代价，毕竟，生命高于一切！也许他根本没有受过爱惜生命的教育——这个纯洁又糊涂的孩子，死得太令人痛心惋惜！

稍有常识的人都知道，救人或者救灾有时必须要靠经过训练的专业人员，譬如高层建筑的火灾；还有，要救溺水的人你首先得会游泳等等。我不明白的是，树林、一根木头或者一条船，难道比一个人只有一次的生命更宝贵？一个母亲含辛茹苦的养育、亲人们的牵挂难道比某些理念更廉价？我厌恶为了空洞抽象的理念而号召别人去葬送鲜活生命的宣扬——无论它的名义多么堂而皇之。

我和孩子看动画片《狮子王》，当小狮子和小伙伴从鬣狗那里逃回来时，它的父亲狮子王跟它有一段对话：

狮子王：辛巴，我对你非常失望——你可能会死掉！……

小狮子：……我只是想和你一样勇敢。

狮子王：我只在必要的时候勇敢！……辛巴，勇敢不是你要去找不必要的麻烦。

小狮子：可是，你好像什么都不怕。

狮子王：我今天就害怕了——我怕我会失去你。

小狮子：是吗？国王也会害怕？……

……丛林烧了还能再栽，木头没了还能再找；人死了就再也不能复活！我绝不希望那个扑进洪水救木头的英俊的年轻人死去，绝不希望一个少年为了一片树林——哪怕是整座山林死去——对于那些还没有机会成为这样的"英雄"的孩子们，我要说的是：热爱自己的生命吧，你们有活下去的权利！我要说：当大火烧起来的时候，当危险来临的时候，有的是挺身而出的公仆、职业救护者和我们这些成年人——孩子们，你们快跑！

抵抗和坚守的语言启示
——陈东东诗歌论

刘波

陈东东的诗，我相信不是写给更多人的，其美学和信念决定了他也不可能为大多数人写作，他的诗只能"献给无限的少数人"，因此，他也是诗人中的诗人，其诗乃写给诗人看的。何以如此？他的诗很难直接进入。即便我们勉强进入，或硬着头皮进入，也会面临语言迷宫的考验，那种缠绕感和晦涩可能让读惯了口语诗的人极不习惯。而在这样一种阅读现实里，陈东东坚持了三十年，他的写作逐渐照亮了自己，也获得了美学信任，皆因他将诗意和先锋写到了一种极致，并由此形成了自己独特的风格。

这样的坚持，对于陈东东来说，一定有某种内在的动力，那可能就是对语言的无限忠诚。当诗歌的本质归结到语言的创造时，这种唯修辞的极致写作，我们就可以理解了。语言成了他的信仰，尤其是当日常经验和人生遭遇对接了这种信仰时，不是诗人在寻找诗歌，而是诗歌在寻找诗人。我觉得陈东东后来的写作基本上就处于这样一种自觉的状态中，尤其是在修辞表达和写作之间，他凭借的不是灵感和运气的偶遇，而是两者交织后必然的融合。

语言如何面对世界

很长时间以来，我都认为陈东东是一个语言的神秘主义者，他那种缠绕让人很难进入其作品内部；我们只能在语言的外围打转，如果试图进入，你要么放弃对诗之内容的期待，仅仅只关注他的语言创造本身，要么重新调整自己的诗歌欣赏标准，以更繁复的要求提升自己的阅读品味。但我知道的是，很多人没有选择挑战，而是放弃。放弃对陈东东的阅读，可能就失去了一个了解诗歌风格的侧面，他三十余年的写作，毕竟为我们提供了一种独特的进入诗的方式。从这个角度来看，陈东东写诗的直接后果，就是他的语言冒险和前瞻精神，打破了诸多定势，而保持了创造的丰富性与可能性。

他的语言创新首先基于精准，然后才是音乐性和节奏感，这也应是一个诗人最基本的追求。在恣意书写而无标准的时代，如何为诗保持一种纯正的气质，就在于找到狂欢的边界，在纵情的语言穿越中探索节制的可能。诗人早期的作品，有一部分即是这种语言节制的典范，比如曾引起争议的《形式主义者爱箫》，古典的形式下又不乏现代性："形式主义者爱箫的长度/对可能的音乐/并不倾心/他欣赏那近于黄昏的暗色/他想要看到的/是刘海遮覆眉眼的初学者//手指纤细/在竿上起落/这就仿佛是为梦而梦/他骑车在城下/经过那旧楼/猜想有人在暗夜的蝉声里/并没有点灯/让月亮入户//优美的双腿盘上竹床/涨潮的双乳/配合吹奏"，诗里暗含着一种古典之轻，带有幻化的空灵。这样的诗有其整体意境之美，但生动来自语言的部分，这是技艺越过内容的体现，语言顺着内在的逻辑抵达现实与想象、虚构和写实之间的那个度。这样的书写符合诗人的期望，"尽可能倾身于写作，把内心的节奏注入语言。"（《论诗片断》）从其语言来看，陈东东似乎只注重词语的表面组合，并未有内在的联系，其实，他是入心了的。诗人写于1981年的《诗篇》，现在看来可能不乏那个时代的某种稚嫩，但他对语言的把握有着天赋的成熟，当然，这也和诗人对诗的理解不无关系。因受传统的影响，陈东东的诗歌语言并不显得张扬，那种内敛正是他有别于很多"第三代"诗人激越之气的优势。

对语言的创新，陈东东可谓心无旁骛，这种致力于单一目标的写作，很可能会顾此失彼。既然冒险不可避免，与其走四平八稳的路，不如写到一种极致。他写黑暗与诗："黑暗里会有人把句子点燃/黑暗并且在大雨之下/会有人去点燃/只言片语，会有人喃喃/低声用诗章安度残年"（《残年》）；他写秋天的内心风景："在秋天，废弃的庭院一天天腐败/忧虑和恐惧变得必要/在秋天，一个人枯守直到黄昏/掌灯、对酒/沉沦中等待确实的消息"（《秋天》）；他写河岸："书页翻过了缓慢的幽暝，现在正展示/沿河街景过量的那一章/从高于海拔和坝下街巷的涨潮水平面/从更高处：四川路桥巅的弧光灯晕圈——城市的措词和建筑物滑落，堆向//两岸——因眼睛的迷惑而纷繁、神经质/有如缠绕的欧化句式，复杂的语法/沦陷了表达。在错乱中，一艘运粪船/驶出桥拱，它逼开的寂静和倒影水流/将席卷喧哗和一座炼狱朝河心回涌"（《低岸》）。这样一些表达尖锐、繁复，有一种微妙的断裂感，也不乏"神经质"的美。

陈东东的诗歌语言并不是一味往前赶，随能指任意滑动，他要找到词语组合中合情理的那种严谨。他说自己"很少孤立地考虑一个词或一个句子"，这一点我们从其作品中倒是获得了印证，他的诗至少在语言表达上并没有那种破碎感，因为它不是片断化的，而是一个有始有终的整体，"我考虑整体，一首诗的全部，一个诗人的写作历程。"（《既然它带来欢乐》）内容上的整体感，最终决定了诗人在语言表达上所持有的整体态度，因此，我们在读其诗时需要随着他的方向走，不可懈怠，也不能偷懒地跳跃性阅读。这对于读者来说，是一场智力和耐心上的挑战。如何去读下去？顺着节奏的起伏感受抑扬顿挫，是我们读诗最直接的进入方式，而对于陈东东来说，除此之外，还要注意虚构和真实之间的张力。"时光要念诵的是他的辞章/大海倾侧，当某个正午偏离了自身和/更高的准则/方向已被那精神规定/他排演历程于最后的海域/将一派大水/注入冲突的戏剧和银器//白昼被洗得锃亮，命令一艘船/甚至行驶在它的反面/大海倾侧，内心的航线贯穿了一个和/所有的日子/他想要说出的远不止这些/但转瞬之间，频繁到来的素馨被/裁开，那另外的一半/在深厚的墨绿中重复声音初始的细致"（《航线》）。语言的魔法，一方面在于想象和虚构，另一方面，在于诗人激活了语言本身的力量，它内在的丰富性的呈现，需要诗人更多的尝试和冒险，陈东东很大程度上就是这样的尝试者和冒险者。

除了音乐性和节奏感，陈东东诗歌语言给人很深的印象就是华丽，但他的华丽又非词赋的花哨，而是一种内在的复杂性。口语不是他的选择，而字正腔圆的书面语，他好像也无甚兴趣，诗人追求的与众不同，就是语言的无条件解放。当别人都在做减法，他在做加法，这种加法是否就真能丰富诗的意蕴？很多人或许持怀疑态度，这完全可以理解。口语诗讲究的是语感，那种回环复重是旋律的重新整合，以彰显出简洁之力。但陈东东是在虚构和想象的层面展开其创造的，"又有一艘船回不了绿海/又有一行诗因感光过度而归于黑暗"（《第一夜》），诗的黑暗并不可怕，它的梦想气质才代表诗人对语言神性的守护。"在准确而不是独特的用词里做到风格化。"（《论诗片断》）诗人希望为每一个词语寻找恰当的位置，也给每一个句子求得安宁之所，所以，他有时甚至陷入一种偏执：对自我的高要求和强烈的不认同感，促使自己不断地超越。语言的偏执，让他无形中给自己套上了一副枷锁，那就是关于诗的真理。

永不满足，才会去创造。而诗人所拥有的不满足，并不是对语言的贪婪，因为那样容易纵情，不节制，最后不过是语言的狂欢罢了。但陈东东少有狂欢之时，他甚至拒绝使用语言暴力，其内敛决定了他要寻找和语言互动的可能。他的表达不放纵，相反，在含蓄中别有一番创造的新意。"下降仪式里燕子的试探性/有时也会是盘旋中军舰鸟/渡海的试探性//而一座煤气厂试探着飞临了/所谓晕眩，是轰鸣和意外/勉强的委婉语"（《下降》），下降的重力感在诗人这里成了一种仪式，而对现实的罗列中诗人强调了"弦外之音"，或者说是节制的梦想性所溢出的那部分，有飞翔之感。不管诗人是否认同这种飞翔，其诗作已经有了对直觉的创造性转化，他在语言的极限体验中释放了个性，并将这些转化成了一种写作的自觉。

有人说诗歌是愤怒和激情的产物，这是有道理的。然而，如果一味依赖激情，写作很难长久和持续，如何保持写作的原动力，惯性是一方面，更重要的是对表达要有诉求。这诉求就是激情，但不是外在的喧嚣，而是内在的毅力。陈东东可能就是在对语言保持恒久兴趣的前提下，一直寻找那种征服语言的快感，从一个起点到另一个起点，每一阶段都会有所放下，也有所提振，他的诗自然也就有了其独特属性。对语言的依赖，这不是策略，而是由兴趣而积累沉淀下来的习惯，这种习惯给了他坚守下去的理由。尽管诗人在语言上越来越明晰了，从以前某种"表演"，逐渐过渡到了真正的"表达"，自动写作变成人心之言，这才是"自然"之诗得以成立的前提。他的诗在向下沉，不再飘了，由繁入简也就成了他诗歌行动的美学，这是长期写作修炼的结果。

现在，陈东东的诗进入我们的视野，有一种独特的气味弥漫出来，我们可从那陌生化的语言呈现里找到他的影子。作为一个真正意义上的"语言炼金术士"，陈东东诗歌世界要通向何处？语言是他的利器，而这一利器到底又是由什么样的线索串联起来的？他的不及物写作立足于"无意义"，但偶尔以及后来的"有机性"，是他从语言之内走到语言之外的体现。当语言本能对接时代的美学和内心的沉思，超现实可能转化成真相，诗人的境遇和诗歌的位置也会随着观念的变化而重新得以确立，但诗人的立场一直未变：诗歌就是想象的产物。

想象之诗、日常之诗与难度写作

但凡重视语言锤炼的诗人，其写作之路不会太偏离诗歌的本体性，这本体性除了文学要求的基本语言之美外，还应有先锋性、现代性和难度意识。陈东东即如此，他不过于沉迷情绪性的表达，而是从情绪中抽离出来，回到语言的智性，写作才不会在纯粹的抒情里丧失诗意。诗人重视想象力的作用，必然会面临如何处理语言和想象力之间的关系，是任由想象力闯入词语的内部形成语言狂欢，还是节制使用想象力勾勒内敛之美？陈东东曾有一些诗属于前者，语言暴力的维度，其实就是语言的介入，主导其间的还是想象力。

想象力的渗透一旦外在，语言暴力也就在所难免，因此，它需要更为内在的对话，这样可以有效地避免随机性。但陈东东的写作观念里，恰恰有随机性的成分，这是一种困惑所带来的动力。"我从来不是一个有着全面、成系统、成熟和固定思想法则的人。与那种深思熟虑，建构制作的写作不同，我的写作在纸面上展开，在书写里成形。我真正关心的不是思想，不是由写作说出的东西，而是写作本身，是语言，是诗的诞生。我的出发点往往是一个名，一种语调，靠呼吸把握的节奏。"（《黑镜子•跋》）诗人亮出了自己的写作秘诀，这是最直观的方式，角度或许并不新奇，只是他充分利用了纸笔和想象对接的变化，给他笔下的词语赋予了梦幻色彩。

当现实与梦幻交织一起，有时确实让人难以分辨虚实，但诗人作为写作主体，仍然置身世外，成为了一个事件的旁观者。但他不认为自己在写作时是个旁观者，"至少在抒写时，我知道我不是生活的旁观者。"（《论诗片断》）在写作中，他是生活的主体吗？他是敞开的，而非封闭，但这种敞开是有条件的，即对现实的潜在化处理，也即他的诗意生成来自潜意识的更新，来自一种直觉的变化。

作为旁观者，他是在打破某种既定规则——诗以载道。当然，我并不是说陈东东的诗歌中没有"道"，而是说他不是载的那个时代与社会之道——道德或原则——其实是他内心的语言之道。唯语言而写，这是他内心的真相。比如，"旋转是无可奈何的逝去，带来历程、/纪念，不让你重复的一次性懊悔。"（《月全食》）比如，"乌鸦的字词，杀伤力溢出/黑暗的语法，它将要摧毁的/会是它自身，以及震颤/偏执和魔变"（《钟声》）；比如，"语言跟世界的较量不过是/跟自己较量——窗龛的超现实/现在也已经是你的现实。"（《废园》）所有的想象里，应该都可以找到现实的影子，那是诗人内心的现实在诗歌中的投射，他没有刻意去解构或颠覆现实，只是从直觉出发让诗通向了恒久的现代性。"在具体的写作中，想象力的重要性永远要大于思想、主题、情感、经验、洞察力、分寸感、创新意识或革命性。想象力带来写作（以及阅读）中的刺激、冒险、幸福和欢乐。"（《论诗片断》）读了陈东东的诗作，我能理解他何出此言，想象力于他是语言和现实之间的中介，也是连缀其所有驳杂意象的主线。

陈东东承认想象力对于写诗的重要性，认为想象就是"诗之引擎"，这一动力源在他的写作中一直和现实、记忆与未来交织一起，共同构成了一幅幅风景油画。这也是我认为陈东东诗歌虽然是靠想象取胜，但也富有画面感的原因。很多人将想象用在了汪洋恣肆的意象堆积上，还有人将想象发挥在了语言的非常规使用上，而陈东东则将想象用在了诗的整体架构中——他不仅用在了语言上，更重要的是，他的想象力很多时候"消耗"在了词语和意象不断向前推进的实践中。然而，他的想象在1990年代的写作中有一个很重要的维度，就是大词想象，意象奇崛、凌厉，无论是短诗还是长诗，都没有摆脱掉大词思维，它们似乎直通远方。大词所呈现的时空感，是陈东东及其同时代诗人的一个惯用路数。通过这样的实践，诗人是否也在提醒自己：诗的生成就是大胆营造出想象的氛围。即便是《童话诗》这样的轻逸之作，也是从大词想象中游离出来的特殊之音，"胖子是透明的，/能够把臃肿于繁星的一整个通宵/慢慢咽下去。/但胖子有点乏，他仅仅/把启明星照例像黄昏星一般别在了胸前。"是想象在推动他的写作，其作用既然如此之大，那么最终维系词语组合的力量，就可能也应该是一种理性的经验。

他也曾写过《幻术志臆》这样的诗性随笔，被归为跨文体写作，既可称之为带有神秘感的叙事小说，也可以说是散文诗，总之，诗人将笔触伸向了对语言另一层面的创造：不在分行里寻求诗意的可能。但他总归要回到诗，即使是以"反诗"的方式回归。相对于陈东东同时代诗人的口语实践，他的写作可能会更为读者所认同，至少他从生活里提炼出了诗所应具有的复杂和难度。语言是一方面，而日常生活则是诗的另一面，它们形成了同构，虽然时有对抗。对抗在诗里并非坏事，相反，它可能促进语言和生活在想象力作用下的融合。

1990年，陈东东写了一首名为《生活》的诗，极富超现实意味。"春风度送燕了，低飞于银行的另一重天/宽大半球的金穹窿上/盗火受难的喜剧形象又被勾勒//巨型玻璃灯沾染石灰，斜挂/或直泻，比白昼更亮的光焰把身影/放大给彩绘的青铜长窗//翅膀——剪刀/被裁开的日子里办事员专注于数字和表单/并没有察觉，制服左胸一滴鸟粪//毁坏了仪容。在春风下/妄想的前程维持生活/而一次飞翔就要结束"。这样的生活很大程度上还是虚构的、想象的，与现实之间似乎还有距离。后来，他写了《夏之书》，通过记忆回返获得了书写的历史感，语言想象的影子时有呈现，但我们可以洞察到时代在这代人身上所留下的印迹。"我生于荒凉的一九六一 我见过街巷在秋光里卷刃/有多少次 我把手伸给黑暗之树/死亡之树 和太阳在葱郁中完整的另一面"（《夏之书》）。记忆的功能再现，是诗人非常依赖的资源，它虽然不是唯一的主题，但能从各个方向上让诗得以复活。

2006年，陈东东在桑克对他的访谈中，曾说自己"不如以前那么异想天开了"，他是否从天马行空的想象回到了完全的日常书写？他似有不甘，还要重建想象与日常书写的可能性。不循规蹈矩，因为"章法有时或总是于诗歌有害"。（《既然它带来欢乐》）他并不是受制于章法，而是时常从纯粹想象中抽身出来，回到当下。早先陈东东即写过《在汽车上》这样明晰的现实之诗，"汽车拐下高速公路/中午飘来了缓慢的雨/因为满含早年的欢乐/旅途中有人涕泗滂沱//简陋的乡村小邮局门前/男孩子头顶半枯的荷叶/一匹马躲进木头屋檐/闪电正击打生锈的信箱/在司机身旁，我几乎入眠/我放跑了臆想中司机的女儿/她自海中狂奔向滩头/大腿间装饰着水草和贝壳//我知道我的笔法陈旧/我旅行的目的/则更为古老。——现在/在汽车上，我看见那座//我往赴的城市/它将从它的午睡里醒来/它冲凉的水龙头/代替这场雨洗去梦想"。这好像与他绝大部分诗作形成了反差，只是在诗的末尾才能重新感受到陈东东式的想象之美。由此，我觉得诗人完全可以在晦涩和想象之间自如地转换，这也是诗人现实回归的体现。

日常需要直接言说，但陈东东自写诗以来，少有直接言说的时候，他将日常生活幻化了，从现实回到了内心的真实，虽然语言表达仍是那么精确，情感上也异常节制，但整体的混沌已成既定事实。我理解他所说的"生活的抽象和日子的具体"，这对应着其诗歌里整体的抽象和细节表达的具体，或者说在该抽象时运用想象来替代，而在该具象时，他如实逼真地描绘了生活的现场感。"出门也无非重蹈旧海/没有了灵魂涉险的高难度/日程在事先被精确计算/还有钱、牙刷、美能达/够穿三回的内裤和避孕套/厚玻璃板下/往返船票夜里放毫光"（《旅行家》），这是日常整合想象后的虚拟纠偏。生活于他不是白描，恰是另一种有难度的写作转化。就像他说："生活不断内倾于写作，以至于写作之外没有了生活。"写作和生活一体化，这是很多诗人的路径，但它的虚幻性又是何其明显。诗人所要做的，还是要在这中间寻找一条弥合生活、写作与想象三者之间的通道。

这些年，陈东东的写作的确在整体风格上并没有多大变化，其幻想性一以贯之，而变化的只是时间。由时间决定的心境和情绪的微妙之变，让诗人在某些细节上向前走，经验于此起到了中介的作用。时代在变化，我们的日常经验也会随之改变，当这些变化反映或投射在写作上时，一种渐进的美学会悄然渗透于字里行间，诗人有时可能都难以察觉，更不用说读者了。对于陈东东来说，他的写作变化，很大程度上就来自经验本身的丰富意蕴，以及对难度的追求。

局限中的自由通向何处

陈东东在写作上是对自己有难度要求的，这一点毋庸置疑。他几个阶段性的写作转型，其实都是在挑战难度中完成的，这难度并不是逐级增加，而是他不断地敞开与扬弃某些技巧乃至观念，有一种突围的意识。先撇开晦涩难懂和"无意义"不谈，仅就他对语言创造的执着而言，其已是同时代诗人的榜样。一个诗人如果没有在语言探索上的浓厚和长久兴趣，他很难会有持续的成就，其写作也就失去了相应的文本价值。这也是很多诗人写了一辈子，最后可能连诗歌之门都没有进的原因。因为他只是将诗当作情绪发泄的工具，而对语言创造并未投入多少精力，这往往就走向了诗歌的反面。陈东东的优势可能就在于他写作上的自觉：以虔诚的态度坚守于对汉语言的诗性挖掘。

相对于那些短暂地挥霍才华的诗人来说，陈东东的优点即在于坚持一种诗歌的理想主义精神。在很多同龄人都渐次放弃时,他走到了现在,并且越发成熟与淡然。"写作的迷人之处大概就在于,它是无目的、漫游式的,从一个出发点出发,抵达的绝不是终点,而是另外一个未曾预料的出发点。"(《黑镜子·跋》)他的起始和抵达,皆围绕单纯的创造,没有更多的私心杂念。这也是那些在写作上抱有功利之心的人所达不到的境界,欲速则不达,对于写作来说同样是一道法则。我们回过头来检视陈东东这三十余年的写作,会发现他没有像很多诗人那样加入哪个流派或刻意寻求圈子化,他也没有追随某种诗歌潮流,只是坚定地写自己的诗,不为外界风潮所动,这在1990年代以来的诗坛,殊为难得。尤其是很多诗人走向了主流的大合唱时,他仍然在独唱,唱自己对诗之美的感悟和理解。

而陈东东在获得成就的同时,其写作似也有他的局限性。从表达上来说,陈东东肯定不是一个简洁的诗人,他的丰富性其实就建立在复杂性上。早年诗作《雨中的马》的确富有音乐的美感,堪称经典,意象古典,意境优雅,为我们提供了一种新的诗学范例。但这样的诗,在陈东东的作品中并不多,其大部分诗作都显得繁复,技术性超过了内容和精神。一旦抽空了诗中的语言技巧,它们到底还剩下什么?这或许是很多人面对陈东东诗歌时所产生的疑问。他的知识分子精神,他的晦涩,一度成为他在读者中的接受障碍,但他并未改变,而是坚持了自己的美学——"那不是诗,这才是!"一种狂妄的决绝,随着时间的流逝而成就了他。在三十余年的诗歌之旅中,他的写作只是"为了擦亮一个词、一个句子,为了修复一段记忆,确证一种幻象,实现一种梦想和获得一种节奏"(《论诗片断》),这当然是一种写作理想,无可厚非。我们一旦回到实践中时会发现,单一目标都能实现,而叠加起来的这些写作追求,恰恰让诗歌缺少了一种综合性。因其太注重语言,而失去了与现实对接的那一面,显得比较封闭。诗歌写作封闭的结果,那就是局限性会增多,虚幻性和宏大意识导致诗的飘浮。

对于曾受好评的"秋歌"组诗,我觉得除了语言的玄幻和刻意的神话色彩之外,这样的诗很难说是为我们提供了某种全新的美学。"幻想的走兽孤独而美,经历睡眠的/十二重门廊。它投射阴影于/秋天的乐谱,它蓝色的皮毛/仿佛夜曲中/钢琴的大雪。//它居于演奏者一生的大梦,/从镜子进入了循环戏剧。/白昼为马,为狮子的太阳,/雨季里喷吐玫瑰之火。"(《秋歌之七》)这可能是音乐的某种语言变体,但因其过于复杂的转换,若不深入下去探寻,诗本身会显得莫明其妙。如果说陈东东仅是在追求语言表达的音乐性,而不顾及其它,这种单一写作也存在问题,因为抛开先锋实验的成分,其实它也就只具符号意义罢了。

陈东东说:"我的写作缘于呈现常常以无词之意味萦回心间的节奏、语调和境界的冲动,我有时认为那更像是一种音乐冲动,而不是诗歌冲动,但是我选择了写诗,我不会作曲和弄乐器。"似有一点迫不得已的意思,这或许也是陈东东愿意谈自己诗歌中的音乐性,而更多研究者也乐意从这样一个角度进入陈东东作品的原因。音乐缘于自由,而诉诸语言表达的诗歌,其实是在为内心自由寻求一处立足之所,只不过,它的音乐性不是通过旋律释放出来,而是在于文字的那种特殊韵味和气质。"听觉想象力,在我这儿它产生穿插着汉语的声音之梦而不是音乐。"(《论诗片断》)我觉得这些外在的因素,在陈东东这里却成为主宰他写作的重要资源,这种反其道而行之的做法,不知是出于诗人的单纯,还是在于他偏执的美学立场。但相对于诗歌追求自由表达的境界来说,他的自由其实通向的是某种自我束缚。

这种束缚让诗歌写作有了边界，但是诗意的边界，只能通向无限，诗人不会也无力去划定这一边界。虽然他曾宣布："我只为内心需要而写作。"这只对诗人自身有效，如果涉及到文本的接受，他是在为自己的写作设置难度，而这难度又何尝不是一种障碍。

陈东东有他的坚持，坚持一种真正"无意义"的写作。如他所写，"将虚空抽象为抽象的虚空"，这是"无理解"的现实一种。其写作也可能就如他自己所言，要通向"真理般不可揭露之物的真理性"（《论诗片断》）。他是有这样的野心，即让自己的写作通向真理性，但这并非完全依靠努力可获得，而是需要神助。所以，陈东东也相信运气对于诗歌写作的重要。积累是根本，而写作最终能通向哪里，就看诗人坐下来时的运气。酝酿作为前奏，它并不指明写作和真理的方向，它只负责提供源动力，方向还是诗人在冥冥中对意志的把握。而意志和方向是综合作用的结果，关涉到诗人的人生理念和美学原则。

纵观陈东东的诗歌历程，他是在写人生之诗吗？如果我们否定，他可能会觉得委屈。有谁能否认自己不是在以人生为诗呢？可是人生之诗一定要有与人生的对接之点，我们需要看到对接时那种向下的姿态。"写作并不是诗人亮出的姿态和架势，它触及诗人内在的黑暗。"（《论诗片断》）这是一种潜意识里的想法，更多时候无法言说，但诗人懂得它，能感知和觉悟到这是一种意识，如果上升到某个高度，那就是诗性。但这种诗性更多时候呈现为思想性，而非单一的语言实验。

后来，他致力于写长诗，这可能是一种顺其自然，但长诗写作可能缘于诗人的某种不满足。然而，并非长诗就一定要高明于短诗，很多时候，长诗写作只是"虚荣心"的表现，它所提供给我们的，往往可能是一堆语言的残渣，而对诗人来说，很可能是一次败笔。败笔对于诗人并不是致命的，它有时甚至被理想者当作镜子来映射自己，败笔此时成为一种写作的参照。陈东东的有些长诗，带有拼凑痕迹，其有效性值得怀疑，它并没有为我们提供比短诗更多元更重要的审美。因其庞大的体制和架构，长诗写作一旦把握不好，就很容易陷入断裂，一是不连贯，二是缺少更为理性的审视高度，让诗本身失去了力量，成为无效写作。

陈东东的短诗写作，可让他获得更自如的把握能力。近几年，他甚至还从对语言的迷恋中为主题写作找到了位置，这或许就是他写作上的延展性——从不及物到及物的尝试。"电视台的飞艇白昼的月亮/为少女提供多余的爱//有一对老人/热死在各自的笔凉椅上//那女儿还指望——再多领一回/他俩菲薄的退休工资//沿大陆架向下，一座城被海掩盖了一百年/鲨鱼在市长的阳台栖居//北方，雪线后，一个过往正在复活/它甚至从来就不曾死去//百合花，木棉树/洁净的黎明中轻佻的山崖//还有/巴赫//它们可能是我要抒写的/它们满含讽刺的性质"，这首题为《讽刺的性质》的诗，我可以看作是陈东东的转型之作或"回归"之作，虽然他仍在想象和虚构中靠近超现实的风景。这可能是一个微妙的变化信号，预示着陈东东写作的另一个方向和"别样的风景"，诗人如能找到恰当的切入方式，我相信他的写作会呈现出新的力量。

『自我的诗歌』与『精神的诗歌』
——陈东东诗歌主体性的嬗变

纪梅

20世纪80年代以来，中国的"现代诗"一直在语言/魔幻和现实/道德两极之间摆动。前者的理想是，通过撤销主体的先见意识对语言自身力量的漠视和利用而回到"伟大的语言"本身，同时将自身从历史、道德、意义的重负中解放出来；现实/道德的一极则要求诗人不脱离自己的历史、时代、自然和政治经验，并通过语言将自我的经验普遍化，将不可言说之物可理解化。我们可以看到，当两者出现对峙的时刻，"语言/魔幻"的一极往往被作为"先锋诗"之"先锋"的标志；对"现实/道德"的执着则容易被视为保守的过时行为。

陈东东对语言的关注是敏锐的，早在1980年代初，"语言"就像"灯"一样闪烁在他的写作理想中了："华灯会突然燃上所有枝头/照耀你的和我的语言"（《语言》，1983）；"我想他们会向我围拢/会来看我灯一样的语言"（《点灯》，1985）。这种"先锋"姿态一方面来自阅读的教导：在写诗之前，他无意间读到了埃利蒂斯的长诗《俊杰》："姑娘们如卵石般美丽，赤裸而润滑，/一点乌黑在她们大腿窝内呈现，/而那丰盈放纵的一大片/在肩胛两旁蔓延。"这些陌生而异己的词语和节奏，为陈东东凸现了"一群壮丽的诗歌女神"，令他"下决心去做诗人"（陈东东：《"游侠传奇"》）！于是，在早期的诗篇中，我们能多次读到陈东东对这位希腊诗人饱含崇敬的回应："街角的姑娘面容姣好/汽车像鸟，低低飞过了她们身边/……/黑礁石灿烂/诗集被风吹成了火把"（《从十一中学到南京路，想起一个希腊诗人》，1984）。

对语言"纯洁性"和"先锋性"的渴望，同时始于年轻诗人对"集体和极权性质的众口一辞"的厌恶和抵御。"军舰鸟"和"灰知更鸟"，飞越了爱琴海，停泊在1980年代的上海，吸引并深深影响了对另一种语言抱持极大新奇和热望的青年读者（《见山：陈东东与Fiona Sze-Lorrain 的对话》）。置于当时的社会语境和话语惯性，语言的反叛本身已能构成一种伦理行为和道德承诺："我爱的是土地是它尽头的那片村庄/我等着某个女人她会走来明眸皓齿到我身边/我爱的是她的姿态西风落雁/巨大的冰川她的那颗蓝色心脏"（《诗篇》，1981）"我的眼里，我的指缝间/食盐正闪闪发亮/而脑海尽头有一帆记忆/这时镶着绿边/顶风逆行于走廊幽处。"（《语言》，1983）

这些诗句，纯净，安宁，镶着纯诗的"绿边"，闪耀着爱琴海的蓝色光泽。仿佛来自想象域无名的彼岸，它们摆脱了现实和生存的必然性束缚。虚构的修辞方式掩饰了话语的主体特性或主体感性，超现实，不及物，纯粹而又灿烂恣意，一如1980年代的年轻诗人对文学、社会、政治、生活的憧憬。

从诗人今天保留的篇目来看，"朦胧诗"式的观念性、理念性的主体意识似乎也未对陈东东产生明显的影响，写作伊始，他便将"言志抒情"的抒写主体直接减缩至纯粹修辞性的"我"："我能看见风的躯体/枝桠下的群狼/坚硬的陶罐在我手边/一只铁鸟/被月下的射手从土星击落"（《避居》，1981）；"雨中的马也注定要奔出我的记忆/像乐器在手/像木芙蓉开放在温馨的夜晚/走廊尽头/我稳坐有如雨下了一天"（《雨中的马》，1985）。显而易见的是，诗中所描述的"看见"属于根本不可见的事物，属于非经验的世界，缘于这种"看见"的修辞虚构性——"风的躯体"、"枝桠下的群狼"、"一只铁鸟被月下的射手从土星击落"——"我"成为一种修辞性的存在，主体性隶属于一种修辞功能或话语功能，而非经验、在场、感受、目睹"所见"世界的饱含主体感性的描述。

这些写于1980年代的诗歌，善于将丰富的诗歌知识、优雅的音乐感与青春期的抒情气质结合起来。从根本上说，这类诗歌既不诉诸经验世界亦不诉诸理性的光照，并不观看周围的世界、经验、感知和真实"所见"，也略过了与之相随的社会历史观念、理念和意义，将雅克布逊式的"语言的突出"、罗兰·巴特式的语言的欣悦和结构主义的文本的自足性作为写作的诗学功能或诗学效果。对事物的"感知"与描述，并不依赖诗人的"所见"或"亲见亲闻"，也不关涉社会、历史、政治方面的具体经验，而多借助于对充满诗性和美学内涵的文学典故、传纪和传说及其诗学传统（保尔·艾吕亚、张骞、一百单八将、终南山、郢都、蒲宁、杜甫、李贺……）的修辞学转化，也就是说，在此意义上，诗歌写作是由诗人的"所知"而非由"所见"构成的，文本由此呈现为非现实、无意识、梦幻、神秘、怀旧、唯美、柔和的气质。

在一定程度上，陈东东的这种写作路径折射了或提前预告了1980年代以来中国现代诗歌的发展轨迹："朦胧诗"之后，来自"影响的焦虑"、自身定位的急切、对"先锋"的追逐、占据未来时间的野心等等原因，伴随着形式主义、语言哲学、结构主义等学说的传入，使1980年代中后期的诗人在语言/魔幻和现实/道德的两极中更为倾心前者。"语言本体论"一时成为盛行的神话：语言不应仅仅是一种表达观念、承担意义的手段和媒介；对"意义"和"思想"的言说不再是写作的正当性目标，修辞活动以及写作所构成的文本自身才是语言活动的旨归；真正的诗歌就是语言内部和形式自身的言说——从"诗乃语言创作，仅此而已"（让·罗耶尔语）至"诗到语言为止"，只改动了几个不重要的词而已。从主体性的角度来说，当语言的超现实和魔幻化替代了对现实的具体指涉，诗人的主体性或被悬置，或退隐于语言的背后，"意义"赖于语言的律动和增殖，"修辞"成为文本和现实/道德之间架设的"桥梁"——如果一首诗还关涉现实并存在道德诉求的话。

对当代诗歌写作做一个简短的回顾的话，可以发现，对语言和形式"先锋性"的追求在1990年代之后仍是诗歌界（也是文学界）一股不小的潮流。问题在于，语言的"纯洁"和"先锋"在1980年代如若还能天然成为一种道德探险或不无想象性的伦理承担，1989年之后，继续将"意义"和"思想"托付于语言的演奏或语言的狂欢，已难以规避经验世界被语言覆盖、社会历史语境被一种语言享乐主义所篡写的危险。对于十年前刚刚开始写作的诗人来说，1980年代末的巨变让他们亲眼目睹了自己的青春理想如何被巨大历史事件的尘埃所湮灭——包括"语言是存在的家""语言说话而非诗人言说"诸如此类的"语言本体论"的"神话"理应作为这次失败的殉葬。——诗人或许面对着一次真实意义上的语言学转向，寻找或锻造出另一种语言，一种可描述自身切实经验，可体现自己生命的某种东西，理想情况下还能帮助诗人明晰自身社会历史处境、发掘社会历史意识深度的语言。这意味着需要锻造出一种偏离诗歌固有的"所知"、寻找"所见"的语言，意味着诗歌写作必须重新为自身发明出社会历史"可见性"的语言，一种从诗歌自我传统的沉醉中逃逸和恢复话语与社会历史语境深度关联的语言，从这个角度来看，1989年之后的中国学界对"语言本体论"的钟情或有着更为复杂的心理因素和社会因素。语言本体论的继续流布趋势意味着一种相反方向的逃逸，稍显悲观地猜想，或出于"避居"式的、明哲保身的生活策略，或不自觉地堕入一种艺术匠人式的自欺，前者导致写作失去思想力量和感知的有效性而苍白无力，后者则使写作沦为华丽、精巧而乏味的词藻堆砌游戏，"有如语言蜕化为诗行，慨然献出了/意义的头颅。"（陈东东：《眉间尺》，2001）不难发现，最早进入纯诗写作的陈东东此刻已对"语言蜕化为诗行"这一行为的意义提出了自我质疑。

在语言不及物、主体性的隐退直至文本的欢乐这一现代颇为形式主义的纯诗传统中，在当代中国诗歌遭遇同样的诘难之前，强调主体性与批评意识的马塞尔·雷蒙就已经挑破了"纯诗的新衣"，他在分析了包括马拉美在内的象征主义诗歌之后提醒人们注意，"绝对的纯诗只有在人世间以外的地方才可能想象。它只能是非存在。……对于诗来说，这种非存在的诱惑是十分可怕的危险"。只是马拉美的继承者在好多年后才得以明白"诗赢得天使般纯净的同时，失去的是人情味和效率"[①]

"绝对的纯诗"在马拉美之后屡受追慕，其中不仅包含着诗人对语言纯洁性的向往、艺术形式感的精英主义的自许，或许也隐藏着一颗规避话语活动的社会历史语境的屠弱的心智。马塞尔·雷蒙批评19世纪末象征主义者的"典型态度"是"躲避于自我之中，将目光转向自身，为的是满足青春与消极完美的欲望，或者出于对生存的某种恐惧、厌倦、厌恶，在大多数情况下带着迎合自我的全部内在变化的几乎恋人般的欲望"。"对美的绝对崇拜与对文字的偏好已经对1885年的象征主义者造成损害——"马塞尔·雷蒙感叹道，"因为千真万确的是，诗歌更多的是从生活以及对生活而不是对语言的思考中获得滋养。"②对于西方二十世纪后半期以来相对平庸、稳定的社会历史语境来说，在符号学、结构主义与解构主义话语鼎盛之际，这一主体意识批评或许没有发生应有的诗学效果。

在1990年代初，陈东东的纯诗写作发生了一种反向的语言转向，他开始有意涉及了社会、政治、历史等方面"反诗"的或非文学的感性经验。这一时期，他与西川等诗人创办刊物《倾向》，倡导"知识分子写作"。伴随着主体意识的缓慢转变，火焰、情人、谎言、死亡等不谐和的意象密集地出现在他的笔下，讽喻的气质明显弱化了1980年代形成的典雅与纯和："一个重要的老人呻吟/惊动指甲鲜红的情人：抚慰/清洗、扪弄和注射"（《病中》，1990）；"北方，雪线后，一个朝廷正在复活/它甚至从来就不曾死去"（《讽刺的性质》，1992）。当"青春冷于胸间"（《小诗》，1990），1980年代纯诗的蓝色和理想的"绿边"黯然消褪，初夏的热情坠入深秋的腐坏，一种社会性的腐朽气息被一种主体感性的论述所折射："西窗被风击落，众鸟倦于啼鸣/一个人独倚颓废的墙/在秋天，书籍泛黄埋藏玫瑰/死者的舌尖开放出记忆//红漆剥落/蛀木虫深入/一颗星初照残酒和灯/在秋天，邮差传递老年的谎言/一个人读一封过时的信"（《在秋天》，1990）；红与黑成为此刻的主题色调，修辞的张力逐渐增强，意象大胆甚至刺目："七月里妄想的火炬上升/七月里万众晴天里欢庆/一个被镰刀收割的情人/她走上大街，她宽大白衫下/两只赤奶子是否等待你/爱抚的大雨"（《七月》，1990）。或许此刻的诗人并没有完全告别语言的不及物用法，总体而言陈东东似乎依旧留恋着修辞的快感，只是在语言的欣悦感之中增加了主体的经验特性的腐朽气氛与谎言气息，语言的不及物之中悄然加剧了"能指的剩余"，一种讽喻性的情绪和喜剧性的主体感性回应着一个"复活的朝廷"。

今天读来，这些讽喻性的诗歌或许在技艺上显得还不够娴熟，主体感性之激烈、情绪化的理念之迫切，偶尔刺破了语言的负载，损坏了理性与感受力的平衡。然而重要的是，它们提供了诗人心态、观念和写作路径在某个时段的渐变——借用马塞尔·雷蒙评述马拉美时使用的概念——从"自我的诗歌"逐渐变成"精神的诗歌"，从文学的、浪漫的、个人幻想的话语，转变为携带公众经验的和普遍性精神意识的修辞活动。即便没有具体的主体称谓，"无人称"的文本却由一种精神品格——即诗人拥有明晰的、确定的、在某个群体内具有普遍和一般性的主体意识——作为文本中的隐秘的签名；其文本也因这种"一般性"而成为一个"简洁明了现出了轮廓"的"数学函数"——其中的讽喻、愤懑、愁容、抑郁、低落，不仅是一个诗人在1990年代初的主体性意识和个人肖像，同时也是一个智识群体忧郁的主体特性。

这一话语修辞方式的转变，并非意味着陈东东旨在使诗歌或语言成为传达社会思想的载体和工具。从语言的快感享用出发的诗人的写作生涯，他知道自身的首要职责并非理念的表白。况且一般而言中国当代诗人亦匮乏于一种历史认知上的指向，即如帕斯这一对整个现代性充满批评的激情的诗人，依然会赞同布勒东的观点，认为"诗不是一个形式问题，而是对于生活的一种道德立场"，他们也同时认为，诗歌所给予人的自由的出发点，"必须经由个人良心的解放并经由艺术的表达才能实现"③。"良心"与"艺术"，理念与技艺，"所知"与"所见"，构成了诗歌的修辞张力。

> 我的月亮荒凉而渺小
> 我的星期天堆满了书籍
> 我深陷在诸多不可能之中
> 并且我想到
> 时间和欲望的大海虚空
> 热烈的火焰难以持久

这首写于1991年的《月亮》，开篇充满排列感的句式"我的……/我的……/我……"与写于1981年的《诗篇》何其相似啊！只不过在当年，年轻的诗人说的是：

> 我爱的是女性和石榴在骆驼身边
> 我爱的是海和鱼群男人和狮子在芦苇身边
> 我爱的是白铁房舍芬芳四溢的各季鲜花

很明显，在一致性的句式风格中，两首诗的修辞已经有着重要的改写，1991年的"月亮"里依然充斥着"所知"而非"所见"，依然充斥着不可见的"时间和欲望的大海"之类的修辞，但这一修辞被组织进"我深陷在诸多不可能之中"的主体特性或主体感性之中。从1981到1991，诗人的主体性发生了断裂式的变化。十年前，诗人垂青于"女性""石榴""骆驼""芦苇""白铁房舍"这些文学性的、浪漫而唯美的事物——我们甚至可以判断，上述意象更多地来自阅读、想象而非现实经验，即来自于"所知"而非"所见"。虽然诗人有意赋予"我"一种独立性、个体性、主体性，然而它们基本上依赖于修辞的建树。而当修辞同时被作为写作的出发点和目的，诗人的主体性将不免模糊和游离：那些"石头"和"骆驼"，"狮子"和"鲜花"，是一个中国诗人的爱还是埃利蒂斯的爱？抑或是哪个来自书本上的诗人的意趣？

十年之后，诗人依然会写到"月亮"这个因负载浓厚文化沉淀而天然具有了文学性、古典性的意象，只是这次，诗人为我们展现了一个独特的主体："我的星期天堆满了书籍/我深陷在诸多不可能之中"，这迥异于1980年代中期"我稳坐有如雨下了一天"的气定神闲。诗人将目光从遥远的爱琴海收回到"失去了光泽的上海"——

> 闪耀的夜晚，我怎样把信札
> 传递给黎明
> 我深陷在失去了光泽的上海

在稀薄的爱情里

看见你一天天衰老的容颜

作为出生并成长的地方，上海一直被诗人暗自认为是"飞来中国的都市"、在1980年代"堪称中国唯一的现代都市"（陈东东：《游侠传奇》）。的确，这个城市曾经是资本主义自由贸易在遥远东方的一块飞地。在"现代"的"闪耀"失去光泽的时刻，那"一天天衰老的"，又何止"你"的容颜？何尝不是诗人们青年时代的激情和理想？

诗人继续深入探索着修辞学的讽喻性，将日益清晰明亮的观念藏在"失去光泽的""一天天衰老的"、模糊晦暗的语言之"容颜"里。经由修辞上的讽喻性，陈东东越来越多的"所见"融进他的"所知"，强化了语言多义性和无意识的张力。对陈东东来说，当非诗的经验和理念融进诗歌时，并没有削弱文本的诗性和音乐感，失去光泽的现实也没有抵消语言的快感，"把诗篇抽象为音乐"（《午后的散步》，1995），此刻和今后仍是陈东东的诗学理想。

从另一个角度说，将思想强劲的内在力量隐于语言的音乐感中，既是对主体性边界的拓展，也是对语言的深度激活。陈东东写得更好的，正是将"良心"、思想、理念，揉碎、消融进"艺术"、技艺的表达中的诗歌。写下《七月》一类的诗歌后，他似乎很快就意识到，对观念的强调、对"倾向"的践行，不能以舍弃文本的抒情性、音乐感为代价——何况它们是诗人非常擅长的技艺。由是，在《月亮》中，我们看到，"在奥斯维辛之后"诗人如何继续行走于语言的节律之上："不可能""虚空""黎明""爱情"……这些重音词汇跳跃着，隐隐绰绰，自由而有节制地踏在"eng"韵……汇成我们熟悉的陈东东的个人语调和声音。

《七月》之后，陈东东甚少直接抒写公共事件，就像前文论述过的，他善于将普遍情感隐藏于个人化的、多义性的语言之"容颜"里。写于近期的诗作《火车站（2014年4月2日•来自梁小曼的一个变奏）》，却罕见地处理了一场新闻性的公共事件。

陈东东习惯在诗作末尾标注年份，但极少标注具体日期，这次他却在《火车站》的副标题中标明"2014年4月2日"，似乎诗人有意点明该诗缘起于此前不久的一场有关火车站的事件。然而诗人在一开始又颠覆了这种具象化：

并非昨夜，是另一个日子

是更多的日子

"昨夜"是一个具体而清晰的时间，一个新闻事件般精确的时间，诗人却要把一场事件放置于一个模糊不明的时间（"另一个日子"）和广延的时间长度中（"更多的日子"）来描绘，这便赋予了该事件以晦暗性、一般性和普遍性。

偶然性迎来又告别了某人

负片里一件黑色皮衣
银盐浮现流逝的脸

"所见"被有意识地得到了强化式表达："负片"即胶片，由于胶片上的颜色与实际的景物颜色正好是互补的，"负片里一件黑色皮衣"，以此或可推论"某人"衣着白色。这或为一种身份暗示？"银盐"是胶片的另一种说法，同时，"银"字携带的色彩感与前面紧邻的"黑色"形成了色彩冲突。"负片"和"银盐"，诗人为自己的"所见"设置了一张镜片："某人""黑色皮衣""脸"……由远及近地浮现、晃动、流逝、模糊、不留痕迹……短暂、即时、充满偶然。同时，"黑色皮衣"和"流逝的脸"已经隐现出某种不安和焦灼的气息。

　　而昨夜
　　如此近；昨夜，无限远
　　混入呼吸的肌肤之亲
　　残肢和惊骇的油脂与血
　　火车站交叠着生死的叉道

"昨夜"如一副咒语，再次被念及，并一再被念及，时紧时慢。在物理时间上，"昨夜"是"如此近"，状若"肌肤之亲"，然而，后面的语调骤然转向，温暖的情色词语"呼吸"和"肌肤之亲"瞬间混溶于"残肢""惊骇""血"和"生死"的惨烈之中："残肢和惊骇的油脂与血"。这番境遇是因为痛苦与伤害的历历在目犹如在"昨夜"？还是被埋藏在不愿被忆及的"无限远"或其他可能被重复经验的时刻？

　　在这里，诗人惯用的"所知"修辞完全让位于"所见"之物——火车站、昨夜、某人"流逝的脸""油脂与血"，像交错的轨道一样相逢并交叠了，似乎充满偶然，却"有一位必然调度员"——

　　偶然性有一位必然调度员
　　在白热的异城间摆布命运
　　一列车送某人重归倒春寒
　　一列车却载来
　　沙暴蒙面的虐杀之利刃

　　无限远，如此近……
　　残肢和惊骇的油脂与血
　　混入呼吸的肌肤之亲
　　……而宵禁的火车站

并不能阻止那个人的返回

　　陈东东自写诗开始就十分注重对词语音色感的呈现。只是越往后，他对音色的处理越不露痕迹。同时，诗人的主体性被隐藏得更深。在近年的诗歌中，不再能见到《诗篇》《月亮》那种音乐般的节奏和韵律，更多的时候，诗人借用于词语本身所携带的气场、色调来形成诗句内在的音乐感，并暗示某种主体意识。

　　在《火车站》中，诗人对气息的把握一方面体现在多组相对的词语和意象上："昨夜"—"另一个日子"—"更多的日子"；"近"—"远"；"偶然"—"必然"；"白热"/"沙漠"—"倒春寒"/"沙暴蒙面"；"油脂与血"—"肌肤之亲"；"宵禁"–"返回"……一部分拥有相对温暖、坚定的音色，其他则陷于阴戾和冰冷。这些词交替出现，形成紧慢缓急的复调节奏。另一方面，在从头至尾稍显模糊、含混、复杂的描述中，诗人安置了几个明朗、必然性的断言以制衡无意识的膨胀，它们分别是第二节的"火车站交叠着生死的叉道"，第三节的"偶然性有一位必然调度员"，以及该诗的最后一句"而宵禁的火车站/并不能阻止那个人的返回"。一切必然性都分散有致、不示声张却似有所准备地蛰伏在关键之处，如数学般精准，给蔓延芜杂的含混情绪以必要的点明和控制。

　　整首诗歌从一个人回忆性的低语"并非昨夜，是另一个日子"开始，以"他"的返回结束。通过将笔触控制在一个具体的主体"所见"和"所知"之内，诗人有意从旁擦过而非直面一场新闻性的公共事件，从而避免了诗歌成为新闻式的报道和议论。然而，擦过这一事件，也令诗人的主体性意识得以某种程度的显露：

　　　　偶然性有一位必然调度员
　　　　在白热的异域间摆布命运

　　人们倾向于将一个事件理解为偶然性的，就像列车载来又送走的客人——包括那些"沙暴蒙面的虐杀之利刃"，似乎他们的出现充满偶然性和一次性。然而，就像车站的"必然调度员"，那些"流逝的脸"，以及"沙暴蒙面"的命运，又受制于哪位"调度员"的"摆布"？"流逝的脸""残肢和惊骇""油脂与血"，这些怵目惊心的"所见"或可见性直接揭示了一种具有社会伦理意味的主体性的在场，以及"所知"的缺席——只有罪恶发生了，罪犯（必然的调度员）却隐匿了。

　　与诗歌修辞中的过度的"所知"遮蔽了"所见"相反，对社会事态而言，重复着的"所见"遮蔽了"所知"。这一状况构成了当代社会的主体特性与主体感性的经验背景。《火车站》颠倒了诗人以往从诗歌修辞的"所知"出发的写作。从"所见"出发，最终寻求的是不为人所知的"所知"。换句话说，《火车站》揭示的不是一个新闻事件，不只是"所见"，而是所见之物中的不可见性，即认知与所知的缺席状况。对偶然事件的可见性的描述指向的是对不可见的"必然调度员"的指控。同时，为不损伤诗歌的自然诗性，诗人又不断地使用含混、暧昧的语言悬置着这一必然性问题。

可以说，一个文本正是一座火车站：语言和主体性在这里相互交叠，所见与所知在这里相互质疑，意识与无意识在这里相互混合。从1980年代初的"爱琴海"气质，撤回到1990年代"失去了光泽"的上海，到今天对充满偶然可见性又藏匿起"所知"的暴力事态的关注，陈东东在语言和主体性之间、在所知与所见之间探索着一种充满张力的平衡，这令他的写作既免于陷入语言和形式的拜物教，又不让自身受限于描述可见的现实。这是否意味着诗人长期保持的修辞张力的平衡会被暂时打破？会从他对诗歌修辞的"所知"更多地转向社会生活的"所见"？从快乐的"技艺"走向痛苦"良知"的表达？

①马塞尔·雷蒙：《从波德莱尔到超现实主义》，邓丽丹译，河南大学出版社2008年版，第20–21页。

②马塞尔·雷蒙：《从波德莱尔到超现实主义》，邓丽丹译，河南大学出版社2008年版，第43–44，92页。

③尼克·凯斯特：《帕斯》，徐立钱译，北京大学出版社2013年版，第67、69页。

还有多少真相需要说明

张伟栋VS孙文波

张伟栋（以下简称张）：这个访谈，我想把重点放在你二十世纪八十年代的写作和经历上。那么，我们就从你在西安兵营的生活开始吧。从我的了解来看，这段经历应该算是你写作的一个前史，你在诗歌里对此也有过描述，请为我们还原一下你这段时期的生活以及阅读的情况。

孙文波（以下简称孙）：准确地说我当兵是1976—1979年。如果把这段时间算做我写作的前史，虽然并不确切，但可能也多多少少有一点关系吧。而具体地说来，我做作家梦还与一次打架有关，当兵第一年，因为把一个战友打伤，领导让我写出深刻检查，不然的话要给我处分，由于我当时并不是在自己的原部队，而是被派到兰州军区技术学校学习，很害怕背一个处分回去，所以逼得我花掉好几个晚上认真写了一篇几千字的检查。大概领导认为我的这篇检查写得还行，最后没有给我处分不说，还在几天后让我写一篇类似于向国家表忠心的文章，代表全团士兵在大会上宣读。虽然最后会议因为形势突然发生变化被取消，我并没有获得在大会上宣读文章的机会，不过写这篇东西的经历让我发现自己还能写点东西。从那以后，我开始有意识地寻找一些文学书籍阅读。又加上第二年回到自己所在部队呆着的城市后，刚好我的一位表哥此时也在这座城市读大学，他帮我在学校的图书馆借了很多当时外面看不到的书，使我得以在当兵的后两年时间里阅读了大量的中外文学作品。我现在还记得读过的有雨果的《悲惨世界》、老托尔斯泰的《战争与和平》、巴比塞的《光明》、巴尔扎克的《高老头》、陀斯托耶夫斯基的《死屋手记》、《被凌辱的与被迫害的》，莫泊桑的《羊脂球》，左拉的《妇女乐园》，以及鲁迅的所有作品和郭沫若的《大波》等等。现在回想起来，那时候的阅读真有点废寝忘食的味儿，常常是吹了熄灯号我还趴在被窝里打着手电筒阅读。能把那么多长得不能再长的长篇读完，现在的确不能想象当时哪来那么大的干劲。后来我退伍也与自己把大量的时间花在阅读上有关。因为它使我过多地熬夜，经常早晨起不来正常地出操，从事一天的工作，让我的领导觉得我已不算一个合格的士兵，多次批评没有收到效果后，安排我在1979年全军没有退伍计划的情况下离开了军队；那时候中越边境不断发生军事磨擦，中国正准备与越南打仗，所有部队都在进行战争动员，我的一些战友还被调到了野战部队。而此之前我的领导可是一直很器重我的，在我父亲到部队看我时，还对他说过我会在部队干很多年的话。当然，今天看来那些阅读只是让我对文学有了一定了解，文学梦做得更深沉，并养成了很长一个时期阅读小说的习惯外，并没有真正使我在如何写作上获得多少清楚认识。

张：你谈过最初写诗和一次朗诵会有关系，当时你已经复原和回到成都工作，对写小说充满兴趣。我了解得不清楚，请你详细谈一下。

孙：我最终走上写诗这条路的确与一次朗诵会有关系。当时我从军队退伍回到家中呆了八九个月，被分配到成都西郊的一家工厂上班。这家工厂离我家很远，骑自行车大概要花40分钟才能到达。因此我每天中午吃完饭只能跑到工厂边上的茶馆里休息。一般情况下，我很少参与哪怕是同一个车间的工友们在茶馆里的聊天，都是带上一本书找个相对安静的角落坐下边读书边喝茶。1980年代初，几乎每家工厂里都有不少因为各种原因没有参加高考的文学青年，我工作的这家工厂里也不例外。我每天在茶馆里读文学书籍的情况被几个当时正在筹划一个诗歌朗诵会的写诗的工友发现了，他们认定我也是一个对文学有梦想的人，于是找到我，希望我与他们一起搞这个朗诵会。虽然那时我主要的兴趣是放在小说上，阅读的主要方向亦是小说，对诗歌的了解并不深，但可能心里正苦于找不到有人一起谈论文学，尽管之前不认识他们，但还是没有犹豫就答应参加他们的活动。而既然答应参加活动，当然要有作品，我便在筹划活动的过程中写了两首诗，并在朗诵会那天上了台朗诵。本来，以我当时的想法，写那两首诗不过是为了应付朗诵会，完了也就算了，但没有想到的是朗诵会下来，不少人认为它们是很不错的作品，还有几个来听朗诵的四川大学成人学院的学生，干脆直接把我与其他几个人称为"工人诗人"，并提出要采访我，让我谈谈对写诗的认识，以及为什么作为一个工人还对文学抱有创作的热情。第一次提笔写诗就得到认同，还有人说要采访我对人是怎样一种刺激？完全就是火上浇了油嘛。加之通过那段时间与邀请我参加朗诵的几个人接触，我与他们已经成为朋友。于是乎写一下就算了的想法很自然地被抛弃。我也在那以后开始把兴趣从小说转到诗歌上。不过，要说到真正认为自己写出可以称之为诗的东西，又是几年后的事情了。现在回想起来，我不禁有恍惚之感，觉得好像冥冥中自有命数在一个人的生命历程中左右着他，像我这样的人，如果不是几次看起来不那么必然的事情将自己与文学的关系一步步拉近并最终落实到写诗上，我会是一个什么样的人呢？

张：1986年诗歌流派大展，你的诗歌是在 "四川七君" 这个流派里的，这个命名的缘由是怎么样的？

孙：到了今天再来谈论这件事，对于我已经有点像在记忆里翻陈谷子烂芝麻。不过既然你问起我就再谈一谈吧：大概是1985年，当时还写诗的廖希移居香港，走之前他想带一些诗到香港去，以便有机会通过介绍他带去的诗与香港的诗歌圈打交道。而那时候我已经在成都的诗歌圈里混了，并与廖希交往比较多。我之所以与他交往比较多有三个原因：一是在诗歌趣味上我们能谈到一起，譬如那时我们都在读一些英美诗人的诗；二是他家与我家离得很近，我们经常在吃了晚饭后一起玩耍；再一个是我们都喜欢看足球比赛，能够一起坐下来看电视播出的意甲之类的玩艺。这样一来，我的诗他带了一些走。另外他与钟鸣是西南师大的校友，一直关系不错，所以亦带了一些钟鸣的诗；而当时钟鸣与柏桦、张枣等人关系亦很好，并十分推崇，他们的诗也由钟鸣帮忙要了一些带上。而廖希到香港半年后，写了一封信回来，告诉我已经在那里与一家很有影响力的刊物取得联系，那家刊物的编辑在读了我们的诗后，觉得与此前他们了解到的大陆的朦胧诗很不一样，决定做一期专辑，以便向香港文学界介绍我们。同样意思的信他还写给钟鸣，并且在给钟鸣的信中还多了一种意思，希望钟鸣能写一篇概括性的文章，介绍一下我们这些人的诗歌理念。因为那时大家在国内发诗都很少，有香港的刊物要做专辑介绍，不能不说是一件很煽动情绪的事。我还记得为此事钟鸣专门找欧阳江河、翟永明和我，到他父母位于成都人民公园后面一条街上的家里聚了一次，让大家谈谈这篇文章怎么写。而聚的结果是欧阳江河把写文章的事从钟鸣那里要了过去。这就是后来他的《受控的成长》一文。这篇文章分两部分，第一部分欧阳江河以南方为楔子，谈论与 "朦胧诗" 诗人不同的对诗的认识，以及当时以四川为中心的新一代诗人写作上的追求与已经取得的成绩；第二部分则是对要上专辑的诗人的评论，但这部分的内容并非欧阳江河一人写的，就我知道的情况，谈论我和钟鸣的文字都是我们自己写的（好像钟鸣还写了张枣、柏桦、廖希的篇幅），欧阳江河写了他自己的部分。为什么这么做是欧阳江河的意思，当时他的说法是自己写自己更准确一点。不过，诗最后并非刊发在廖希之前说的那个有影响力的刊物，而是发在了由香港诗人叶辉（叶德辉）一干写诗的同人所办，名叫《大拇指》的文学报纸上。专辑出来后不久，廖希从香港回成都带了很多份。我估计几乎当时在成都写诗的人都得到了这期报纸，还有的被寄往外地。因为欧阳江河的那篇文章，也因为报纸上刊出的七个人的诗，当时成都的杨远宏、石光华等人便开始称呼这七个人为 "七君子"。其实他们这样称呼带有戏谑和冷嘲的意味。而紧接着，便是徐敬亚和姜诗元搞的那个 "现代诗大展"。当时徐敬亚并不是将约稿信直接寄给我们中的某一个人，而是寄了很多份给他早就认识，以一首叫《不满》的诗得过全国诗歌奖的骆耕野，请骆耕野在四川帮他散发。那段时间我恰好与骆耕野交往比较多，他便给了我一份。我在征求了欧阳江河等人的同意后，出面组织了诗以 "七君子" 的名义寄给徐敬亚。最后大展出来，其中的关于诗歌观念的部分，也是当时在征求了欧阳江河等人的意见后由我持笔写的。

张：欧阳江河在一篇访谈里谈到四川诗歌时，更多地是谈到 "四川五君" 和万夏、李亚伟和宋渠、宋炜这几人的写作，使我感觉好像你当时的写作有种孤绝的味道。请你谈一下具体的情形是怎样的?

孙：前面我已经讲了，之所以有过"七君子"一说，完全是由于香港那家刊物发表诗的缘故。而实际上我平时虽然与欧阳江河等人认识，偶尔也有交往，但算不上朋友。加之后来我了解到，由于徐敬亚的大展只登出我和欧阳江河、翟永明、柏桦的诗，其他人只是登出名字，钟鸣说过"孙文波怎么能与我们相提并论"的话——这是大展出来后不久，有一次在成都春熙路新华书店门口碰到欧阳江河，他告诉我的。钟鸣的话让我当时就意识到，其实这很可能也是欧阳江河自己的意思，他不过是用转述的方式告诉我罢了（转述别人的话，欧阳江河做过的不只是这一次，1996年左右他还向西川转述过我说"西川已经是官方诗人"的话呢，只可惜那句话并不是我说的）。时至今日，我已经能够非常理解他们当时为什么这样想。因为相比他们，我那时写诗的时间很短，也刚刚进入诗歌圈，他们却早已私下里是成都先锋诗歌圈的名流，我突然被别人看作是与他们相提并论的诗人，他们的心里不安逸也是很正常的事。诗歌圈有不少人总是过高地估计自己的能力已经不是什么新鲜事情。当然，另一方面我觉得不管是欧阳江河还是其他人后来一直强调"五君子"，也不是没有道理，至少从表面上看他们相互间的交往要多一些，彼此更欣赏一些，或许还更是一个诗歌的利益联盟。而我自从欧阳江河转述了钟鸣的说法（我到今天仍然怀疑钟鸣是否真说过这样的话），心里已经十分清楚自己不过是因为很偶然的一件事被人们看作与他们是一个圈子里的人，加之本来私人交往也不深，所以从此以后就有意地不再与他们搅和在一起，至少在与诗歌有关的事情上尽量不与他们中的任何一个人搅和在一起。后来的情况也的确是这样，不管情况发生了什么变化（包括有一段时间柏桦经常来找我玩），就写作而言，我一直把自己看作独立的诗人。我还在什么地方主动地谈论过"七君子"，硬要把自己与他们拉扯在一起吗？另外还有生活的场域对我与别的诗人交往有一定影响，那就是我的家在成都离市中区很远的北边，而成都大多数写诗的人都住在南边，自从结婚后我便不再老是跑出去与写诗的人打交道。或许正是这样几种情况加起来促成了你说的我的写作有点让人看起来"独绝的味道"吧。不过回过头去想，我感到的这反而是一种庆幸，因此我一直把这种经历，包括欧阳江河转述的钟鸣的话给我的提醒，看作是对我起到了好作用的事情。如果当时我的确写得不让人满意，遭人诟言，那么它所造成的被迫和主动的与别人的疏离，带来的结果是，让我对如何写出自己的诗有了潜心思想的前提和动力（所谓的'知耻而后勇'），也因此造就了进入1990年代以后，我在写作上不单形成自己的风格，还由于对某些具有改变意味的诗学观念、写作方法的强调，对中国当代诗歌的写作变化提供了实质性影响。而这一点，我从来不忌言。

张：其实你的诗歌写作和第三代在时间上几乎差不多，而您在一篇文章《我与"第三代"的关系》中，说自己与"第三代"没有关系，而且你的文章主要是就诗学观点的差异而定位，当然这里面有着反思和批评的视角，也很有启示的意义，所以我想请你就和第三代诗人的接触和交往来谈谈他们的写作、阅读或是一些诗歌活动的状况。

孙：在写作的最早期，我其实是在一个相对比较封闭的环境里。几个写诗的朋友都在同一个单位，像后来当过《非非》副主编的敬晓东。那时候敬晓东比我爱往成都的诗歌圈里跑，很早就认识了杨黎等人。我认识很多人都是通过他。还有就是有一次我们单位其他写诗的那几位在成都的望江公园搞了一个朗诵会，通过这个朗诵会我认识了当时还在四川大学读书的，川大《白色花》诗社的胡晓波（是叫这名字么？我已记不清楚了）。认识以后，有那么一段时间我与胡晓波经常在一起耍。虽然现在他已不写诗，但当时却是川大最活跃的，被不少人评论为最有才情的诗人。又通过他，我认识了更多写诗的人。这以后便开始进入成都的诗歌圈。还有就是1986年左右，万夏有一天突然对我说，因为他家在成都市中心最热闹的地段，外地来的写诗的人总是找他，搞得他不单要管吃管住，有些人离开时还要求他提供火车票。那时候，万夏大学毕业后一直没有工作，自己都穷得打鬼，经常如此他已经受不了了。他听说我一人住一套房子，且地点又远离市中区，就提出要到我那里躲一些时日。后来万夏在我那里住了半年左右。1980年代，万夏还算得上一个有侠义气的人，与他交往的写诗的人特别多。通过他我又认识了更多写诗的，像宋炜、李亚伟、马松等人。不过我当时真正交往多的还不是这些人，而是重庆一些写诗的，譬如傅维等人。之所以能与傅维等人交往，主要是我对当时成都出现的以搞流派为兴趣的很多写诗的人的诗歌观念不感冒，傅维他们也对之有看法，所以能够凑在一起。当然，老实地说，八十年代我只能算作热闹的四川诗歌圈的边缘人，虽然与很多人认识，但他们那些在全国搞出了动静的诗歌活动我基本上没有参加。我唯一做的一件事是与傅维、潘家柱等人创办了一份诗歌刊物《红旗》。说起来这份刊物的创办也有偶然性，是有一次潘家柱与柏桦到我家，在我家附近的小饭馆吃饭时，我们一边喝酒一边聊天谈定的。之所以把刊物的名字定为《红旗》，是因为我们都认为写诗这一行为在当时的时代氛围中就像把命豁出去一样，是具有极其悲壮色彩的事情。再之，就整体的四川诗歌氛围而言，当时流行的是反智主义，一方面对古老的文化秩序说不，另一方面则强调诗歌的平民化。而对于这些流行并形成了极大势力的诗歌力量，我和后来进入《红旗》的诗人想要做的是表明自己与他们疏离的态度。《红旗》杂志只办了五期，没有继续下去的原因是什么我现在已回忆不起来。但想一想大概还是在于到了最后大家发现，即使是加入《红旗》的不多的诗人，在对诗的认识上仍然是非常不同的。而且越到后来越是不同。譬如像我，其实一直以来感兴趣的是以经验主义为背景的英语诗歌写作方法，自觉当时受到的影响亦是来自于从玄学派到叶芝，尤其是奥登这样的，在细节描述上非常落实，带有叙述色彩的诗歌。而其他人，譬如傅维、柏桦则一直更推崇直接抒情。可以这样说吧：我一直认为，由于中国当代诗歌写作是受到西方现代主义影响，主要是英语诗歌的影响而发生的文学革命，真正能够将中国当代诗歌带上正常而具有文学价值轨迹的应该是作为现代主义诗歌运动主流，在诗歌发展的文化推进上有最大影响，并在写作方法上改变了诗歌结构方式的英语诗歌。我甚至私下里把这样的诗歌与自身的写作相联系看作是追寻诗歌的正派性。如果非要追根溯源地探究我为什么在八十年代会成为四川诗歌圈里的边缘人物，答案或许是因为一方面在写作本身上我还处于寻找属于自己的话语方式的阶段，另一方面应该就是由于我对诗歌的认识，使得我很难与大多数正忙于"发明"诗歌方法的人走到一起，加入到他们所掀起的时髦潮流之中。不时髦，不运动，到了今天仍是我对自己写作的要求。

张：从大展那三首十四行诗来看，你当时对诗歌语言和诗歌肌理的要求和第三代的一些诗人的确很不相同，那时你集中关心的问题是什么？

孙：具体关心什么问题我现在回想不起来了。不过从我还认可的，那时候自己写下的少量作品来看，除了上一个提问中说到的那些因素，更多地可能是把注意力放在了对结构、形式的把握上。我一直到今天都很喜欢整饬的形式，在写作中注意句式与分行对视觉的影响，应该就是那时候养成的习惯。可以肯定地说，在八十年代，这些不是大多数人关心的问题。那时候，写诗的大多数人关心的是在粗线条上完成诗歌观念的革命性改变，而对于从细节上着手进行诗艺上的钻研，并不那么上心。如今我仍然很欣慰自己能够在那样一个年龄段上进行如此的训练。因为它让我对写作中如何运用控制手段完成诗，积累了比较好的经验。或许这也说明在当时我就心里明白，写作其实是一项需要长期劳动、不停探究的工作，一个真正的诗人如果要最终在写作上呈现出自己的独立面貌，完成带有风格意味的诗歌形态的建设，就必须从年青的时候开始，一方面为自己寻找到话语方式，另一方面则需要确立对技艺的重要性的基本认识，并在具体的写作中自觉而有意识地进行训练。我始终相信，所谓写作过程中的游刃有余、应付自如，无不是训练获得的能力。所以，细心的读者会发现，我1980年代写下的都是形式感非常确切的诗，像西方的十四行诗那样的一批诗不说，其他的要么六行是一节，要么是八行一节，并且非常注意节奏感的生成。像我现在这样写下的一气贯通不分节的诗，那时候基本没有写过。不是有不少人认为我属于越写越好的诗人吗？为什么越写越好？今天看来主要的原因正是由于一开始写作就在技艺的修炼中为自己建立了一整套甄别词语的方法，因此获得了属于自己的把握词语的手段。它们使我能够在青春的激情消失后，通过仔细地经营一步步地建立起自己的话语系统。当然，还有一点需要说明的是，能够在那样的年龄就意识到这些问题，一个隐秘的推力还可能来自于对个人才能的认定，即：我从来不把自己看作"诗歌天才"，而且也不太信任"天才"在现代诗写作过程中的作用。时至今日，不是有很多1980年代的"诗歌天才"都销声匿迹了吗？

张：在其他一些文章中，给人的感觉是在八十年代和张曙光有着很密切的交流，你也曾和我说过，那时你们互有影响。

孙：我知道张曙光的诗是萧开愚介绍的。而关于萧开愚与张曙光如何成为朋友，他们各自都写有文章谈论过。现在我能回忆起来与张曙光第一次见面是有一年他到四川，先是在成都与萧开愚、我见了面，然后我们一起去了萧开愚在中江的家，并在那里呆了好几天。而通过这次在一起的经历，我们成为了朋友。到了今天，只要是了解中国当代诗歌写作进程的人，都知道张曙光是最早以疏离潮流的姿态，在诗歌上写出具有独特形式的诗篇，并对九十年代的写作产生了广泛影响的诗人。而说到影响，我真的说过我们互有影响吗？也许更准确的事实是，当我真正地理解了张曙光的写作后，他的那些作品促使我对一些问题进行了思考。就像今天被人们大量谈论的九十年代中国诗歌的"叙事性"、"中国话语场"这样的，产生了广泛影响的对写作方法认定的说辞，便是这些思考的产物。虽然，我不敢说由这些概念引发的中国当代诗歌写作走向的变化，仅仅来自于我对它们的提出，因为后来很多人都在谈论它们。但这些说法的提出，加之其他一些由朋友论及的问题，的确从格局的意义上改变了当代中国诗歌的面貌。像萧开愚一篇写得更早一些，在"叙事性"等概念被提出之前就完成的文章《从上海看中国当代诗歌……》，虽然没有直接提到"叙事性"这样的词，但其中关于诗与"及物"的关系的阐述，亦是非常重要的，点到了当代中国诗歌写作命脉的见识。别人受没有受到他的这篇文章的影响不好说，但它对我的启发亦与张曙光的作品一样，是清晰的。至于当时萧开愚在上海写这篇文章的初衷是什么，他又是基于哪些因素，看到了什么样的问题而谈论写作的"及物"的重要性的，我直到今天都没有问过他，因此不敢妄言有所了解。但对于我，的确是通过与张曙光和萧开愚的认识，并由于对他们的写作的认同，想到了这些问题。至于要说相互影响，也许有，但那是一种更深入意义上的启发人思考的影响，落实到具体写作上，我个人认为实际上的影响并不多。在我看来，很多时候朋友之间的交往是一种认同，它来自于一种对基本道德的认定带来的判定事物善恶的标准。所以，既然这里谈到了张曙光和我是朋友，我还愿意多说说。我认为：张曙光无论是人品，还是写诗的态度，以及对诗歌的见识，可以肯定地说，是当代中国诗人中我最尊重的几位人物之一。

张：我听其他的诗人说过，在八十年代书信的交流是非常频繁的，如果能将这批书信整理出版，将会是非常重要的研究资料，除此之外还有一种很重要的交流方式，就是通过编辑民刊或者加入某个民刊的小圈子。我感觉，如果没有参与到这种交流当中，好多人的诗歌不会是现在这个样子，你怎么看？

孙：也许情况的确如你所说那样。不过我认为自己是一个例外。不管是八十年代还是现在，我都不喜欢写信，所以真正与之有过频繁的书信往来的诗人只有几个，而且我也不认为我们之间的那些书信有什么诗歌研究意义上的重要性。因为我们书信的内容主要是关于个人生活，或者正在写作什么东西的一些简单的情况通报，很少有像卡夫卡，或我们读到的其他什么人那样的，在信中大量谈论文学的篇什。至多有少量的对将要进行的文学活动的意见交换，譬如哪里要我们的诗办刊物啦，哪里又要我们的诗发表啦，或者最近都干了些什么，家庭生活发生了什么事情啦。至于说到民刊是一个重要的交流方式，也许是吧。但对于我并没有重要到你所说的"诗歌不会是现在这个样子"的程度。而且我相信如果一个人把自己的写作建立在从民刊中获得动力，基本上这个人的写作不会有什么大出息。所以，一个人的诗歌最终能成为什么样子，更关键地还取决于每一个个体的诗人在自我训练的道路上的寻找，以及将自己的诗歌抱负落实到与哪一个级别的诗人的对照上。就像我，从来没有想到过与自己同时代的任何诗人比较，哪怕是最好的朋友，他们的写作都只是在另外的方面促使我思考问题。另外我心里一直有一个认识，在如今全球文化信息流通便利的情况下，我们能看到整个世界的诗歌成果，就算成了中国最牛逼的诗人，又有什么意思呢？所以，根本没有必要与中国诗人比较嘛。当然，或许一个时代的诗歌发展与民刊的存在有着密不可分的关系。因为它作为一种出版形式，使得更多的诗歌能够进入到文学流通领域，从而在格局的意义上让人们看到诗歌形态变化的真实面貌。这一点当然也就对那些后来进入写作场域的诗人有影响。至少，会让后来的诗人了解到诗歌写作存在的具体情况。

张：谈一谈你和傅维几个人主编的《红旗》的情况。

孙：《红旗》创办的起始原因前面已经说过。具体地讲它一共出过五期，开始时间大概是1987年，前后的跨度有一年半左右。在上面发表作品的主要有我、傅维、潘家柱、向以鲜、柏桦、郑单衣、张枣、雪迪等。第一期由我主编，潘家柱负责印刷；第二期是傅维主编和负责印刷，后面几期也是你主编一期，他主编一期。总之那时候编这本刊物，大家还是很齐心协力的。而1987年，我还在一家工厂当工人，傅维、潘家柱、柏桦都还在学校，有的进修，有的读研究生，郑单衣则刚刚大学毕业分配至贵州一所学校，在经济上我们都是非常窘迫的。因此，办一份简单的刊物，对于我们来说也不是一件轻易的事。我记得除了第一期是那时候已经在倒腾图书出版的潘家柱出的钱，以后的几期都是大家像吃饭打平伙（AA制）那样，一人凑一份钱。《红旗》主要是老式铅版打字油印，用订书机装订，没有什么讲究。好孬那时自己印东西不像现在这么讲究，非要搞得比公开出版物还要精致，所以凑的钱也不算多。而且大家的想法也很一致，只有把诗印出来，能够传播给一些同行看就行了。其实《红旗》的传播面并不大。因为我们每期的印数不多，几十份而已，但是它还是让一些过去不太了解我们的写作的人，主要是外省一些诗人、评论家，了解到了一些情况，并通过他们的评说产生了不小的影响。我个人一直对这份刊物有一丝怀念。所以怀念，是因为这份刊物中的一些诗人的缘故，像潘家柱，我曾经多年没有他的消息，再次见面时他已经连姓名都改了；像傅维，他现在已经基本上不写诗；像郑单衣，由于我们都可能做得不好，如今已经成为哪怕见面我也不会搭理的陌路人。再之，我手头现在一期《红旗》都没有了，每每想起这些，都不得不从心里浮出遗憾。要知道，在那上面首发的作品，有不少在今天看来还很有意思，像柏桦的《琼斯敦》《痛》，张枣的《楚王梦雨》《梁山伯和祝英台》、傅维的《玛捷珀》《回忆乌鲁木齐》，郑单衣的《妹妹》，等等。

张：从目前的情形看，从北岛到你们这一代诗人也包括更年轻的诗人，最初的写作都很依赖翻译的启示，你在八十年代的写作有哪些翻译家的翻译对你有过重要的影响？我们聊天时，你和我说过是《次生林》或者还是其他别的民刊，我忘记了，曾刊登过一组译诗，对当时的四川诗人影响很大。可否详细地谈一下对译诗的接受情况，最好能具体到哪几首诗。

孙：不单单是启示了。那是直接的，让人用带有模仿色彩的方式去学习的阶段。不管现在承认不承认，但当时很多人的确从西方现代主义诗歌中学到了不少东西。像欧阳江河的《悬棺》一诗，当时他写这首诗时，正是读了钟鸣主编的一本诗选后，那本书里有孟明翻译的圣琼·佩斯的《远征》一诗的几段。在这之前，人们对现代诗的理解最关键的一点是它的分行排列形式，但圣琼·佩斯这首诗却像散文一样是以段为单位的。还有就是欧阳江河在《悬棺》中有一句诗"所有的死亡都是同一个死亡"，让人读到觉得好像很有玄秘的神秘主义色彩，其实这一句不过是墨西哥诗人帕斯的《瞬间》一诗中的句子"所有的瞬间都是同一个瞬间"的改写。另外就是当年我在读到杨炼的一首诗时，对其中的一句"太高傲了，以至不屑去死"感到震惊，觉得写得很牛，但后来发现这句诗其实是英国诗人迪兰·托马斯某一首诗中的句子（是哪一首诗我记不准确了）。1980年代，在西方现代主义诗歌被广泛引入介绍，人们一下子读到了后期象征主义、未来派、表现主义、运动派、自白派、高蹈派等诸多诗歌形态，看到了马拉美、艾略特、庞德、弗洛斯特、斯蒂文斯、帕斯、洛威尔、瓦雷里、圣琼·佩斯、菲力浦·拉金、H·D、毕肖普、普拉斯、塞克斯顿、曼捷尔斯塔姆、帕斯捷尔拉克、里尔克、特拉克尔等等诗人诗歌的情况下，谁又没有受到西方诗歌的影响呢？甚至当时私下里还有一种看法，就是资料的获得对一个写诗的人很重要，谁能够比别人先一步读到一些西方诗人的诗，谁就可能先一步获得诗歌革命的资本。所以谁也不要自以为是，把自己说成横空出世的牛逼大爷，根本没有那么回事。这就是为什么今天回过头看，其实不少诗人那时候写下的作品都能让人看到西方诗人影响的痕迹。我当然也不例外。至于说到有哪些诗人是我在1980年代重点学习的对象，一是奥登，二是叶芝。叶芝我是对他的怪癖感兴趣，奥登我则是对他的技术十分着迷，尤其是他具有的，使用词语的能力。叶芝我现在除了对他的像《在学童们中间》《驶向拜占庭》《在本•布尔本山下》等不多的几首诗感兴趣外，其他的已经不太感兴趣了。但对奥登的兴趣我一直没有变，到今天还时不时地读上几首他的诗。不过，我觉得更为重要的不是对西方诗人的具体学习，而是整个二十世纪西方文化思潮带来的认识论意义上的理解世界的方式，以及西方现代主义诗歌在写作方法上的革命，改变了中国当代诗人对诗歌的理解，使得我们在对诗歌的形式、结构的认识上有了新的收获。从而由这些收获出发，在变化地支配诗歌语言，表达人与事物的关系时，得到了一种过去的中国现代诗人没有的能力。从而也在根本上使得中国当代诗歌的写作产生了丰富的成果。所以，重要的不是学习西方诗人后我们写出了哪几首诗，而是建立了一整套关于如何写作的原则。直到今天这套写作原则虽然处在被我们不断修定的情况中，不过它所产生的推力仍然存在。我相信以后也会一直存在。至于说到《次生林》，那是钟鸣办的一本在四川出现的最早的民刊，我前面说到的对欧阳江河等人有影响的并不是它，而是钟鸣编辑的一本《外国现代诗选》，据说这本书只印了15本，在当时是很珍贵的资料，那里面很多西方诗人的作品都是第一次被翻译过来，像刚才提到的法国诗人圣琼•佩斯，以及美国诗人史蒂文斯、普拉斯的一些主要作品。我读到它亦是向别人借的。不过好像我还手抄了这本书中的不少作品。

张： 读你最早的诗集《地图上的旅行》，我看到你在1987、1988年左右就形成了一种很成熟、饱满的风格，并且在有意追求一种自足的形式，那是在什么样的情境下完成的？

孙： 我本人的看法与你不太一样。还是在十年前，我就对于自己在1980年代写下的那些作品不满意了。为什么不满意，一个关键点是，尽管有一些诗从自足的角度来看是成立的，其内在的形式感，以及完整性都不错，但是这些诗还存在着受到别人影响的痕迹。而之所以它们还能被说成是我的作品，不过是因为构成诗的主题，以及所指向的对生活的理解是我自己寻找到的，由我的个人经验编织起来的东西。到了今天，我更愿意把自己1980年代的诗歌看成是学习和训练得到的产品，它们并没有彻底完成。为什么这样说？其实只要再细致一点的话，任何读者都会发现在你所说的成熟、饱满的风格后面，那些作品中无不深深地隐藏着一种语言和认识方面的焦虑。虽然，这种语言与认识方面的焦虑再往前推一步地说，是由个人经验与时代关系相互纠结形成的，带有认识论色彩，甚至包括青春期荷尔蒙膨胀的东西，人们没有必要去过多地否定它的价值。但在我个人看来，这说明的是我在具体地处理诗篇时还没有真正做到淡定与"心无它诗"的境界。而作为一种境界，能够在写作中淡定与"心无它诗"地处理语言，把所有不是属于诗篇内在需要的因素从具体的写作中清除掉，应该说在任何写作中都是需要的。我认为就写作而言，只有当我们到达了这样的境界后，一个人才算真正达到了成熟，诗的饱满也才能算作纯粹的、有价值的饱满，也才能够被认为具有真正的独立性。当然，从某种意义上说这是非常困难的，一个诗人一生都不容易达到的高度。至少到现在我仍然不认为自己达到了。我要告诉你的是，哪怕到了今天，我所有诗的完成，如果硬要说是在一种"什么样的情境下完成的"，我所能说的是，它们均是在对语言与认识方面的焦虑的克服状态下完成的。这一点也许使我有别于很多人，尤其是那些认为自己的写作已经非常完满的人。我一直这样看待诗歌的生成：对于一个还在写作的诗人而言，存在着完满的作品吗？可能并不存在。因此，每当我看到有人说自己的诗已经很牛逼，并常常以第一流诗人自诩的时候，心里不免感到这些人真是"了不起"。他们也就成为了我的镜鉴，使我一直把一种告诫记在心里：诗是在退后一步的情况下完成的；是弥补自身的语言和认识漏洞，克服由此造成的焦虑的产物。

〔美国〕戴维·佩里的诗（12首）

海岸 译

译者按：随着全球经济一体化进程的深入，上海在吸收全球资本的同时，也吸引世界各地的诗人、艺术家来沪工作，近年来形成了一个"外国诗人沙龙"。他们除了每天上班，参加日常的社交活动外，还不定期地举行小型的诗歌朗诵会；他们坚信诗歌的价值存在于读者与文本短暂的接触中，在于文本所体现的永恒元素，从而让读者在阅读或聆听时超越时光的流逝。他们认为"在一个权力被技术无限放大的社会里，每一个个体深陷其中，不知如何与另一个个体进行有效的沟通；人人似乎都处于一种试图破坏一切的危险边缘。权力随语言而流动，语言却被权力所奴役。人们不得不弯腰服务于各类机构的不可告人的目的"。因此，诗人唯有借助诗歌这一微弱的力量，坚守各自的阵地，依然抵抗"市场化"的侵蚀，各自用有力的诗歌语言对人类所处的境遇发出真实的声音。这些诗人还着迷于本族语与汉语之间存在的异同，花力气去学习一种全新的语言，以便融入让自己获得创作冲动的新语境。他们期待着上海的生活与语言给各自的创作产生作用，也渴望参与中国当代诗歌的进程，完善旅居上海的海外诗人、翻译家、艺术家互动的机制；反之，他们身兼东西方双重文化背景，必将架起上海与世界的桥梁。他们极具创新大胆的后现代主义诗歌，更是一方折射光芒的多棱体，给上海注入新的文学艺术活力。

旅居上海近十年的美国"70后"诗人戴维·佩里（David Perry）去年推出一本诗集《外籍

侨民税》(Expat Taxes)，其压轴长诗《你好，2015》沿袭以往《知识的追求》《新年》《丢失的笔记本》的长诗写作——糅合抒情–叙事的实验风格，涉猎历史、地域、身份及持续中断的"现时性"，时而生活在过往的集体和个人的阴影及想象的未来中。他的抒情诗节掺杂简短的散文片段，涉及某个事件和历史地域的细节，而起主导的抒情模式主要源自于纽约诗派，尤其是约翰·阿什伯里(John Ashbery)等后语言诗歌写作。诗集《外籍侨民税》涵盖长诗《你好，2015》及一些较短的"上海诗篇"，全力应对人类纪的生存——全球性的危机威胁已成常态而非特例，从根本上改变人类乃至非人类自内向外或自外朝内的生活。诗人兼教师的戴维·佩里，其写作素材貌似"平淡无奇"，却寻求与更深层次的传统或反传统的衔接，寻求个人与集体的历史衔接，寻求与现行项目的衔接，并将自我认同于个人、当地及全球的文化变迁中。

　　戴维·佩里（David Perry），生于美国圣路易斯，美国密苏里东北大学、爱荷华大学创意写作与翻译专业硕士，毕业后在纽约教书多年，在报刊发表大量诗歌作品，并积极参加纽约当地的诗歌活动。除了《外籍侨民税》外，他还出版有诗集《测距仪》《知识的追求》《新年》等。现受聘上海纽约大学讲授创意写作。2016年9月26日，他应邀参加复旦中澳创意写作中心第二届年会解读并朗诵《外籍侨民税》中的部分诗作。

大海抒情诗
　　——献给/仿丽莎·雅诺特

我是一辆可自行卸货的绿色福田卡车
满载取自三角洲冲积平原的土方浮动在陕西南路
在周四夜晚买上一包川味花生米
外加两大罐特级银色朝日干啤。"辛口"。
我两鬓斑白，站在亚太区的优衣库
生腰果炒瓜子全都真空包装
青色的泡沫塑料尽是去屑洗发香波的味道
装修过半的房子临时改装的卫生间
二战前后修建，花市里暗香浮动
大家都感到资本的勃发
交通灯透过变形的落地窗倒计时
今天，笼子里有只鸟会唱歌，说话
时而与抽烟老人打趣，我搭地铁回家
刚从上海火车站转车
在江边泥滩遇到堵车，尽管如此
还算迅速逃离，干得漂亮

诗节

所有指向灭绝的可能性均为
意念。新近觉察到一首诗
我们可能纠缠的某个点
早知道源自于一首诗
仿佛我们只是稍稍
偏离每一段时光
直到一点也
不像我们
一点也
不像
你
和
我

（节选自长诗《你好，2015》）

入口受堵

除了一处入口。首个也是
多年后最后遗忘的策略

山羊绵羊和牛
穿过我们画廊般的生活

开放性聊天，聊得闪闪发光
真是一个丧葬般的错
蓬乱的头发或雾霾天
pm2.5=突发的健康预警

规则被缝进我们
保险精算师的悲伤

我们选择的毛衣、海藻
茅草屋和渔网，最后的出口

黑洞动态图，绿洲上的
山羊贩子，挖蛤蜊的人

冲积三角洲上的赞美诗
在此转向，珀尔塞福涅①

向观音祭献预先致谢的引擎
就像外滩M迎宾馆的安保

弥漫创伤后应激障碍的愤怒
清晰地说些什么

记住凉枕爆开了
我们人群中

暴躁的兽性
此刻一次就足矣

直到我们说
在此等待灭绝

①珀尔塞福涅（Persephone），希腊神话中的宙斯之女，后被冥王劫持娶为冥后。

何谓外籍侨民？

"将自己比作外国人。你所处的城市是如何看待他们的？你为何要急于放逐自己，疏离自己所处的城市？你又为何放弃自己的居所，提供给那些想要居住的人？你流亡，你逃亡，惹祸了，你是要被抓的！

你认为如何？
　　——《詹姆士秘史》，拿戈玛第文集（Nag Hammadi）第28页

"除了天才和虚构，唯一的居民就是诗人、寓言写作者，没有任何值得称誉之处"。

——普鲁塔克（Plutarch，公元46–120）《平行列传》

1.延期

好空气，建筑物对流的空气
很适合我。"开始工作"，它说，探戈式
侧身动动颅底，松颈，提颈
过顶至太阳穴，双耳发热：
漫过紧绷的空隙，休闲之家
遭入侵，战马嘶鸣，比往常更糟，
红桃杰克，黑桃王后，中国小丑，数字
聚集出于何种目的、何种计划，街道清洁工
身着蓝色睡衣，他们的目的
他们的计划，此刻为谁而设？
如果也许不只是为那些旧相识
转向谁，出于直觉正义的底线潜在的压制
致谢，顺从，回报，延期
稍稍抖一抖缰绳泥齿上的冰沫？这意味着什么
在线意味着什么终止了什么意味着什么。
他们到处玩纸牌游戏，角角落落
"斗地主"，你呢？

2.补救

控制指令选项。旧指令
像一位老伙计让你自言自语
你觉得有的不舒服。"让乐队一起回来"
分层真笑话的安慰和残忍
加工的三明治，必要的
红海污水和中石化苯环
百万级足以花费我们数十亿
沃霍尔①的15分钟切分成微粒般的名声：

像素，纳米级：自拍一次又一次
在炎热的海洋喷发：新的岛屿诞生
可预见的虫洞到处上映
预期更多的数据打破周末的毛利
尽管存在数码盗版，主席说
几乎是狂吠，灯光中断。
互联网自身，推销你自己
指望大赚一笔，承诺
在杀戮中完全剔除你，剔出
你的身体，董事会失控，收益
分配问题迷失在自我定位的追求上
消失在吵杂的人群里
模拟的尖叫再次嘲笑真实的尖叫
假装分手直到他们又黏在一起，章程
悬而未决，像是上了绞刑架，照片，取景
套索的规则——你们换取他们的，或掉头
逃跑，我也在逃，直到可以美美睡上一觉

3.输入回车

建立在全电子传递设备之上，对谈未来宗教，力保后发射井底座数据库安全

①沃霍尔，指的是安迪·沃霍尔（Andy Warhol），波普艺术的创立者。

波涛之上

后冷战时期的救生圈
请用新的压舌板
黑色破皮乐队发现挖掘猫的墓穴
锡盆混录卵石滚下镀锌的波纹管
户外车床棚下发电机的马达油缸
竹竿脚手架和长长的混凝土人行道
祈使句构成明天，不定式定格今天
黄瓜灯平放在我们的短裤上

误解担心语法
梯子旁一簇簇头发从路边理发椅上顺风而落

关于脸面

四个方位的尽头
在此适当聚拢

留意瓦砾？
提高些水平

就我们的未来
说句俏皮话

清除了我们，纪念
反衬记忆：猫咪

在小巷间，公园
街道，雨后春笋般

出现，传递痛苦
永不停息

他们复制葬礼
无人留意

我们的鼻子
指向我们的后跟

断杆

1

老式海鸥新姿势，在空中下降
我们在低处，蝼蚁般在风沙中滑动
（上海航空）飞机后翼，抽象的银行大厅
在跑道上轰鸣，渐行渐远

2

屏幕上女侍者上菜
情书，乱涂乱画的抽象，搭车人
一次次扯下车门，一位维修人员
在路人身上贴密封条，皇权
演示为橙色的玻璃器皿
陶工的女儿将自身扔入火中
火焰燃烧引擎
引擎在空中传递我们，我们听到了钟声
钟匠的女儿将自身扔入火中
成功铸造出钟
父子得救了
女儿在引擎里歌唱

雪鸭

1

内在的抄袭依然如故
依然安全如故

"一个消除歧义的页面"

红头，金鱼，绿铜碗

大脑的出口
有水藻

纯粹的立场脱离任何目的，达到
一种最无目的的目的

2

落水管

搜索

我不知道如何谈起
适当突出重点
语调适中？注意

没有我们适合的代码
一起合谋
不受欢迎的国度

我们也许可以
也许不懂得需求
更不在乎强烈的

欲望，些许有点
破折号假设为日子
消失的小说/非小说

小说/非小说
因我们无疑是
有趣的人

但对我们所处的

智能世界
一点也不感兴趣

我们迄今变得
愈发的丑陋
愈发的愚笨

我们回望
宽慰他们的方式
更为丑陋更为愚蠢

让城市吓了一跳
完全被击垮
突破了底线

云里雾里
此刻的状况
将追踪冻结我们

在我们注视下
困住我们的所在
溪流不再流动

如何挖掘

如果我们先得
放下面子

十根辣椒
指点的手指

那就不必橙装
出场

不能思考
不能独自开溜

痕迹学
分派面条

地点至上
泥泞的电缆

过去说发送
只帮助我们

此刻直至未来的
突发新闻

我们说战争
就关注这一版

不再关注
略显颤悠悠

我们走吧
快点

点焊
一起吃午饭

火辣辣的幽灵

你绕着屋子
自言自语

"爸爸，我疼"

火山飘飘欲仙
瑜伽伸展身子
变幻
水
桶
诚实仿佛孝顺的谎言
（爱是一种信念）

维基升华
顽皮的上帝啊

土狼的信息
黑色星期五

没有可用
演讲的图片

准备走了
走了走

在我们中间
画条线，摸索着
你的冠词

给个定义
给出定义

一座花园，喷泉
花朵，曲线
眼睛湿卷发或

结果你发现了
梦想的意义

花落，断
线，止步

（译自《外籍侨民税》）

打火、点烟，吸入、吐出一串串
金黄、浅紫、深红、柠檬色的花瓣
栖息在波涛下的沙地，掀起一方新土
棕红、赭黄（一方丝绸的场景）

类人猿

1

这有点像
却仅为片刻，大体
类似于说与没说
之间

她醒来，额头
留有些许绒毛

此刻走动恰到好处

平板视屏，热腾腾的餐桌，
细粒子木板，工业胶水，
六边形路基（青色的骨锈）
猪肚期货，猫科白血病

我们希望将诗艺贴成注解
嘴里一时贴满言辞

为何不跳入海洋？答案

龇牙作响

2

每个人都像猿一样，从天空落下
片刻漫步水面，跌回水里，从衬衫口袋
抽出一根湿香烟，掏出水滴滴的打火机，

某一人物来回走动，随心所欲——
翻开书，又合上书
我们上场，又下场

我说着看着，虚弱的猿
根本不存在，非独立存在于
我们之外，除了

3

一次收获桃子的旅程
一张完整的纸币换取五度的安宁
危险已结束
总是暗示污水
绿色的孵卵衬衫，剩余的双筒望远镜
紫红色的纱布
手牵手落下！

4

比思想更厚重的要点
一座遗落的新岛屿
被发现，并不

摇曳的毛皮
连根拔起，身体
被抛离牵索

5

夜晚：拉紧的绳索，

对等的球，绿油油的水池
字里行间涂满精彩的笔记

开放的行距犹如分离的
拉链，链齿塞满线头

许多奔跑随时要开始

随着倒计时结束
准备或不再开始

(译自诗集《测距仪》)

女性艺术的生存状态和女性艺术家的话语权

翟永明VS秦玉芬

秦玉芬（以下简称秦）：艺术家，1980年代初开始抽象绘画的创作，1980年代中期移居德国，主要从事装置和地景艺术的创作，目前生活与工作主要在北京和柏林之间。1986—1987年在德国柏林贝坦尼艺术家工作室；1988年获德国国家学术交流中心柏林艺术家项目奖DAAD；1997年获柏林市文化部艺术家奖；1999年获德国魏帕斯多夫艺术基金会赞助。多次在北京、东京、柏林等地举办过个展，参加的重要展览有：1995年斯图加特国家美术馆《身体的标符》；1995年"第四届伊斯坦布尔双年展"；2003年北京《左手右手–中德当代艺术展览》；2005年柏林《论美》；2005年北京／纽约《墙：中国当代艺术的历史与边界》；2006年（第十五届悉尼双年展）；2007年（今日文献展）等。

翟永明（以下简称翟）：2000年我去柏林时，你也在柏林，你是否可以谈谈国外的女性艺术家和中国国内的女性艺术家有什么样不同的处境，比如说你在德国是不是体会到对女艺术家比较关注或比较支持？

秦：其实我还真没怎么特意去比较中德两国的不同。你的问题让我想起到柏林后得到的一本介绍100个德国艺术女性的书，她们都是当时活跃的艺术家，批评家，策展人和画廊主。然而就在100多年前，德国的艺术学院是不接纳女学生的。女艺术家在经历长时间的被边缘状态后，逐渐争取到社会认同与自身价值。战后的一些优秀的女艺术家如伊珐·何斯（Eva

Hesse）, 芮贝卡·洪(Rebecca Horn)等影响了很多年轻女性。至我到柏林时，女艺术家已是一个不容忽视的群体，享有相当的话语权。但这也是相对而言，女性艺术在德国一直是被争议的话题。我记得1994年时，有个知名德国策展人组织了一个展览，在德国选出14个有代表性的女艺术家，我是其中唯一的外国艺术家。他认为有那么多男性艺术家的展览，但是女性艺术家的展览太少了。

翟：他也认为在德国，男性艺术家比女性艺术家更多是吗？

秦：对，男性艺术家比女性艺术家更多、更被关注，女性艺术家相对来说要比较边缘一些，当然这个情况还是比中国要好多了。他们做这些事情似乎挺注意性别的问题。

翟：我觉得西方的女性艺术家更自我一点，比如她们对艺术对展览的要求会更多，对艺术权利的意识、对自己的艺术更肯定更明确。

秦：正是如此。我在西方做展览时，结识了不少女艺术家们，她们的艺术非常优秀，但在生活中都很自然，低调。譬如伊朗艺术家谐林·奈舍特(Shirin Neshat)，将伊朗诗歌写在自己的肖像图片上，她也有很多录像作品，非常恢宏，完全看不出出自这样瘦小的女人。在1995年伊斯坦布尔双年展上，我们一起聊天儿，她指着自己9岁的儿子说，儿子长大了，他已经拒绝妈妈再在自己身体的图片上书写文字了。在同一届双年展上，黎巴嫩女艺术家莫娜·哈彤(Mona Hatoum)用无数的铁钉做了一块阿拉伯人跪拜的毯子，寓意深远。去年我在柏林的公交车碰见她，拎了个布袋子，着装非常随意。她们都是世界范围内的名星艺术家，但一点儿没有那种外在的范儿，很让人尊重。你谈到的这种自我意识，对我来说就是这样一种感觉。再譬如生活在柏林的女艺术家卡琳·桑德(Karin Sand)，一个不折不扣的观念艺术家，在很长一段时间里，就是用数十种不同型号的砂纸打磨墙壁，无论什么样的墙，打磨之后就像一块巨大的镜子。在她的作品前，你会产生难以言状的感觉，它是如此精致、深入、简洁，使你通过作品甚至可以看到艺术家的性格和她的内心。我刚才说她们更独立，但也不能说我们中国女性艺术家不独立，可能是背景不太一样。以前信息比较闭塞，而现在信息全球化，东方女性已经完全可以通过很多不同的渠道跟自己的文化背景之间找到更多的契合，这对年轻女性来说是一个非常好的机会。

翟：比如1980年代你比较年轻的时候，中国的信息不太流通，当时整个中国艺术圈都是这样的，接触国外的东西很少，所以女艺术家总的来说比较封闭内敛。现在不一样了，全球化使得各种各样的机会更多了，年轻的女艺术家受到束缚少了很多。西方的女艺术家那种对自我的肯定，对中国年轻女艺术家也形成一种榜样。

秦：在中国1970年代已经出现了很多优秀的女艺术家参与到现代艺术的尝试之中，譬如北京的"无名画会"和"星星画会"包括八十年代初期的一些地下艺术小组，都不乏女艺术家。但问题是，大部分女艺术家都没有把自己的艺术坚持下去。如果说西方女艺术家给我们提供了一个典范的对话，持续是至关重要的。举一个很普通的例子，去年，在我柏林的住家附近，一个"80后"德国女性，在一家资深画廊打过几年工之后，用自己的积蓄开了一间小画廊，专营年轻女艺术家的作品，已经做了四个相当不错的展览，艺术同行们对她很是刮目相看。但我更想说的是，我们的艺术生涯也能给年轻的中国女艺术家提供参照。我一直在想，也一直在做，不管别人对我是否关注，但我一直保持着对艺术的好奇心，新鲜感。实际上在我们周围已经成功地塑造出一个圈子，它不只是艺术，诗歌，也包括戏剧和哲学。尽管我们没有定期地举办研讨会，但是我们这种朋友间的交往，对彼此是莫大的支持。这也是在七十和八十年代不可多得的。

翟：所以我觉得有了一定的话语权之后，女艺术家就有了可供发挥的平台，就有机会了。我觉得中国当代艺术氛围里面也有很好的女艺术家，但是女性批评家比较少，更不要说画廊的经营者了，这就导致女艺术家机会也比较少。开画廊的女老板首先肯定会更关注年轻的女艺术家，她天生会有一个对女艺术家的敏感和惺惺相惜的心态。所以这是相辅相成的，就是说艺术的生态和它的环境，会造成一个女性艺术的生存状态。

秦：女性批评家的确也是一个话题，我觉得有一类人善于理论思考，天生就有一种雄辩的欲望和乐趣。

翟：我觉得有一个误解，觉得理论都是男性擅长的，或者理论应该是雄辩的、哲学的，我觉得这里面充满了一种男性的话语。理论不一定男性的、雄辩的，也不一定非得是哲学的（可以用哲学的思维方式，但不一定要用哲学的话语），不一定非要由一些大词组成，或者一定要引用某些哲学家的理论，我不太认同这个。尤其在中国艺术圈形成了这么一个思路，说到理论必须应该是国外的、西方的那一套，必须是一些时髦的名词、必须是重要哲学家说过的很重要的话，引经据典，其实引用人自己和大家都看不懂。

秦：我对理论是望而生畏，因为我的思考是另外一种结构，是很直觉的、即兴的、女性化的，不是滔滔不绝的，有时候是一种瞬间的、迸发的、顿悟的。这些灵感来得很突然，可能是在散步或者洗东西、做菜的时候才能够出现的一些很有意思的想法。我在柏林喜欢一个人坐着公共汽车，特别随意，看到一棵树、看到一个街景，经常就会受到触动，可能它不是惊天动地的，但是它的很细节的那一面对我来说是一种储备，能够有很多思考撞击的可能性。

翟：这就是纯女性的视觉和纯女性的观点。你说到的"细节"，不一定非得是特别宏大的或者特别深刻的眼光，就是很细微的，我觉得这是很女性的一个思考方式，完全可以是你说的对一棵树的一个顿悟，这也是东方式的哲学在发挥着作用。你的思维方式里面有很多东方的东西，这也体现在你的作品里面，即那些东方意象。

秦：是的，还有诗意，我希望我的作品能呈现比较精炼的一种东西（特质），我对诗歌非常喜欢，诗歌就具有一种提炼的特点。

翟：我以前写过对你的作品的评论文章，谈到过精炼这一点。第一你对中国诗歌里的精炼有自己的感受，另一方面也跟你在德国生活有关系，德国人有很理性的思维，他们的设计也是以精炼著称的。这两种因素在你的作品里都有体现，工业方面的精炼跟中国诗意的凝炼结合在你的作品中了。

秦：你观察得很细致，总体来说我自己喜欢有张力的作品。1994年我做了一件声响装置"玉堂春"，用一百多个晾衣架，每个衣架上晾的不是衣服而是宣纸，宣纸里夹藏着600多个扬声器，扬声器传出通过电脑处理过的京剧玉堂春，以六个声道播放。我用这样的方式把东方与西方，传统与现代以重叠的方式呈现出来。这件作品在斯图加特国家美术馆展出时，被德国媒体评价为超诗意的作品。类似与这样的作品大概就是你所觉察到的我的作品风格。它既营造出东方传统的气氛，也彰显出高科技工业材料冷峻的特征。2000年之后，我开始使用铁丝网这种材料作为作品的主体，在美国彼斯堡的作品《美丽的暴力》是针对德国新纳粹现状与美国的校园枪声而做。在德国不来梅美术馆的作品《对话的时间》中药染色的丝绸纠缠着铁丝网悬挂在展厅中心，给人以触目惊心的印象。作品的初衷是有感于911事件。去年在北京今日美术馆的作品《禁锢》，上吨的铁丝网被制约在一个八米高的金属架构中，这样的作品无疑是我对社会的观察与思考，反应与表达。

翟：这就是刚才说的女性思考方式和男性的不同。不一定非要在一个即定的框架里面，非得用男性批评家习惯的方法，把你归类，然后以西方的哲学的思考来给你定位。可能我更注重一些纯个人的体验，我对你的作品最直接的体验，就是我看了你作品之后直接的一个顿悟，然后会是对你的作品做一个细读、纪录式的分析。这可能跟西方的现代主义的脉络一点关系都没有，是感性的，这同样是一种批评的方法。我觉得女性有可能自己创造出一种批评的方法，建立起一个理论的系统，有可能跟男性完全不一样，但它也是成立的。

秦：很多人在我的作品中感受到中国传统文化的思考，我喜欢中国的园林、戏曲、诗歌、建筑。在一个远距离回过头来观察东方文化，会更知道它的价值和力量。

翟：你到国外以后，与中国产生了一种间离效果。因为你有距离，你对那个东西就看得更深。"不识庐山真面目，只缘生在此山中"，这句话很有东方的哲理思想，你身在这个地方，你不能完整地看到这座山，你可能看到的全是雾。我记得我当初第一次看到你的作品《风荷》，看到很多蒲扇撒在颐和园昆明湖的湖面上，远远看上去就像荷叶，特别受打动。这个作品让我感觉非常有诗意，很古典的诗意，让我想起很多古典诗词里的意境，不一定能说出具体的句子，就是一个语境。你的作品都有这种比较古典、诗意的氛围。

秦：我想在你的诗歌语言里也有这个特点。我在表达一种感觉时不喜欢用特别直白的语言，我喜欢通过一个环绕，或者需要转一个弯来说明一个东西，诗歌也有这种特点。

翟：这样的东西它更有一种空间感。

秦：所以我做作品的时候也是在找这种空间或者是制造这种空间，这样也能给观众留一个空间。你看中国的园林和中国的诗歌，这里面的智慧太多了，举不胜举。我觉得你已经用你的"白夜"做了一个非常好的事情，白夜已经做了13年了，你的平台从那个时候搭到现在，不只为中国的诗歌，而且对中国的当代艺术也起到了很好的推动作用。你策划过一些艺术展览，从很早的时候就开始进入当代艺术领域，关注艺术家的作品，写了很多评论，有一本专门书写女性艺术的。

翟：我最早对艺术感兴趣，后来对当代艺术感兴趣，到最后对当代艺术中的女性艺术家比较感兴趣，是因为我觉得女艺术家总的来说很多时候被遮蔽了。当然也可以说优秀的女艺术家没有那么多，但是，没有那么多的原因也有可能就是她们被遮蔽了。女艺术家和女作家都是一样的，她们遭受的困境肯定比男艺术家大，因为她们不像男艺术家那么容易，很多女性还要在创作过程中承担家庭的负担，女艺术家要冒出来得克服很多事情。我慢慢地开始感兴趣,特别想去推动一下。这也是从我研究女性诗歌开始的。我发现很多非常优秀的女诗人、女作家被淹没了,写得再好,文学史觉得你不重要,那就不重要,就完全没有办法了。不单是中国,在整个世界范围内都存在这样的问题,但中国和一些边缘国家更甚。西方的妇女解放运动、女权运动完全是自主的,是女性自身自发来推动的,中国的女性对这个意识还不是那么的清晰,女艺术家在整个圈子里面还是处于点缀的地位。你八十年代去德国时有这种感受吗?

秦:当时的西柏林就像被东德隔离的岛屿,出入柏林就像出国一样。西柏林的国家学术交流基金会每年都邀请重要的艺术家、作家、导演、现代音乐作曲家在柏林生活和创作。我去后不久受基金会的邀请,住在柏林墙边上的房子,从卧室可以看见东德岗楼的哨兵。西柏林从来不是富有的城市,但她的艺术文化环境非常好。这里聚集着不同国家来的艺术家,大家很自然地相处,做艺术。譬如有一个柏林女艺术家玛格丽特·阿斯裴(Magritte Raspé)有一个很大的房子和花园,她发起组织了一些艺术项目和展览,筹集经费,用不多的钱邀请艺术家一起搞艺术创作,我曾参加了两次名为"自由的空气"的展览,气氛非常好,至今留有美好的记忆。她自己做观念艺术和行为艺术,多以环境保护、生存、死亡为题材。另外一个女艺术家伊娃·玛利亚是我刚到柏林就认识至今的朋友,她在早期用手直接绘画,很有东方的气质,她同时也把微生物作为题材,将高倍放大镜下不同国家的水域里的微生物浪漫地呈现给观众。她强调说,这种艺术游走在艺术与科学之间,把握尺度很重要。

翟:这个很重要,在国外有很多女性很自觉地有这样一种意识,第一要推动艺术的发展,第二要推动女性的一种发展,她自己也在这个过程中强化自身的意识,自身变得更强大,然后,再去推动别的女性走向自我强大的方向。中国这样的女艺术家比较少,这里面也涉及到经济、社会地位,必须有一定的经济地位和社会地位才能推动这样的发展。现在中国处于一个非常时期,有经济地位和社会地位的人可能不做这些,因为各方面的准备还不够,对当代艺术的认识、对整个女性自身的认识也不够,所以导致女性艺术发展得不是那么好。

秦:刚到德国的时候,必然会面对生存的压力,语言的压力,还要找到自己的新的创作语言,这个用了很长时间。如果要用一种新的语言,必须要找到它的根基,不是拿来就用的。一直坚持找到自己的语言很难,因为干扰很多,来自不同方面的,要克服这些困难和压力。当然我现在仍然处在寻找这样的一个过程中,这对于我来说很重要,也是一个挑战。

翟:你是一个很注重思考的艺术家,所以一直在不断地寻找,现在的大多数艺术家不思考,只需要找到一个形式,变成自己的风格,这辈子就够用了,一直在重复自己。我觉得这是比较偷懒的一种方式。

秦:我就是一直在想有没有什么新的可能性,这个恐怕是我终身的任务了,可能到最后我也没有找到,但是在这个过程中我很满足。

翟:对,真正的艺术家的价值就是在寻找这个过程中,也可能直到最后都没有找到。当然,没找到是你自己这样觉得"我没有找到",但是在旁人看来,你已经找到了。因为有了"还没有找到"这样的思维,你才能不断地往前走。

秦:或者是不断地肯定、否定自己的过程,当然也有寻找的焦虑,如果不焦虑就不用去寻找了。之所以有动力坚持在做，因为喜欢。很多年前因为生存也要去打一些工，很辛苦，可艺术给我带来的乐趣和精神财富又让我觉得这种辛苦是值得的。有一次跟朋友聊天说下辈子还要做艺术，因为它能给你一种自由，能给你一种表达上的非常大的可能性。我们以前聊到过创作的压力的问题，实际上这种压力是每个人都会遇到的，并不可怕。关键是如何柳暗花明。可以无所事事，去听音乐会，看话剧，读书等等。

翟：我们都属于差不多的，有时候创作处于空白的状态，或者处在一个调整期，对于我来讲焦虑也没有那么大，因为女艺术家的创作本来就有很多非功利的东西。比如我在1990年去美国时，就一下子完全写不出任何东西来，因为处于那么大的变化中，母语一下子断了，自己的生活状态也在调整，我当时没有经验，还想自己是不是江郎才尽了，但我这种怀疑也是比较随意的，我觉得写不出来没关系，就去做别的事情。其实最后是要发现自己的潜力是无穷的，前提在于你希望改变自己，或者希望你的创作能够有所变化，或者你对它有一个很崭新的看法。所以在调整期去做点别的，完全放松，这个过程其实是在重新聚焦能量，最后到一定程度必然会产生一个新的东西。我觉得人有时候需要一段空白，这段空白实际上是让自己看清自己，看清楚自己的写作、自己的创作怎么回事，然后再有下一个目标。

秦：这个时间不确定，可能是几个月甚至几年。后来你也经常出去，去欧洲，去纽约，这样的距离实际上对创作都是很宝贵、很好的经验。我觉得做艺术跟写作都是，不能只吸收你的领域里的东西，应该从各个方面吸收能量。

翟：是呀，像你对音乐、对戏剧的兴趣都是一种丰富、一种很好的调节。每件事情里都可以找到诗意的。

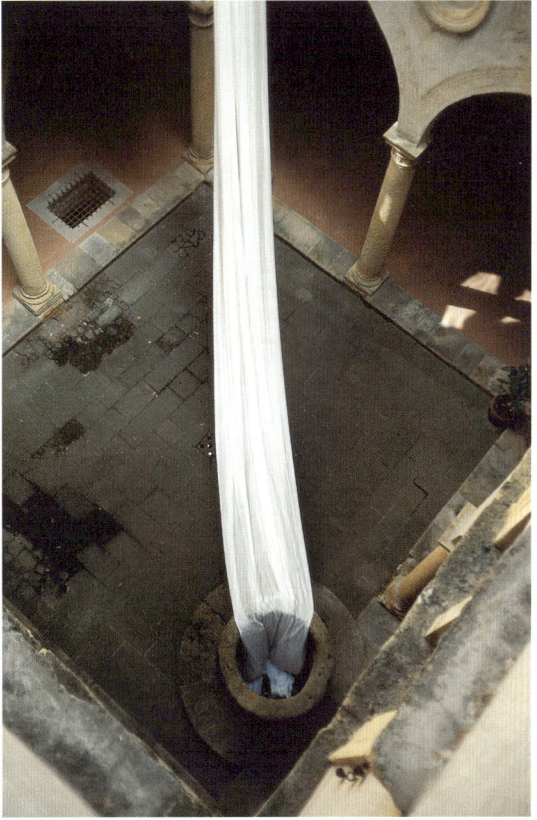

秦玉芬（b.1954）天地 1998
装置 100米丝绸 Volterra市Pinakothek

秦玉芬 (b.1954) 度过 1999
声响装置 丝绸 榻榻米 缝纫机 喇叭
四声道数码音响合成 乌尔姆市艺术协会

秦玉芬（b. 1954）制造天堂，2002 声响装置，药染丝绸、铁丝网、建筑工地物体、儿童衣物、竹等 德国柏林汉堡火车站当代艺术博物馆

秦玉芬（b.1954）对话的时间 声响装置 2002' 药染丝绸、铁丝网、桌子、世界地图、喇叭、六声道数码音响合成，德国布莱梅市美术馆

秦玉芬（b.1954）风中城市（City in the Wind）2005
装置 晾衣架 绣品 柏林世界文化宫 Installation Berlin House
of the Cultur of the World, German

秦玉芬（b.1954）禁锢 2009 铁丝网

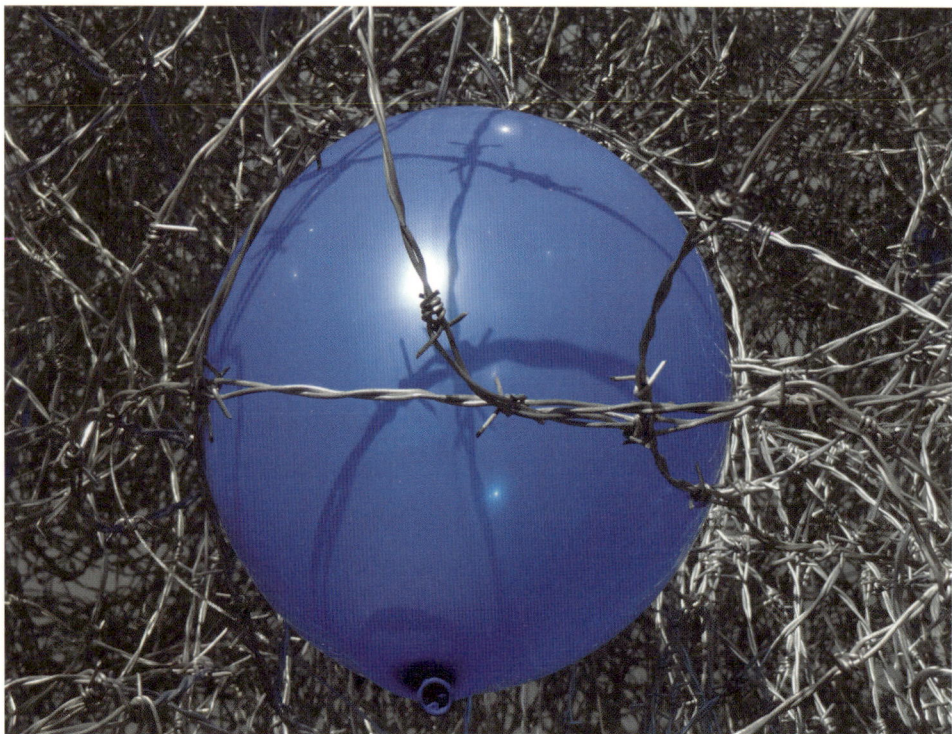

秦玉芬（b.1954）Beautiful Violence 美丽的暴力，2012
Sound installation 声响装置－局部